国学一本通

徐　潜◎主编

绝妙宋词

李　星◎译评

吉林文史出版社

图书在版编目（CIP）数据

绝妙宋词/李星译评.-长春：吉林文史出版社,2009.4（2022.1重印）

（国学一本通/徐潜主编）

ISBN 978-7-80702-927-4

Ⅰ.绝… Ⅱ.李… Ⅲ.宋词-选集 Ⅳ.I222.844

中国版本图书馆CIP数据核字（2009）第038156号

国学一本通

绝妙宋词

出版人/徐 潜

出版发行/吉林文史出版社（长春市人民大街4646号） www.jlws.com.cn

主编/徐 潜

译评/李 星

项目负责/王尔立

责任编辑/张 克 樊庆辉

责任校对/李洁华

装帧设计/李岩冰 刘纯青 张红旭

印刷/北京一鑫印务有限责任公司

版次/2009年4月第1版 2022年1月第5次印刷

开本/720mm×1000mm 1/16

字数/280千字

印张/14

书号/ISBN 978-7-80702-927-4

定价/55.00元

前言

　　词起源于隋，其全名是"曲子词"。唐宋时，人们或简称为"曲子"，或简称为"词"。它讲求节奏、平仄和韵律，这与近体诗相似，它还讲究宫调，合乐可歌，与音乐联系更为密切；但它句式参差，较之齐言的近体诗更为灵活多变化，又因词调千差万别，或高亢激越，或低沉悲凉，或缠绵婉转，便于抒发复杂多变的思想感情。因此，自唐末五代以来，词即从诗之附庸而蔚为大观，且由民间创作为主转为以文人创作为主，由口头传唱变为案头文学，至宋代更达于鼎盛，宋词发展成与唐诗并峙的艺术高峰。在北、南两宋一百七十余年间，据《全宋词》及《全宋词补辑》所收，词人有一千四百三十余家，词作二万零八百余首。其中有诸多出类拔萃的词人和脍炙人口的名篇佳制；各种风格流派的词作，群芳荟萃，争奇斗艳；柳永、欧阳修、苏轼、辛弃疾、陆游、李清照等杰出词家的名字和作品千百年来流传不衰。宋词和唐诗一样，滋养了后代无数作家，滋育了中华民族的文化和精神，对世界文学亦产生了重要影响。

　　本书选编的主要特点是：首先，注意选取宋代各种风格流派名家的代表作品。如柳永的《雨霖铃》(寒蝉凄切)、《八声甘州》(对潇潇暮雨洒江天)；苏轼的《念奴娇》(大江东去)、《水调歌头》(明月几时有)；辛弃疾的《摸鱼儿》(更能消、几番风雨)、《水龙吟》(举头西北浮云)、《破阵子》(醉里挑灯看剑)；陆游的《卜算子》(驿外断桥边)；李清照的《如梦令》(昨夜雨疏风骤)、《声声慢》(寻寻觅觅)；岳飞的《满江红》(怒发冲冠)，等等，都是千古广为传诵的名篇。其次，注意选取思想健康、格调高尚的作品，特别是注意选取爱国的词作，对此期间涌现的著名爱国作家的词作，特别注意拔其精萃，扬其精神，这对于读者特别是广大青少年读者，进行爱国主义传统教育，陶冶情操，弘扬中华正气，是大有裨益的。如岳飞、辛弃疾、陈亮、陆游、张孝祥、文天祥等人的词作，读之有如金戈铁马、铜琶铁板，浩然之气不禁令人激沸，凛凛然再生英雄肝胆，浩浩乎陡涨民族精魂！

　　但愿这本书对宣传普及宋词、弘扬中华民族优秀文化传统，能够起到点滴作用。由于水平所限，有疏漏和不当之处，恭请读者赐教。

绝妙宋词

国学一本通

目录

国学一本通

范仲淹(989—1052)，字希文，祖籍邠州(今陕西彬县)，移居吴县(今江苏苏州)。少时贫困力学，宋真宗大中祥符八年(1015)进士。康定元年(1040)，以龙图阁直学士与韩琦并任陕西经略安抚使，率兵抵御西夏入侵，先后达四年之久。庆历三年(1043)任参知政事，提出改革政治的措施，因保守派反对，不能实现。又出任陕西四路宣抚使。后于赴颍州途中病死。赐兵部尚书，楚国公，谥号文正，世称范文正公。是北宋诗文革新运动的先行者之一。工诗词、散文，所作文章富于政治内容，名篇《岳阳楼记》有"先天下之忧而忧，后天下之乐而乐"的千古传诵的名言。诗多反映民间疾苦，表现对劳动人民的同情。词作仅存五首，皆精粹，所写边塞秋思、羁旅情怀的词作，突破了宋初词专写儿女柔情的界限，风格明健豪放，对豪放词的发展产生了积极影响。有《范文正公集》。

【苏幕遮①】

原文

　　碧云天，黄叶地。秋色连波，波上寒烟翠。山映斜阳天接水。芳草无情②，更在斜阳外。

　　黯乡魂，追旅思③。夜夜除非、好梦留人睡。明月楼高休独倚。酒入愁肠，化作相思泪④。

译文

　　镶嵌着碧云的高天，落满了黄叶的大地。秋色苍茫连着远方的水波，波上笼罩着寒烟一片青翠。夕阳映照着山峰，远天衔接着秋水。无情的萋萋芳草，绵绵伸延到斜阳之外。

　　因思乡黯然销魂，萦绕心头的羁旅愁思，除非在每天夜里，做个美梦才能安睡。明月高楼的夜景，不要独自倚栏望。酒入愁肠，化作相思的眼泪。

注释

①宋黄升《唐宋诸贤绝妙词选》卷三选录这首词时, 在词牌下题作《别恨》。②芳草无情二句: 自然界里的青青草色是没有感情的, 但在古代诗词里, 文人却常常借以引发自己的离愁别恨。这里作者是指芳草远接斜阳外的天涯(暗指远方的故乡), 是那么无情地惹人愁苦。③黯乡魂: 因思念故乡而心神悲伤。是对江淹《别赋》"黯然销魂者, 惟别而已矣"名句的化用。追旅思: 追, 追随, 这里有纠缠之意。意谓羁旅的愁思萦绕心头, 拨不去, 撇不开。④酒入愁肠二句: 为了消愁, 词人借酒排遣, 但酒没有浇去心头愁苦, 反而变成更加思念远方亲人的泪水。

赏析

这首词写离愁别恨、思念家乡之苦。上片写景, 即景生情。起首两句: "碧云天, 黄叶地", 点明节令。这两句从高、低两个角度描绘出一幅典型的秋景, 表现了秋天寥廓苍茫、衰飒零落的特点。元代王实甫《西厢记》"长亭送别"一折化用此两句, 衍为曲子, 被称为绝唱。接着, 词人把视野放远望去: "秋色连波, 波上寒烟翠。"写秋景绵延伸展, 和远处的水波相连, 带有寒意的烟雾笼罩着水面, 显得迷蒙清翠。"山映斜阳天接水", 此句将天、地(山)、水三者融为一体, 景象浑成: 夕阳映照着远处的山峰, 水波与极远的天空相连接, "斜阳"二字更具体地点明傍晚时的"秋色"。至此, 秋景写得极为尽致。下两句"芳草无情, 更在斜阳外"转为怀乡。

下片抒情, 融情入景。"黯乡魂, 追旅思", 是说因思念家乡, 黯然神伤; 羁旅愁思, 追逐而来。这种愁思一直萦绕心头, 无法排遣, 因而才幻想着"夜夜除非、好梦留人睡"。可是好梦是不多的, 愁思满怀的人更难以得到好梦, 留下的还是愁思。这样写, 表情达意更加深切婉曲。接着说, 即使明月当楼, 你也不要去倚栏望远。为什么?因为再望也望不到家乡，反而会增加思乡的惆怅。最后，何以解忧？唯有借酒浇愁。可是"酒入愁肠，化作相思泪"，真可谓"举杯消愁愁更愁"了。

　　全词写景层层有序，由上而下，由近及远；抒情迂回往复，曲折多变。词中所写柔情不同于一般的婉约词，其气象与格局都在花间之外，柔中有刚。清·谭献评此词，说它"大笔振迅"（《谭评词辨》），比较深刻地指出了这首词的艺术特色。

【渔家傲】

原文

　　塞下①秋来风景异，衡阳雁去无留意②。四面边声连角起③。千嶂里④，长烟落日⑤孤城闭。

　　浊酒一杯家万里，燕然未勒⑥归无计。羌管⑦悠悠霜满地。人不寐，将军白发征夫泪。

译文

　　塞外的秋天，风景和内地多么不同，大雁纷纷向衡阳飞去，对边塞毫无恋意。听四面边地的悲凉之声，和着军中的号角响起。在层层山峰的环抱里，落日余晖映着升腾的烟雾，一座孤城紧紧地关闭。

　　饮一杯浊酒，想到守边离家万里，可是战争还没有取得胜利，想要还乡又谈何容易！夜里传来抑扬的羌笛声，寒冷的秋霜铺满大地。守边之人彻夜不能安睡，年复一年，将军白了鬓发，战士们流尽了思乡的泪水。

注释

　　①塞下：边疆险要的地方，这里指延州(今陕西延安)所在区域。②衡阳句：雁儿向衡阳飞去，毫不留恋荒凉的西北边区。衡阳(今湖南衡阳市)旧城南有回雁峰，峰形很像雁的回旋。相传雁至此不再南飞。③四面句：军中号角一吹，四面的边声也随之而起。边声，边地的凄凉之声，如马鸣、风号之类。④千嶂里：在层层山岭的环抱之中。⑤长烟落日：化用王维诗的名句："大漠孤烟直，长河落日圆。"⑥燕然未勒：没有击溃敌军，边境还不安宁。《后汉书·窦宪传》载，窦宪追北单于，"登燕然山去塞三千余里，刻石勒功"而还。燕然山，即杭爱山，今在外蒙古境内。⑦羌管：即羌笛，出自古代西部羌族的一种乐器，所发是凄切之声。

赏析

　　这首词描绘了边塞生活的艰苦，反映了作者坚持反对外族入侵的决心；同时还表现出外患未除，功业未建，士兵思乡等复杂心情。

　　上片写边地风光。通过一个"异"字，把秋来雁去，了无留意，边声四起，牧马悲鸣，千山耸立，孤城紧闭等荒凉景象描绘得历历在目，有一种旷远雄浑，苍凉悲壮的气氛。下片着重抒情。刻画了忠心报国，功业未建，征夫思归的复杂心情。这种复杂感情的产生与当时朝廷对内对外政策密切相关。作者针对现实，曾提出一系列改革方案，但未被采纳。北宋王朝当时将主要精力用于巩固内部的统治，对辽和西夏的入侵基本采取守势，这就招致了对入侵者用兵的失败。在朝廷错误政策的影响下，范仲淹在抵御西夏的斗争中虽然忠于职守，竭尽全力，却无法施展自己的谋略，反遭诬陷打击。词中流露出的功业未建的苦闷，即是这一现实的反映。

　　在范仲淹以前，很少有人用词这一新的诗体形式来写边塞生活，所以这首词实际上是边塞词的首创。这首词的内容和风格直接影响到宋代豪放词的创作。宋人魏泰在《东轩笔录》中说："范文正公守边日，作《渔家傲》乐歌数阕，皆以'塞下秋来'为首句，颇述边镇之劳苦。欧阳公(即欧阳修)尝呼为穷塞主之词。"遗憾的是他的边塞词均已散佚，只剩下这一首。然而正是这首词却成为词史上具有杰出艺术成就的重要词篇，它继王禹偁《点绛唇》之后，把词的创作引向多方面反映现实生活这一广阔的道路，使酒宴歌席上传唱的曲词，有了强烈的抒情性、形象性和现实性，对豪放词的发展很有积极意义。

柳永 (980?—1053?)，原名三变，字耆卿，崇安(今福建崇安)人。早年游学京都，屡举不第，过了一段"买花载酒"、"千金邀妓"的放浪生活。景祐元年(1034)才得中进士，官至屯田员外郎，世称柳屯田。在北宋词人中，他的官职最低，但他是以毕生精力填词的第一个专业词人。他精通音律，又善于向民间曲子词学习，对慢词的发展和北宋词风的转变起了推动作用，有重大的贡献。他的词题材较为广泛，内容主要反映羁旅行役、男女恋情和都市生活三个方面，感情纯真、大胆。他能创造性地运用铺叙手法，把抒情、写景、叙事完美地融合在一起，使之构思完密，首尾连贯，脉络井然，使词的创作进入一个新的历史阶段，从而成为词坛上对后世影响很大的词人之一。有《乐章集》，存词二百余首。

【雨霖铃】

原文

寒蝉①凄切，对长亭②晚，骤雨初歇③。都门帐饮无绪③，方留恋处④，兰舟⑤催发。执手相看泪眼，竟无语凝噎⑥。念去去⑦、千里烟波，暮霭沉沉楚天阔⑧。

多情自古伤离别，更那堪、冷落清秋节。今宵酒醒何处？杨柳岸、晓风残月。此去经年⑨，应是良辰好景虚设。便纵有千种风情⑩，更与何人说？

译文

寒蝉的叫声悲凉凄切，傍晚的暮色笼罩长亭，一阵骤雨刚刚停歇。京城外设帐饯别毫无情绪，正在留恋难舍的美好时刻，兰舟却催促着启程出发。手拉手相互看着流泪的双眼，都是喉咙阻塞无声地哽咽。想到一程又一程地远去，就要阻隔千里万里烟波，傍晚的云雾沉沉，楚天辽阔。

自古以来有情之人，哪个不是痛伤离别，更使人难以忍受的是，这零落的清秋节。今夜里酒醒时你在何处？杨柳凋零的岸边，披着晓风面对残月。此去又是一年接着一年，即便是良辰美景艳阳天，这美景对我如同虚设。纵然是在我内心涌起千般蜜意柔情，又能向谁去诉说！

注释

①寒蝉：蝉的一种。《礼记·月令》："孟秋之月，寒蝉鸣。"②长亭：古时驿路上设十里一长亭，五里一短亭，是给行人休息、也是送行的地方。③都门帐饮：在京城郊外设置帐幕宴饮送行。无绪：没有好情绪。④方留恋处：一作"留恋处"。⑤兰舟：木兰舟，船的美称。任昉《述异记》中说，鲁班曾刻木兰为舟。后人用为画船的美称。⑥凝噎，一作"凝咽"，喉咙像是被塞住，说不出话来，只是哽咽不已。⑦去去：一程又一程地远去。⑧暮霭沉沉楚天阔：傍晚的时候，天气阴沉沉的，南天空阔无边。古代楚国在我国的南方，拥有湘、鄂、江、浙大片土地，故称南方为"楚天"。⑨经年：年复一年。⑩风情：情意，深情蜜意。更：一作"待"。

赏析

这首词是写离情别绪的，可谓淋漓尽致。作者采取由表及里、由浅入深、由近及远、层层推进的艺术手法，使全篇首尾

联贯，组织细密，天然浑成。开篇三句点明送别的时间，从寒蝉凄厉、苍茫暮色、骤雨刚过的潮湿空气中，使人感到那临别时的压抑气氛。接三句写分手的地点，帐幕中的宴饮饯行及船家催促出发时的情景，给人以亲临其境之感。以上六句，交待时间、地点，渲染环境，烘托气氛，这些都有助于内情的表达。但仔细玩味，终究比较外在。所以，从"执手相看泪眼"一句开始，便由表及里地向内心深处挖掘了。作者通过人物的表情和动作，逐层揭示了离人的内心世界。"念去去"以下三句写别后设想，是化虚为实，又实中有虚；同时以景结情，总束上片。词的过片很重要，用了一个抒情的句子："多情自古伤离别。"既是对上片的景物描写做总的归纳，同时又引出下片，点明主题。"更那堪"句又推进一层，把上片的时间、地点、环境、气氛加以深化，同时又与过片句形成映衬和转折，使词的思想

感情升华到一个新的高度。接着又引出"今宵酒醒何处?杨柳岸、晓风残月"这一极富诗情画意的千古绝唱。然而,在词中这三句却是用美景来衬托别情的。所以,下面直接慨叹:"此去经年,应是良辰好景虚设!"这样美好的风景对一个满怀离愁别绪的人来说,有,也等于无;还不仅如此,面对美景更增添了游子的忧愁。为什么?结尾两句做了回答:"便纵有千种风情,更与何人说!"这两句在词里起"画龙点睛"作用。词人的满怀离愁别绪之所以无法排遣,并非只是一般的男女之情,还因为离别之后,纵有千般心事,万种柔情,再也没有知己可以与之倾诉了。正是结尾这两句,进一步强化了这首词的艺术生命。周济说:"柳词总以平叙见长,或发端,或结尾,或换头,以一二语钩勒提掇,有千钧之力。"(《宋四家词选》)

【凤栖梧①】

原文

伫倚危楼②风细细,望极春愁,黯黯生天际③。草色烟光残照里,无言谁会凭阑意。

拟把疏狂④图一醉,对酒当歌⑤,强乐⑥还无味。衣带渐宽⑦终不悔,为伊消得人憔悴。

译文

久久地站立在高楼之上,春风轻轻地吹拂着面颊,遥望着远天,一缕春愁,暗暗地从天边生起。青青的草色浩渺的烟波,都被笼在夕阳的斜照里;默默无言谁理解这凭阑思念远方恋人的心意。

本打算放纵内心的情绪——借酒浇愁以图得到一醉,可是对着酒杯狂歌乱舞,勉强地寻欢作乐还觉无味。就是消瘦了,我也绝不会后悔,为了思念你呀,我宁可消损得身心交瘁。

注释

①凤栖梧：与"蝶恋花"是同一词调的不同名称。②伫倚：久立。危楼：高楼。③望极两句：在目力所及的天际，一缕春愁，黯黯地油然而生。④拟把疏狂：打算放纵一下。疏狂，生活狂放散慢，不受礼法的拘束。⑤对酒当歌：曹操《短歌行》："对酒当歌，人生几何？"⑥强乐：勉强寻欢作乐。⑦衣带渐宽：是说人逐渐瘦了。

赏析

这首词是作者怀念远方恋人的作品。上片写登高望远，春愁油然而生，由望远而怀远。下片写为消除相思的痛苦，打算借酒浇愁，强自宽解，但又觉强乐无味。最后痛下决心，执著地追求思念中的伊人，为了她，可以不惜一切，大有"春蚕到死丝方尽，蜡炬成灰泪始干"之慨。

这首词抒情的特点是，始则借景生发；继则打算把怀远之情荡开，用"拟把疏狂图一醉"的办法，使相思之情得以排遣；终则因此情无法消解，索性任其相思下去。一收之后，复来一纵，手法有开有合，卷舒自由，有波澜，有韵致，非作词高手，难以达此境界。

【八声甘州】

原文

对潇潇①暮雨洒江天，一番洗清秋②。渐霜风凄紧，关河③冷落，残照当楼。是处红衰翠减④，苒苒物华休⑤。惟有长江水，无语东流。

不忍登高临远，望故乡渺邈⑥，归思难收。叹年来踪迹，何事苦淹留⑦！想佳人、妆楼颙望⑧，误几回、天际识归舟⑨。争知我、倚阑干处，正恁凝愁⑩。

译文

看傍晚的急风暴雨，飘飘摇摇洒满江天，又一次洗涤出凉爽的清秋。雨后的寒风渐冷渐急，山河更显得冷落清凄，夕阳的余晖映照着边楼。到处是一片花木衰落的残景，景物逐渐凋零一年又到头。只有那一望无际的长江水，默默无语地向东奔流。

登高望远，不忍心去望故乡烟波茫茫，归家的思绪会起伏难收。可叹这一年来自己的行迹，为何事在他乡久久地停留！想到妻子在家定是苦思苦想，在妆楼上总是呆呆地盼望，有多少次误把远处的来船当做我归家的舟。你又怎么会知道我倚着阑干远望，正凝聚着难解的哀愁。

注释

①潇潇：雨势急骤。②一番洗清秋：经过一番暴风雨的洗涤，成为凄清的秋天。③关河：山河。关，关山之地。④是处红衰翠减：到处花木凋零。翠，一作"绿"。⑤苒苒(rǎn)物华休：景物逐渐凋残。⑥渺邈：遥远。⑦淹留：久留他乡。⑧颙(yóng)望：抬头呆呆地盼望。⑨误几回、天际识归舟：多少次误把远处开来的船当做爱人的归舟。谢朓诗《之宣城郡出新林浦向板桥》："天际识归舟，云中辨江树。"⑩凝愁：愁凝聚不解。

赏析

这是一首写别情的词，上片写景，下片抒情，脉络极为清晰。上片，开始用"对"字领起，写雨后的江天，清澈如洗，词句也极洗炼，而又大气磅礴。"渐霜风"三句，用"渐"字领起，直贯而下，写风紧残照之关河楼头，境界绮丽而悲壮，声响尤为动人。"是处"两句，跌到眼前近景，叹息花木万物凋残。"惟有"两句再宕开，写江流之无语东流，人也默默隐忧。全片均是写景，惟景中含情，寄寓离别之思。

下片即景抒情。换头后，大开大合，呼应、问答、对照，各种手法运用自如。"不忍"句与"望故乡"两句，前呼后应；"叹年来"句与"何事"句，自问自答；"想佳人"两句与"争知我'两句，两相对照。这些都是一层深入一层，一步紧接一步，在章法上是密接而又宕开，有些句子的领字，如"不忍"、"望"、"叹"、"想"、

"误"、"争知"等,均贴切异常。其中"想佳人、妆楼颙望,误几回、天际识归舟",在艺术构思上是学习杜甫诗《月夜》思家的"今夜鄜州月,闺中只独看"的手法,从对方写起。下句又沿用谢朓《之宣城郡出新林浦向板桥》的"天际识归舟",然而加上了"误几回",意思则完全相反,句子更为灵动。"争知我、倚阑干处,正恁凝愁",又为对方设想自己,然后戛然而止。

通篇结构严密,动荡开合,呼应灵活,首尾照应,如前人谈兵所云常山之蛇。

【望海潮】

原文

> 东南形胜①,三吴②都会,钱塘③自古繁华。烟柳画桥,风帘翠幕④,参差十万人家⑤。云树绕堤沙。怒涛卷霜雪,天堑⑦无涯。市列珠玑⑧,户盈罗绮⑨竞豪奢。
>
> 重湖叠巘清嘉⑩,有三秋桂子⑪,十里荷花。羌管弄晴,菱歌泛夜⑫,嬉嬉钓叟莲娃。千骑拥高牙⑬。乘醉听箫鼓,吟赏烟霞⑭。异日图将好景⑮,归去凤池夸⑯。

译文

地处东南,形势优胜,这是三吴的著名古都,自古以来钱塘就无比繁华。烟罩绿柳掩映着彩绘朱桥,遮阳的风帘翠幕虚垂半挂,曲巷错落有十万人家。云朵般的绿树紧绕环湖堤坝。钱塘江怒涛卷着雪白的浪花,天然筑成的险阻浩瀚无涯。街市上罗列着珍珠美玉无瑕,绫罗绸缎堆满万户千家,家家竞逐比赛奢侈豪华。

里湖外湖映衬优美如画,近山远山重叠风景绝佳;暮秋时天竺寺有三秋桂子,曲院风吹轻摇着十里荷花。晴空丽日羌管奏着欢快乐曲,月夜清幽湖上传来菱歌唱答,笑看欢乐的钓翁和采莲女娃。千乘铁骑簇拥着出巡的太守。乘着微醺半醉听着箫吹鼓打,还吟诗作赋赞美暮霭朝霞。待他日绘画出这天堂美景,带回京城在金殿上值得一夸。

注释

①形胜:地理形势的优越超过其他地方。《荀子·强国》:"其固塞险,形势便,山林川谷美,天材之利多,是形胜也。"②三吴:其说不一。《水经注·浙江水》以吴兴(今浙江吴兴)、吴郡(今江苏苏州市)、会稽(今浙江绍兴市)为三元,指巨大殷实的名城。三吴又作"江吴"。③钱塘:即今杭州市,旧属吴郡。④风帘:挡风的帘子。翠幕:翠色的帷幕。⑤参差(cēn cī):长短、高低不齐。这里用以形容房屋。参差十万,即十万左右的意思。关汉卿《南吕一支花》(杭州景)"万余家楼阁参差"用此意。⑥霜雪:形容白色的浪花。⑦天堑(qiàn):天然的险阻。堑,护城壕。《南史·孔范传》:"隋师将济江,群官请为备防……范奏曰:'长江天堑,古来限隔,虏军岂能飞渡?'"⑧珠玑:泛指珠宝之类的珍贵商品。⑨罗绮(qǐ):绫罗绸缎。⑩重湖:西湖中有白堤,把湖水分成里湖、外湖,故称重湖。叠巘(yǎn):重叠的峰峦。清嘉:一作"清佳",清秀,美丽。⑪三秋:指阴历九月。桂子:桂树结的实。白居易《忆江南》:"山寺月中寻桂子,郡亭枕上看潮头。"⑫菱歌泛夜:采菱的小船夜行,传来歌声。⑬千骑(jì)拥高牙:是说太守级的地方官随从千骑之多。高牙:军前大旗,这里借指高官。⑭烟霞:指山川风景。⑮异日:日后,他日。图将:画将出来。⑯凤池:凤凰池,中书省所在地。唐宋时中书省是最高行政机关,这里借指朝廷。

赏析

这首词也是柳永词中广泛传诵的名篇。在词中作者以生动的笔调,把杭州描绘得富丽非凡。西湖的美景,钱江潮的壮观,杭州市区的繁华富庶,当地上层人物的享乐,下层人民的劳动生活,都一一流注于词人的笔下，描绘出一幅幅优美壮丽、生动感人的画面。这画面不仅描画出杭州的锦山秀水，而且画出了当时当地的风土人情。

前片，主要勾画钱塘的"形胜"与"繁华"。写法上由概括到具体，逐次展开，步步深化。开篇三句点出了"形胜"、"都会"与"繁华"，这是概括性的直陈。接着的下九句，便紧紧围绕这六个字，做形象的铺写，境界立即展开："烟柳画桥"三句写的是"都会"，"云树绕堤沙，怒涛卷霜雪"等则侧重于刻画"形胜"，而"市列珠玑，户盈罗绮"则突出了杭州的富庶繁华。下片，侧重于描绘西湖的美景、欢乐的游赏与劳动生活。写法上着眼于"好景"二字，尤其侧重于"好景"中出现的人。"重湖"三句描绘西湖美景，其中"三秋桂子，十里荷花"是千古迷人的丽句。"羌管弄晴"三句写的是下层人民，"千骑拥高牙"三句写的州郡长官。结尾以赞美的口吻收束。

据罗大经《鹤林玉露》记载，此词是柳永呈献给旧友孙何的作品。孙何当时任两浙转运使，驻节杭州。词中"千骑拥高牙"之句，有可能指孙何而言。由于是呈献州长官之作，词中不免对当时的杭州做夸张描写，也免不了要用恭维应酬的话语作结。我们应该从词里所提供的画面去感受祖国河山的壮美以及古代人民的勤劳和智慧，从而增强我们的民族自信心和自豪感。"上有天堂，下有苏杭"的赞语由来已久，这不是溢美之词。

张先 (990—1078)，字子野，乌程（今浙江吴兴）人，宋仁宗天圣八年（1030）进士，曾任永兴军通判，渝州知州。累官至都官郎中。晚年优游乡里，放舟垂钓，自得其乐。卒年八十九岁。张先性格疏放，为人"善戏谑，有风味"（《东坡题跋》）。他经历了从晏殊、欧阳修到柳永、苏轼这一历史时期。他的词早年以小令与晏殊并称，晚期多写慢词，与柳永齐名。在词史上他起过承前启后的作用，促进了慢词创作的发展。从艺术上看，他的小令超过慢词。其词含蓄工巧，情韵浓郁。有《安陆词》，又名《张子野词》，存词一百八十余首。

【木兰花】

乙卯吴兴寒食①

原文

龙头舴艋吴儿竞②，笋柱秋千游女并③。芬洲拾翠暮忘归④，秀野踏青来不定⑤。

行云去后遥山暝，已放笙歌池院静⑥。中庭月色正清明，无数杨花过无影⑦。

译文

湖上摆满蚱蜢似的龙头小船,吴地的少年摇桨拼搏向前!竹竿架起的秋千上,春游的少女双双荡飞。在芳洲采拾翠鸟羽毛和花草,日落西山忘了归家的时间,在秀丽的郊野踏青的游人往来不绝。

人们像行云似的随风散去,远处的青山一片暮霭。幽雅的笙歌已停止,池边宅院一片寂静。院内月色正清丽明亮。无数杨花悄悄地飘飞,不见踪影,消融在月光中。

注释

①乙卯:宋神宗熙宁八年(1075)。吴兴:郡名,今浙江湖州市。寒食:节令名,清明前一日或二日。从寒食至清明的三天是出城扫墓及春游的日子。②蚱艋(zé měng):样式像蚱蜢一样的小船。③笋柱秋千:用竹竿做柱的秋千架。并:成双成对地荡秋千。④拾翠:指妇女游春,采拾翠鸟羽毛和花草。曹植《洛神赋》:"或采明珠,或采翠羽。"杜甫《秋兴八首·之八》:"佳人拾翠春相问。"⑤踏青:寒食清明出游郊野,俗名踏青。⑥放:停止。笙歌:奏乐和歌唱之声。笙,簧管乐器,由簧片、笙管、斗子三部分组成。⑦杨花:类似柳絮,于春末从杨树上飞出的白絮。

赏析

这首词作于宋神宗熙宁八年(1075)的寒食节。这时,词人已是八十六岁高龄。可贵的是,词中充满生活热情,散发着清新气息,描绘出一幅欢乐的寒食游春图,表现了老人澄澈的心境。

上片描绘出四个画面:竞龙舟、荡秋千、拾翠和踏青。这都是一些具有强烈动势的画图,词中句句有人,"竞"、"并"等动态词语,充分表现出青年男女们的生机和活力。下片写游人散去,笙歌停放,月色清明,杨花无影的一种极为深幽清静的意境,老人澄澈的心境得到了巧妙的表现。

张先以写"影"而闻名词坛,有"张三影"之美称。此词"无数杨花过无影"句之"影"字,一语关三,一关杨花,二关月色,三关池水，可谓以少总多，含蓄深远，清朱彝尊《静志居诗话》对此词结二句尝叹其工绝，在世传"三影"（"云破月来花弄影"、"娇柔懒起，帘压卷花影"、"柳径无人，堕飞絮无影"）之上，确有见地。词人的名句"云破月来花弄影"（《天仙子》），意象较为华美，易为一般人所欣赏。然此词的"中庭月色正清明，无数杨花过无影"句，空灵蕴藉，极妙地象征了老人心境的清澈，绝不下于"云破月来"之句。

【青门引①】

原文

　　乍暖还轻冷，风雨晚来方定。庭轩寂寞近清明②，残花中酒③，又是去年病。

　　楼头画角风吹醒④，入夜重门静。那堪更被明月，隔墙送过秋千影。

译文

　　春来乍暖还轻冷的时候，一阵阵风雨到傍晚才停。庭院里一片孤寂冷清，这时节已经接近清明，为了悼惜残花我喝了过量的酒，这又是和去年一样的老毛病。

　　戍楼上响起了军用的号角，一阵清风吹来把我惊醒，夜晚院内那么寂静。怎堪那多情的明月，隔着高墙送过来少女们玩耍的秋千影。

注释

　　①《花庵词选》题作"初春"。《草堂诗余》题作"怀旧"。②庭轩：庭院、走廊。③残花中酒：悼惜春暮花残，喝酒过量。④楼头画角

风吹醒：楼头，指城上的戍楼。画角，军用的号角，涂了色彩，故称画角。黄蓼园《蓼园词选》："角声而曰风吹醒，醒字极尖刻。"

🦋 赏析

　　这是一首抒写暮春时节寂寞怀人的词作。大约是词人青年时期的作品。起二句，言春天气候变化不定，"乍暖"又"轻冷"，"轻冷"伴随着风雨来，到晚上风雨才停。写得层次细密，见出主人公的敏感。"庭轩寂寞"，将此时此境的苦闷难以为怀、一任天气变化侵逼的种种体味传出。歇拍二句，写春残花落，为了惜花借酒浇愁，不觉中酒(喝过量)，重现了去年此时此情此境。所以惜春病酒，内中寓有伤春怀人之意。

　　换头写画角声声，凉风阵阵，将中酒人吹醒。而醒后的庭院所感比傍晚更为寂静难堪，烘衬着词人闭塞难通的苦闷心境。在这苦闷怀人的时刻，清明的月光隔墙送过来秋千的影子。睹物更怀人，人却不能见，秋千也不可近，愁思痛苦更为深切。

　　沈际飞评此词云："怀则自触，触则愈怀，未有触之至此极者。"(《草堂诗余正集》)此词正是善于把愁怀与感触交织起来，互相生发，又拧成一片，以极写寂寞苦闷的心情，余味不尽。

晏殊 (991—1055)，字同叔，抚州临川(今江西临川)人。死后谥元献，世称晏元献。十四岁时，以神童召试，赐同进士出身。出仕真宗、仁宗两朝，官至同平章事兼枢密使。平生好兴办学校，汲引贤才，范仲淹、韩琦、欧阳修等皆出于他的门下，交游也多为文人学士。晏殊一生富贵优游，所作多为歌酒风月、闲情别绪，而笔调闲婉，理致深蕴，音律谐适，语言雅丽，形象疏朗，境界浑成，有独到的艺术特色，是北宋词坛上的重要词人。

著有《珠玉词》，存词一百三十余首。

【浣溪沙】

原文

一曲新词酒一杯，去年天气旧亭台。夕阳西下几时回？

无可奈何花落去，似曾相识燕归来。小园香径独徘徊①。

译文

她们歌唱一曲新词，我饮干美酒一杯。去年此刻的天气，旧时的楼阁亭台。夕阳向西方落下，几时再见你回来？

无可奈何的繁花啊，任凭你凋零落去！似曾相识的燕子啊，你终于盘旋着归来。在铺满落花的小径上，我独自徘徊。

注释

①香径：铺满落花散发香气的路径。徘徊：来回往复，流连不舍。

赏析

这首短小令词，字面上明白如话，但人们对其内容的理解却不一致。玩味全词，确含伤春惜时之意，但也有怀人惜别之情。

上片的"天气"、"亭台"、"夕阳西下"，因"去年"二字而为今昔之比。去年欢宴时"一曲新词酒一杯"的情景难忘。此句前置，加重了念昔的分量。此中定有去年唱者的动人，听者的动心，更有不能言传的动情。而今，暮春的天气，曾经欢聚的亭台，分手时夕阳西下的景象，一切都与去年一样。然而，去年人在，听歌饮酒，何等欢愉；今日人却杳然，岂不令人触目伤神？在"几时回"的呼唤中，吐露了难以藏抑的怀人之情。

下片则借助眼前景物，着重写今日之感伤，"无可奈何花落去，似曾相识燕归来"两句，对语精警工整，是词人的得意之句，被后人赞誉为"天然奇偶"(杨慎《词品》)。此两句借物传意，融情入景，在花落燕归之中，寄寓着花落事已去、燕归人未归的深沉慨叹。最后，以"小园香径独徘徊"作结，落英缤纷，残红满径，孤身徘徊，是在去年携手同游的小径上？句中着一"独"字，点明题旨，再看前面的听歌、饮酒、天气、亭台、夕阳、落花、归燕，等等，无一不是"独徘徊"中所见、所忆、所感。全词没有香艳之语，不见雕琢之迹，却自然媚婉，情韵感人。

【破阵子】

原文

燕子来时新社①，梨花落后清明②。池上碧苔三四点③，叶底黄鹂一两声④。日长飞絮轻⑤。

巧笑东邻女伴⑥，采香径里逢迎。疑怪昨宵春梦好，元是今朝斗草赢⑦。笑从双脸生。

译文

　　燕子回来的时候，正赶上热闹的春社，梨花落后却迎来了风和日丽的清明。池面上生长的苍苔——三点、四点，点点泛绿。林叶下的黄莺鸣叫—— 一声、两声，声声动听。春日白天渐长飞絮分外轻盈。

　　想要去找东边邻居家，那满面笑容的美丽女伴，恰巧在采花草的小路上，两个人欣喜相迎。"怪不得在昨天晚上，做了那样一个好梦，原来是今天和你斗草取胜！"两位少女脸上生出笑容。

注释

①新社：刚到社日，这里指春社。社是古代祭祀土神的日子，分春秋两社。春社在立春之后，清明之前。相传燕子春社北来，秋社南归。②清明：清明节，二十四节气之一。③碧苔：苔类植物。这里兼指浮于水面的绿叶。④黄鹂(lí)：黄莺，古名仓庚。⑤日长：春日渐长。⑥巧笑：美丽的笑容。《诗经·卫风·硕人》："巧笑倩兮，美目盼兮。"⑦斗草：古代妇女常用野草作比赛游戏。梁宗懔《荆楚岁时记》："五月五日，四民并踏百草，又有斗百草之戏。"

赏析

这首词写的是古代闺阁少女春日生活的一个片断。词人给读者展现了一幅春日游玩的仕女图。词中的景色鲜明，人物生动，充满着青春的欢乐气息。

上片写景。开篇用两个对称的句子点明季节特征。"燕子来时"、"梨花落后"：一紫一白，一上一下，一动一静。这两个美好事物、美好形象，对"新社"、"清明"两个抽象的节候名称也赋予了丰富的内容和生动的形象。三、四句承上两句作形象的补充和发挥，把清明时节的风光描绘得有色有声。色，"池上碧苔三四点"；声，"叶底黄鹂一两声"。歇拍(上片结句)"日长飞絮轻"是词中的传神之笔，着一个"飞"字，以动衬静。在这寂寥的长日里，似乎一切都是静悄悄的，只有一些柳絮在空中轻盈地飘荡。这就将上面几句所写的情景一起烘托出来。

下片写人，写充满青春活力的少女。头两句的意思是从上片贯穿而来，在这样美好的春天，且逢"新社"、"清明"佳节，年轻人在这样寂寥的环境里怎么能耐得住呢？于是，就想要到东邻找女伴来游戏。恰巧走在采摘花草的小路上正逢女伴，当然是欣喜欲狂地游玩起来。在斗草中两人必然是相互戏谑。赢了的会得意地挑逗说："疑怪昨宵春梦好，原是今朝斗草赢。"两位少女边游戏边说笑，当然是"笑从双脸生"。

全词纯用白描，展示了古代少女的纯洁心灵。笔调生动活泼，风格朴实自然。

欧阳修(1007—1072)，字永叔，自号醉翁，晚号六一居士，吉州庐陵(今江西吉安)人。幼年丧父，由寡母教养成人。仁宗天圣八年(1030)进士。历官知制诰、翰林学士、枢密副使、参知政事等。早年支持范仲淹，要求政治改良，为此屡遭贬谪。晚年思想趋于保守，反对王安石变法。神宗熙宁四年(1071)，以太子少师致仕。卒赠太子太师，谥文忠。北宋诗文革新运动的领袖，"唐宋八大家"之一。苏洵父子、曾巩、王安石皆出其门下。在散文、诗、词方面都卓有成就。其词多写男女恋情、伤春怨别，也有写景抒情、表现个人抱负和身世之感的词作，题材较广，并且在抒情性和形象性方面有所发展。他还注意向民间词学习，以通俗生动的口语入词。形象鲜明生动，语言清新婉丽。以小令见长，与晏殊齐名，成就在晏殊之上。曾与宋祁等合修《新唐书》，并独撰《新五代史》。有《欧阳文忠集》，词有《六一词》、《醉翁琴趣外篇》。

【诉衷情】

眉 意

原文

清晨帘幕卷轻霜，呵手试梅妆[1]。都缘自有离恨，故画作远山长[2]。

思往事，惜流芳[3]，易成伤。拟歌先敛[4]，欲笑还颦[5]，最断人肠。

译文

清晨卷起帘幕，帘幕上挂满轻霜。呵气暖手试梳梅花妆。因为自己心里充满离愁别恨，才把双眉画作长长远山形状。

想起往事，叹惜那逝去的年华，怎不令人心伤。要唱歌先收起笑容，欲笑还得蹙眉表示忧伤，那强作笑颜更是断人情肠。

注释

①呵手：手指冷僵，呵气使它灵活。试梅妆：试作梅花妆。《太平御览》卷三十"时序部"引《杂五行书》："宋武帝女寿阳公主人日卧于含章殿檐下，梅花落公主额上，成五出花，拂之不去。皇后留之，看得几时，经三日，洗之乃落。宫女奇其异，竞效之，今梅花妆是也。"②故画作远山长：故意把双眉画成长长的远山形状，表示离恨的深长。③流芳：一作"流光"，义同，均指流水年华。④敛：敛容，收起笑脸显出庄重的样子。⑤颦：蹙眉，表示愁情。

赏析

　　这首词是写一个歌女的内心痛苦愁闷。上片写在一个寒天轻霜的早晨，女主人公卷起帘幕，手指冷僵，她呵气暖手，试作梅花妆。因为满怀离愁，思念着远方的意中人，在梳妆时故意把双眉画作长长的远山形状，以表示离恨的深长。

　　下片写歌女回忆往事，叹惜青春易逝，流年似水，不禁引起感伤。"思往事"三句，想起她所经历的人生悲欢离合的故事，特别是与意中人由相会、相合到相别的悲惨遭遇，内心里怎能不痛楚悲伤。"拟歌"两个排比句，既是对歌伎卖笑生活的总结，也是对女主人公在现实中强不成欢的生活概括。生活在封建社会底层的歌伎本是供人欢笑的玩物，为了生存而扭曲天性、矫揉造作，以博得达官贵人的垂青。她们在人前强颜欢笑，内心深处却流淌着鲜血。所以结句承前而发"最断人肠"，是极度悲伤。这四个字写尽了女主人公的惨痛而又无可奈何的复杂心理，流露了作者对受屈辱的歌伎的极度同情。

【生查子】

元 夕①

原文

去年元夜时，花市灯如昼②。月上柳梢头，人约黄昏后。

今年元夜时，月与灯依旧。不见去年人，泪湿春衫袖。

译文

去年正月的元宵佳节之夜，卖花的集市华灯如昼。一轮明月爬上柳梢头，两人幽会就在黄昏后。

今年正月的元宵佳节之夜，月亮与灯火依然如旧。却不见去年那相约人，两眼泪流湿透春衫袖。

注释

①元夕：亦称元夜，即农历正月十五日元宵节，也叫上元节。自唐代开始于元夜张灯，民间有观灯的风俗，故又称"灯节"。②花市：每年春时卖花、赏花的集市。白天虽过，花市仍然不收。

赏析

这首小词过去曾误入朱淑贞《断肠词》集，前人已证其误。此词构思极巧妙。作者采取多层次的对比手法——今与昔、闹与静、悲与欢，一层深一层地表现了词中主人公内心的真挚感情。

上片，写词中主人公回忆去年元宵节之夜与情人的佳期密约。作者用"花市"一句概写元夜的景况，并交代了与情人约会的时间、地点。"月上柳梢头"句，进一步交代了约会的具体时刻，月、柳相映，使幽会更增添了几分诗情画意。接补"人约黄昏后"句，将月、柳、人三者交织在一起，构成了情景交融的温馨意境，一个幸福的统一体。

下片，描述今年灯节的情景。"月与灯依旧"，用"依旧"二字点明今年元宵节之夜，一切景物都与去年相同，可是物是人非，"不见去年人"了，怎不教人惆怅悲伤？去年的莺俦燕侣，如今却剩下只身孤影；去年的欢乐幸福却酿成今年不幸苦酒。抚今思昔，触景伤怀，终于不堪忍受而"泪湿春衫袖"了。

全词风格清切婉丽，并吸收了民歌风格，语言通俗，明白如语，但却含蓄隽永，耐人寻味。

【南歌子】

原文

凤髻金泥带^①，龙纹玉掌梳^②。走来窗下笑相扶^③，爱道：画眉深浅入时无^④？

弄笔偎人久，描花试手初。等闲妨了绣工夫^⑤，笑问：双鸳鸯字怎生书^⑥？

译文

凤凰式的发髻再束起泥金带，头上插着刻有龙纹的玉掌梳。她轻盈漫步走到窗前，新郎迎着她，两人谈笑相扶。她娇声道："你看我的画眉深浅合时不？"

摆弄笔管她久久依偎着丈夫，描花她初次试着描出新花样。因而她轻易地耽搁了自己刺绣的工夫，她笑问丈夫："'鸳鸯'两个字怎样写呀？"

注释

①凤髻金泥带：梳成凤凰式的发髻，用泥金带子束起来。金泥，即泥金，用屑金为饰的用品，北宋时很流行。②龙纹玉掌梳：玉制掌形的梳子，上面刻着龙的花纹。③走来：一作"去来"。④画眉深浅入时无：朱庆余诗《近试上张水部》："洞房昨夜停红烛，待晓堂前拜舅姑。妆罢低声问夫婿：画眉深浅入时无？"入时无，合时吗？⑤等闲：轻易，随便。⑥双鸳鸯字怎生书：一作"鸳鸯两字怎生书"。怎生，怎样。

赏析

这首小令用饶有情趣的通俗口语，通过一系列富有戏剧性的举止动作，描绘出一位既娇柔多情又颇有心计的新嫁娘的形象。她的温柔情态，笑声问语，活泼可爱，写得绘声绘色，极其生动、真切。

上片，写新嫁娘的装饰与含情脉脉。发髻梳成凤凰式并用泥金带子束起来，头上还插着一把刻有龙纹的玉掌形梳子。这位既入时又艳美的新娘从室内走出来，新郎连忙迎上前去，两人亲亲热热偎依在一起。新娘怕自己装扮的还有什么不妥帖的地方，便情不自禁地向新郎问道："你看我的眉黛画得合不合时宜？"词中用"爱道"而不是"问道"，细致地刻画出这位新娘天真娇美的情态。

下片，通过对新娘举止动作的描绘，表现了她细腻的心理活动。她依偎着新郎，久久地摆弄对她来说是生疏的笔管，初次地尝试着来描摹新花样，描花样也不是全神在意，当然是轻易地把刺绣的功夫耽搁了。这时，理应搁笔刺绣了，但词的结句却妙趣横生：新娘突然满脸娇笑地询问新郎："鸳鸯两字是怎么写法？"原来这位狡黠的新娘，怀着对丈夫的满腔柔情蜜意，搁下针线，握笔试手描花，不过是一种羞涩的掩饰动作，"弄笔"的真实目的是在于学写"鸳鸯"二字，借此吐露自己潜藏心底的爱情向往。鸳鸯成双成对，朝夕相伴，偎依不离，这也正是自己最美好的祝愿。她对自己爱情的祝福，也正是她这个时代的青年男女们的共同愿望。词的上下两片的结句，都是写新娘向新郎的发问，两句问话都显得既聪明又俏皮，既含蓄又风趣，深刻地揭示了新娘内心的一片柔情蜜意。

王安石(1021—1086)，字介甫，晚号半山，抚州临川(今江西抚州市)人。宋仁宗庆历二年(1042)进士，任州县地方官十余年之久，政绩卓著，颇有名声。他目睹时弊，立志改革。嘉祐三年(1058)上万言书提出变法主张。神宗熙宁二年(1069)任参知政事，前后两度为相，实行变法，企图改变宋朝积贫积弱的局面。推行新法虽取得了一定成就，但由于保守派阻挠，新法未得到很好贯彻。熙宁九年(1076)王安石被迫辞职。后退居金陵，封荆国公，世称王荆公。他是我国历史上著名的政治家、思想家，且文学成就颇高，影响巨大。其诗文颇有揭露时弊、反映社会矛盾之作，体现了他的政治主张和抱负。散文雄健峭拔，为"唐宋八大家"之一，诗歌刚劲清新。词虽不多，但风格高峻豪放，感慨深沉，别具一格。所著《字说》、《钟山日录》等，多已散佚，现存有《临川集》、《临川集拾遗》、《三经新义》中的《周官·新义》残卷，又《老子注》若干条保存于《道藏·彭耜集注》中。有词集《半山词》，存词二十余首。

【桂枝香】

金陵怀古①

原文

登临送目，正故国晚秋②，天气初肃③。千里澄江似练④，翠峰如簇⑤。征帆去棹残阳里⑥，背西风，酒旗斜矗⑦。彩舟云淡，星河鹭起⑧，画图难足。

念往昔，繁华竞逐⑨。叹门外楼头，悲恨相续⑩。千古凭高，对此漫嗟荣辱⑪。六朝旧事随流水，但寒烟、衰草凝绿⑫。至今商女，时时犹唱，后庭遗曲⑬。

译文

登上高山之巅极目远望，古老的金陵正值晚秋时光，天气刚

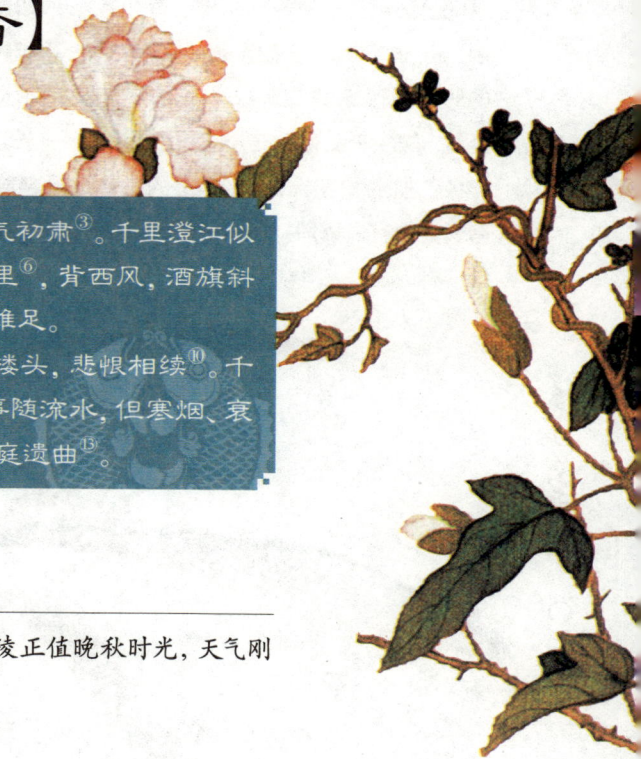

刚使人感到凉爽。千里长江澄明如同白色绸带，翠绿的群峰像利剑指向穹苍。江面上来来往往的船只，沐浴着夕阳的光芒。江岸上吹起的西风萧飒，酒楼斜插的酒旗迎风摇荡。远望彩色画船穿透淡云薄雾，一群白鹭在银河里飞翔，画笔也难绘出这迷人景象。

追念往事，这历史悠久绵长，竞逐豪华，一代比一代狂荡。可叹兵临门外楼头还在作乐，这沉痛的教训却相继模仿。自古以来多少人登高望远，对此只不过空叹荣辱兴亡。六朝竞逐的往事，像江水似的一去不返，只剩下秋风卷着寒烟还带着绿意在衰草上飘荡。时至今日秦淮河上的歌女，她们不知亡国恨，时常还把亡国之音的《后庭花》遗曲歌唱。

注释

①金陵：今江苏南京市。在历史上曾是东吴、东晋、宋、齐、梁、陈六朝的都城。②故国：指金陵，因是历史上六朝的故都，故称。③天气初肃：天气转为清肃、萧肃。《礼记·月令》："孟秋之月"，"天地初肃"。④澄：水色清澈。江，指长江。似练，像一条白色的绸带子。谢朓《晚登三山还望京邑》："澄江静如练。"⑤如簇(cù)：像箭头一样尖削。簇，同"镞"，即箭镞；也可解为攒聚。⑥征帆去棹(zhào)：指来往的船只。征，一作"归"。棹，船桨，这里指船。⑦斜矗(chù)：斜斜地竖着。⑧彩舟云淡两句：这是写的远景——长江像是一条天河，远望彩色的航船如在云端，水洲上的白鹭纷纷起舞。南京西南长江中有白鹭洲，作者把这个地名活用，写成"星

河鹭起"的动景。星河，天河。⑨繁华竞逐：争着过豪华淫靡的生活。竞逐，竞争、追逐。⑩叹门外楼头两句：杜牧《台城曲》："门外韩擒虎，楼头张丽华。"此两句诗大意是：隋朝大将韩擒虎已兵临城下，陈后主还在和他的宠妃张丽华在结绮阁寻欢作乐。结果灭掉了陈国，陈后主和张丽华被俘获。门外，指朱雀门外。悲恨相续，是说六朝亡国的悲恨相续不断。⑪漫嗟荣辱：空叹兴（荣）亡（辱）。⑫六朝旧事两句：窦巩《南游感兴》："伤心欲问前朝事，惟见江流去不回。日暮东风春草绿，鹧鸪飞上越王台。"化用此诗意。六朝旧事，指六朝的历史。⑬至今商女三句：杜牧《夜泊秦淮》："商女不知亡国恨，隔江犹唱后庭花。"商女，歌女。后庭花，即陈后主所作《玉树后庭花》歌曲。《隋书·五行志》："祯明初，后主作新歌，词甚哀怨，令后宫美人习而歌之。其辞曰：'玉树后庭花，花开不复久。'"当时人们认为这是陈亡国之兆，后人视此曲为亡国之音。

赏析

这是一首登临之作。词人用托古喻今的手法，隐曲地指出北宋王朝潜伏着某种亡国的危机。而面对这一现实，统治阶级仍在秦淮河上寻欢作乐，弃国家与民族的危亡于不顾。

上片写金陵的壮丽景色，热爱祖国大好河山的情感充满字里行间，气象开阔、宏大。首三句写季节。"登临送目"，可见作者的眼界开阔，胸襟豁朗。"故国"句，是从漫长的历史着笔，注明"晚秋"时节，"天气初肃"，兼有对现实的感受。这些都是对托古喻今主题的衬托。"千里澄江似练，翠峰如簇"，是登临所见之河山胜境和金陵地势的险要。"征帆去棹斜阳里"三句放眼近处，突出"征帆"与"酒旗"的形象，而以"西风"、"斜阳"为衬，使舟中人的奔波与酒楼内的闲逸形成对照。"彩舟云淡"三句，写的远景，以"彩舟"、"白鹭"为主，"云淡"、"星河"为宾，歇拍以"画图难足"总赞，以引出下片的慨叹兴亡。

下片，抒发吊古伤今的感叹。以一"念"字领起，直贯篇终。首三句先就六朝兴亡的史实和特点总括一句"繁华竞逐"。然后点出陈后主的"门外楼头"的历史惨剧，表明了作者鲜明的政治倾向。"悲恨相续"，既是吊古，又是伤今。"千古凭高"两句，写后人对此只能空叹兴亡，其中也含有对现实无可奈何的感慨。"六朝旧事随流水"两句，说明人世，故国依旧，眼前只有"寒烟衰草"而已。窦巩《南游感兴》："伤心欲问前朝事，惟见长江去不回。日暮东风春草绿，鹧鸪飞上越王台。"作者在这里是化用了这首诗的诗意。末三句又化用了杜牧《夜泊秦淮》的诗意，针对现实向醉生梦死的封建统治阶级敲响警钟，寄慨遥深。

这首词是王安石的代表作。它充分体现了作者对现实重大政治问题的关心。在北宋词坛上描写男女恋情与伤离念远这一类题材盛行之际，作者把托古喻今、关心国家兴亡这一类题材的作品带进词的创作领域，并且以自己骨肃风清的格调而独树一帜。这是王安石对词的发展所做出的贡献。因而，此词被后人誉为"登临之绝唱"。

【浪淘沙令】

原文

伊吕两衰翁，历遍穷通，一为钓叟一耕佣①。若使当时身不遇，老了英雄。

汤武偶相逢②，风虎云龙③，兴王只在谈笑中。直至如今千载后④，谁与争功？

译文

伊尹和吕望这两位古代的老翁，经历遍了穷途潦倒和世运亨通，一位是在渭水磻溪垂钓的渔翁，一位是奴隶在有莘氏田野耕种。假若他们两个人在那个时代里，没有遇到成汤王和周文王，有天大本领也是被埋没的英雄。

他们和成汤王周武王偶然相逢，君臣遇和就如同风从虎云从龙，改朝换代开国创业的伟功，建立于谈笑之中。直至今天，历经千载，可有谁能与之争功？

注释

①伊吕两衰翁三句：伊，即伊尹，是夏末有莘氏的陪嫁奴隶，曾"耕于有莘之野"，因才识卓越，为成汤所识，委以国政，得以灭夏桀而建商朝。成汤死后，伊尹又辅佐了两朝国君，巩固了商政权。吕，即吕望，又称姜尚、姜太公，早年贫寒，老来垂钓渭津，于渭水边遇周文王，后辅佐周武王完成了灭纣兴周的大业。穷，是指穷途潦倒；通，是指世运通达。②汤：成汤王。武：周武王。③风虎云龙：如风从虎，如云从龙。④如今千载后：意即千载后的今天。

赏析

　　这首词是作者借伊尹和吕望(姜太公)这两位古代贤臣的际遇，以抒发自己获得宋神宗的知遇，在政治上积极进取十分顺利的得意之情。此词可断定是在作者推行新法并取得暂时成功之际所写。

　　开篇三句，直道伊、吕两位老翁失意时穷途潦倒的情况，一位是农夫，"耕于有莘之野"，一位是渔夫，垂钓于渭水的磻溪。接二句，用假设的笔法，说这两人如果当时没有机遇，即使有经天纬地之才，也只能是被埋没的英雄豪杰。

　　下片，换头句"汤武偶相逢"，承上片结尾两句之意境，用一个"偶"字对应"若使"，使上下两片的意境贯通。接二句"风虎云龙，兴王只在谈笑中"，沧桑巨变，在作者笔下却表现得极为轻松和悠闲，这表现出王安石对他所向往的先驱们怀有的崇敬和羡慕之情。由此，必然产生深深的自励："直至如今千载后，谁与争功？"表面意谓功盖千秋，无与争者，实际上也颇为自负，即是：伊、吕之业，虽千古无匹，但风流人物，尚看今朝。作者以伊、吕自况，其政治抱负从这两句含有不服气的语气中强烈地透露出来。

　　这首词是当时现实意义强、政治色彩浓、风格豪放的词篇，不失为豪放词发展史上继范仲淹《渔家傲》之后的又一重要作品。

晏几道(1030?—1106?)，字叔原，号小山，抚州(今江西抚州)人，晏殊幼子，他出身宦门，但不肯攀附权贵和趋从时俗，性情孤傲耿介。曾任颍昌府许田镇监，后为乾宁军通判、开封府推官。一生仕途失意，饱谙人情世态的炎凉冷暖。他能文善诗，与其父齐名，时称"二晏"。词风近其父，多写四时景物、男女爱情，受五代艳词影响而又兼花间之长。善于写景抒情，语言和婉浓丽、精雕细琢。感情深沉、真挚，有一定的社会意义。其词工于言情，风格较为悲凉沉郁，为后世喜工丽词语的文人所激赏。有《小山词》。

【鹧鸪天】

原文

彩袖殷勤捧玉钟①，当年拚却醉颜红②。舞低杨柳楼心月，歌尽桃花扇底风③。

从别后，忆相逢，几回魂梦与君同。今宵剩把银釭照④，犹恐相逢是梦中。

译文

她对我十分殷勤——华筵上手捧酒杯; 当时我深为感动——甘愿喝醉酒脸涨红。一遍遍狂舞不觉更深, 楼头的明月已低沉; 一曲曲欢歌, 桃花扇下微风已消尽。

自从那日与你分别之后, 我总是追忆相逢的情景, 多少次是在梦里和你欢聚, 梦醒后更增添烦恼和苦情。今夜里与你是意外的重逢, 急忙持着一盏银灯来相照; 还恐怕这次相逢, 依然是在梦中。

注释

①彩袖句: 穿彩衣的歌女捧着酒杯殷勤劝酒。玉钟, 玉质的酒杯。②拚(pàn): 甘愿, 不惜。③舞低杨柳两句: 是形容歌舞盛况, 渲染欢乐场面, 指彻夜不停地狂歌欢舞。一遍遍地起舞, 不觉更深夜尽, 挂在树梢、照在楼头上的月亮已低沉下去; 一曲曲的清歌、歌扇挥舞不停, 扇下的风也快消失了。扇底, 扇里。④剩把: 尽把。银钉(gāng): 银灯。

赏析

这首词写一对情人久别重逢, 全篇都是从男子方面着笔写的。抒情主人公即是作者, 自叙其爱情生活中的一段经历。

上片, 追忆初次相见的场面、情景。开头两句写词人是在一次华筵上与那位女子相见。彼此一见倾心, 互通情愫, 真诚相爱。女方不停地劝酒, 男方开怀畅饮, 形象地表现出男女双方的柔情蜜意。接着两句描绘彻夜不停地狂歌欢舞。一遍遍地起舞, 舞到更深夜尽, 月亮下沉; 一曲曲地欢歌, 歌扇不停, 扇里的风都要消失了。以上的场面是从主人公回忆中展现出来, 是采用 "化实为虚" 的艺术表现手法。

下片, 换头三句写别后相思。前二句就事叙述兼及解说, "几回" 句, 具体描述相思情状: 多少次梦里的欢聚, 醒来后却增添了更多的烦恼和愁苦。表现了彼此间感情的真挚与深厚。结拍两句, 写意外的重逢。"今宵" 句, 点明眼前事, 表现出惊喜之情; "犹恐" 句, 与 "几回" 句照应, 过去深为梦境所苦, 今夜真的重逢了, 又恐其再是梦境,因而把灯来照,极欲证其为真。心理描写十分细腻真实。

全词结构谨严,层次分明,波澜起伏,虚实照应。语言自然工丽,形象鲜明生动,具有较强的艺术魅力,当时被列为宋金十大曲之一,广为传唱。

【阮郎归】

原文

天边金掌露成霜①,云随雁字长②。绿杯红袖趁重阳③,人情似故乡④。

兰佩紫,菊簪黄,殷勤理旧狂⑤。欲将沉醉换悲凉,清歌莫断肠。

译文

京城里铜仙人掌上的露盘,承接的露水已经变成秋霜,秋云随着南飞的雁阵延长。尽量地饮酒,尽情地歌舞,趁着这一年一度的九九重阳,这里的风俗人情和故乡一样。

我也应当佩带上紫色秋兰,簪上黄菊装成欢乐的模样,殷勤地再现出旧日的痴狂。我的意愿是喝得沉沉大醉,换去内心里的无限悲凉,耳听清歌千万别断肠。

注释

①天边金掌句:据《三辅黄图》载,汉武帝在长安建章宫前造神明台,上铸铜仙人,手托承露盘以储露水。金掌,指仙人手托露盘。露成霜,语出《诗经·秦风·蒹葭》:"白露为霜。"②雁字:雁群飞行时组成行列,形状如字。③绿杯句:趁着重阳佳节尽量喝酒、尽情歌唱。绿

杯,指绿酒。红袖,指歌女。④人情:情味,风味。⑤理旧狂:过去的狂态又表现出来了。况周颐《蕙风词话》:"狂者,所谓'一肚皮不合时宜',发见于外者也。"黄庭坚《小山词序》中说小晏有"四痴":一是不依傍权贵;二是写文章不肯做一新进士语;三是不会理家,不能理财;四是"人百负之而不恨,已信人,终不疑其欺己"。

赏析

这首词是作者在汴京重阳宴饮之作,在《小山词》中,可称最为凝重深厚。

词的开篇用汉武帝铸铜仙人捧承露盘承露的故事,点明深秋季节。接句写北雁南飞,烘托气氛。后二句借重阳饮酒进入个人身世之感慨。作者客居他乡,心灰意冷,本无意于"绿杯红袖",但主人的盛情难却,使人有宾至如归之感,好像是重返故里。换头三句承此,作者借"佩紫"、"簪黄",点出重九时的风习,恍如置身故乡。正因如此,免不了旧病复发:"殷勤理旧狂。"这句有三层意思:"殷勤"一层,"理"一层,"旧狂"一层,深刻反映出作者内心矛盾与情不由己。然而,即使"旧狂"发作,却早已不见当年兴致,结果只是"欲将沉醉换悲凉"。"悲凉"二字道出了作者家境中落,身世悲凉之苦感。在这万般无奈的处境之中,作者叮嘱自己:"清歌莫断肠。"即不要再犯历史性的"断肠"的错误。这最末一句又加深了一层感情的回环曲折,将前所写之情意推到一个更深广的心理世界中去,留有不尽的余意。

《蕙风词话》评说:"此词沉着厚重,得此结句,便觉竟体空灵。"

苏轼（1036—1101），字子瞻，一字和仲，号东坡居士，眉州眉山（今属四川）人。宋仁宗嘉祐二年（1057）进士。历官福昌县主簿、大理评事、殿中丞等。神宗时，因反对王安石变法，出为杭州通判，后知密州、徐州。元丰二年（1079）徙湖州，因写诗被指为"谤讪"朝政，被捕入狱。出狱后被贬黄州，再徙常州。哲宗即位，司马光为首的旧党执政，起为翰林学士兼侍读，又因不满当权者尽废新法，元祐四年（1089）出知杭州，后徙颍州、扬州、定州。八年（1093），哲宗复行新法，时新党已变质，又被贬至南疆的惠州、琼州、昌化等地。徽宗即位，遇赦北还，复朝奉郎，提举成都玉局观，次年卒于常州。他是北宋中期的文坛领袖、文学巨匠，"唐宋八大家"之一。散文、诗、词、书、画等成就都很高。其词作冲破了晚唐、五代以来词为"艳科"的旧框框，容纳了丰富的社会内容，扩大了词的领域，举凡怀古伤今、咏史咏物、说理谈禅、书怀言志、农村风光、抒情叙事等无不入词。在形式上力图不受音律束缚，使词离开音乐而独立存在。风格豪迈奔放，慷慨激越，南宋辛弃疾等予以继承和发展，形成了"苏辛"豪放词派。有《东坡全集》。词集有《东坡乐府》，存词三百五十余首。

【水调歌头】

丙辰中秋①，欢饮达旦，大醉。作此篇，兼怀子由②

原文

明月几时有？把酒问青天③。不知天上宫阙，今夕是何年④。我欲乘风归去⑤，又恐琼楼玉宇⑥，高处不胜寒⑦。起舞弄清影，何似在人间⑧！

转朱阁⑨，低绮户⑩，照无眠⑪。不应有恨⑫，何事长向别时圆⑬？人有悲欢离合，月有阴晴圆缺，此事古难全⑭。但愿人长久，千里共婵娟⑮。

译文

明月，你什么时候开始才有?我高举着酒杯仰面询问青天。不知天上明月居住的宫阙，今夜是哪一年?我想驾着长风飞到天宫去，又恐怕在琼楼玉宇，那高高的地方经受不住风寒。莫如跟月下的影子联翩起舞，怎能比得在人间!

明月转向朱红的楼阁，又低低地射进美丽窗扇，照着失眠的人难合双眼。不应有啥恨怨，何事使你常常在亲人离别后更加圆满?人生免不了聚少离多，月亮也免不了阴缺晴圆，这事自古以来就难以长全。但愿亲人都能健康长寿，远隔千里共享月光美满。

注释

①丙辰：宋神宗熙宁九年(1076)。②子由：苏辙的字，苏轼之弟。③明月两句：李白《把酒问月》诗："青天有月来几时?我今停杯一问之。"此用其意。把酒，端起酒杯。④不知天上宫阙两句：有一托名牛僧孺的传奇《周秦行纪》中有诗云："香风引到大罗天，月地云阶拜洞仙。共道人间惆怅事，不知今夕是何年。"天上宫阙，指月宫。阙，皇宫门前两旁的望楼。⑤乘风：《列子·黄帝》："列子乘风而归……随风东西……竟不知风乘我耶，我乘风耶?"意思是像仙人一般乘风而归天上宫阙。李白被贺知章称为天上谪仙人，苏轼在此处有自比之意。⑥琼楼玉宇：指月中宫殿，《大业拾遗记》："瞿乾祐于江岸玩月。或问：'此中何有?'瞿笑曰：'可随我观之。'俄见月归半天，琼楼玉宇灿然。"⑦不胜寒：寒冷使

人忍受不住。《天宝遗事》：明皇游月宫，见榜曰："广寒清虚之府。"故月被称为"广寒宫"。又《淮南子·天文训》："积阴之寒气为水，水气之精者为月。"古人均以为月宫很冷。⑧起舞两句：月下跳舞，清影随人；天上怎么比得上人间生活的幸福。李白《月下独酌》："我歌月徘徊，我舞影零乱。"⑨朱阁：红漆的楼阁。⑩绮(qǐ)户：镂雕花纹图案的门窗。⑪无眠：失眠的人。⑫不应有恨：指月亮对人不会有什么怨恨。⑬何事句：为什么老是在人们分别时故意显得团圆呢?⑭此事：指人的欢、合，月的晴、圆。⑮婵娟：本指嫦娥，月宫中的仙女。这里借指月光的美好。共，分隔两地，共同欣赏月光的美好。许浑《怀江南同志》："唯应洞庭月，万里共婵娟。"又谢庄《月赋》："美人迈兮音尘绝，隔千里兮共明月。"此用其意。

赏析

此词是苏轼代表作品之一。古人描写中秋的诗词甚多，但这首词一经出现，便成为赏月词中的绝唱。胡子《苕溪渔隐丛话》说："中秋词，自东坡《水调歌头》一出，余词尽废。"

神宗九年(1076)，作者知密州(今山东诸城)，当时作者的政治处境很不得意，心情十分矛盾。一方面，他怀有远大的政治抱负，对前景充满着信心；另一方面，又因政治上失意，向往消极避世。在这首词中就同时杂糅着这两种不同的思想成分。但词中却表现出热爱生活与积极向上的乐观精神。词的通篇咏月，却又处处关合人事。上片借明月自喻孤

高,下片用圆月衬托别情。开篇发问"明月几时有?"排空直入,笔力奇崛,说明作者"奋励有当世志"。"不知天上宫阙"以下数句,笔势回折,跌宕多彩。说明作者在"出世"与"入世"、"退"与"进"、"仕"与"隐"之间抉择上的独自徘徊困惑的情态。"又恐琼楼玉宇"二句,把《酉阳杂俎》诸书中的神化传说具体化。这里寄寓着"出世"、"入世"双重的矛盾心理,也潜藏着对封建秩序的些微怀疑情绪。实质上词中貌似"出世"的思想,却是"入世"思想的一种反拨形式。

下片,融写实为写意,化景物为情思,挥洒淋漓,无人不适,"转朱阁"三句,"愈转愈深,自成妙谛"(唐圭璋《唐宋词简释》)。"不应"二句,笔势挥洒顿挫,表面上责月、问月,实际上是借以怀人。"人有悲欢离合"三句,双绾自然和社会,用变幻不拘的宇宙规律,说明人间合少离多自古依然的事实,意境转而豁达,聊以自我宽慰。结尾两句,借用谢庄《月赋》之典生发意境,向世间所有离别的亲人发出深挚的祝愿,给全词增加了奋发的意蕴。使词的意境颇有"逸怀浩气,超乎尘垢之外"(胡寅《酒边词序》)的崇高美感。

【念奴娇】

赤壁怀古①

原文

大江东去②,浪淘尽、千古风流人物③。故垒西边,人道是④、三国周郎赤壁⑤。乱石穿空⑥,惊涛拍岸⑦,卷起千堆雪⑧。江山如画,一时多少豪杰!

遥想公瑾当年⑨,小乔初嫁了⑩,雄姿英发⑪。羽扇纶巾⑫,谈笑间、樯橹灰飞烟灭。故国神游⑬,多情应笑我⑭,早生华发⑮。人间如梦⑯,一尊还酹江月⑰。

译文

长江滔滔不绝地向东流去，浪涛汹涌冲刷着历史长河，把千古风流人物无情地荡涤。就在那破旧营垒的西边，人们传说，那是三国周瑜破曹的赤壁。峭拔林立的石壁刺向天空，波涛滚滚把江岸拍击，卷起的浪花像千万雪岭堆聚。大好河山真比图画还要美丽，一时有多少豪杰可歌可泣！

回想周瑜当时年少风度翩翩，刚把美丽的小乔娶到家里，正是一派英姿韬略无与伦比。羽扇从容摇动头巾微微翘起，运筹帷幄，谈笑风生，转眼间敌舰烧成灰烬化作青烟散去。重游这古战场令我神迷，应笑我多情、过早地生出白发。人生就像梦幻一般迷离，洒一杯酒给大江明月。

注释

①赤壁：三国时吴将周瑜击败曹操大军之处。旧注为湖北嘉鱼县东北，不确。实则在湖北蒲圻县西北赤壁乡，位处长江南岸赤壁山，山岩石壁呈赭红色，因以得名。苏轼所游之赤壁在湖北黄冈县城西北，一名赤鼻山，屹立江滨，土石也都带赤色，下有赤鼻矶。但非"赤壁之战"的战场。②大江：长江。③淘：冲洗。风流人物：历史上有巨大影响的杰出人物。④故垒：古时的军事营垒。人道是：人们传说是。⑤三国：中国历史上在东汉以后魏、蜀、吴三国鼎立时期，一般从曹丕称帝(220)开始，到吴亡(280)为止，共六十一年。但习惯上也把"赤壁之战"前后的一段历史划归三国时期。周郎，周瑜，字公瑾。周瑜二十四岁时被封为"建威中郎将"，"吴中皆呼为周郎"。建安十三年(208)曹操率军二十余万南下进攻孙权，周瑜指挥孙权、刘备五万联军进行抵抗，他利用曹军远来疲惫、不谙水战的弱点，在赤壁一带用火攻曹军船只，获取全胜，并从此形成曹、刘、孙三方鼎峙局面，赤壁因周瑜大败曹军而出名，故曰"周郎赤壁"。⑥乱石穿空：险峻的山峰与陡峭的石壁插入天空。穿空，一作

"崩云"。⑦拍岸：一作"裂岸"，又作"掠岸"。⑧雪：形容浪花白如雪。⑨公瑾：周瑜的字。⑩小乔：周瑜的妻子，吴国乔玄的小女儿。乔玄有两个女儿，都很美丽，人称大乔、小乔。大乔嫁孙策，小乔嫁周瑜。乔，《三国志》作"桥"。⑪英发：言论见解卓越不凡。⑫羽扇纶巾：鸟羽制成的扇子，青丝带做的头巾。这是古代儒将的装束。此处用以形容周瑜的仪态从容高雅。⑬樯 (qiáng) 橹：船的代称。樯是桅杆，橹是划船的桨。故国神游：即"神游故国"的倒文。故国，这里指旧地，即赤壁古战场。⑭多情应笑："应笑多情"的倒文。⑮华发：花白的头发。⑯人间：又作"人生"。如梦，又作"如寄"。⑰尊：酒器。酹 (lèi)：把酒浇在地上表示祭奠。

赏析

　　这首词是苏词中具有豪雄风格的代表作，写于神宗元丰五年(1082)七月。当时，作者被贬为黄州团练副使已两年多。由于作者在政治上遭受了"乌台诗案"的严重打击，思想异常苦闷，常常在登山临水和凭吊古迹之中来寻求解脱。这首《念奴娇》就是在这种思想情势下写的。词中描绘了赤壁附近的壮阔景物，通过对古代英雄人物的赞美，抒发了作者的理想抱负以及老大无为的感叹。

　　上片写景，由景入情，引出对古代英雄的怀念。开篇"大江东去"两句，大气包举，笼罩全篇，显现出词的主旨。点明历史上的"风流人物"都免不了要被浪涛"淘尽"。次二句以精炼的文墨点出时代、人物、地点，为英雄人物的出场作好铺垫。"人道是"三字，既说明古战场的家喻户晓、世代相传的名声，又暗中交待这个"赤壁"并非古代真正鏖战之地，只是人们的传说而已。"乱石穿空"三句是作者目击之奇险风光：穿空的石壁、拍岸的惊涛，都似乎是在向后代显示当时的威烈，诉说当年"风流人物"所建树的丰功伟绩。"江山如画"两句是总上启下。

　　下片，以"遥想"二字紧承"周郎赤壁"与"多少豪杰"，过渡巧妙自然。从"遥想"句到"樯橹灰飞烟灭"，刻画周瑜年少英俊，从容对敌的雄姿，抒发作者赞佩景仰之情。从"故国神游"到结尾，这五句既表现出作者对理想境界的"神游"，又反映出作者对人生的虚无态度。但就全篇分析，贯穿始终的并不是"人间如梦"而是对"风流人物"的赞美,对远大理想的追求,以及因政治上失意而产生的牢骚和愤慨。瑰丽雄奇的自然风光,雄姿英发的英雄人物,对人生理想的追求,此三者有机地结合在一起,从而构成此词的高旷豪迈风格,产生出激动人心、经久不衰的艺术力量。

词的主要艺术特点,一是创造性地刻画了历史上的英雄人物,把登临怀古词推到一个新的水平;二是发展了情景兼融的传统艺术手法,绘景、画人、抒情三者交织在一起,增强了雄奇的意境和豪迈的风格。

【西江月】

春夜蕲水中过酒家饮①。酒醉,乘夜至一溪桥上,解鞍曲肱少休②。及觉,已晓。乱山葱茏,不谓尘世也,书此词桥柱

原文

照野弥弥浅浪③,横空隐隐层霄④。障泥未解玉骢骄⑤。我欲醉眠芳草。

可惜一溪明月⑥,莫教踏破琼瑶⑦。解鞍欹枕绿柳桥⑧。杜宇一声春晓⑨。

译文

　　月照原野溪水涨满流淌细浪，夜空薄薄云层横过云霄。马背上的障泥未解玉骢马为此而自豪。我想略作休息醉眠于芳草。

　　最可爱是这溪中的光明月色，千万莫教马儿踏碎水中琼瑶。解下马鞍枕臂而卧，在那绿柳掩映的溪上小桥。忽听子规一声啼叫，又是一个春天的早晨。

注释

　　①蕲（qí）水：水名，源出湖北蕲春县。②解鞍曲肱（gōng）：解下马鞍，弯着胳膊把它当枕头睡觉。③照野句：月亮照彻旷野里水波荡漾的小溪。弥弥：水盛貌。④横空句：层层的云气，隐约地横在天空里。⑤障泥句：是说马儿喜爱障泥，因障泥披在身上而骄傲。《晋书·王济传》："济善解马性，尝乘一马，著连乾障泥。前有水，终不肯渡。济曰：'此必是惜障泥。'使之解去，便渡。"障泥，即马鞯，垫在马鞍下垂至马腹以挡尘土。玉骢：毛色青白相杂的马。⑥可惜：可爱。⑦莫教句：不让马儿下水踏破了一溪月色。琼瑶：美玉，指月亮在水中的倒影。⑧欹枕：侧卧。⑨杜宇：即子规，也称杜鹃，常在春天的夜里哀鸣。李白《蜀道难》诗："又闻子规啼夜月，愁空山。"

赏析

　　苏轼因"乌台诗案"被贬黄州的第三个春天，即元丰五年(1082)二月，在东坡旧营地上盖了雪堂，三月又经人介绍，买田于黄州附近的蕲水，遂有终老之计。此时，他经常往来于蕲水路上，一次夜晚在酒家吃醉了酒，趁着月色走到一座溪桥上，卸马枕着胳膊想略微休息一下。可是当他醒来时已是拂晓，只见周围丛山乱石，一片葱茏。在朦胧中以为已非人境，便在桥柱上题了这首词。

　　全词上下片顺情直下，一气贯穿，浑然一体。开头两句写月光下所见：一溪涨满的春水，翻动着细浪，流向月光笼罩下的原野。夜空中薄薄的云层时隐时现。月色中的原野与晴空已是无限广阔；在惺忪醉眼中的"弥弥浅浪"、"隐隐层霄"又是如此迷人。接二句又为

读者勾画出一个走倦而"障泥未解"的玉骢马和酩酊欲睡"芳草"的"我"。以马等待卸鞍解辔之状衬人酒醉欲眠之情，生动有致。过片又紧承此意，继写人马。"可惜"两句说所以要醉眠于此，并非在于酒，而是深深爱惜这映在溪水中美玉般的月色，恐怕被马下水把它踏碎了。人与马沉湎于芳野月色的情景跃然纸上。"解鞍欹枕"句道出人马憩息之地乃绿柳垂映的溪桥上。以上皆实写夜景，为视觉所见，益感清静。结句写晓景，只言"杜宇一声"，突出听觉的作用，以清爽破静穆。全词展现出一幅清新湮润的幽静图画。

春夜微寒，醉不得归，人马露宿于郊野，这本是凄清辛苦之事，可是在词人笔下写来却如此清新迷人，恍如仙境。这表现出苏轼在政治迫害下"一蓑烟雨任平生"（《定风波》）的人生态度和幕天席地、友月交风的博大胸怀。

【江城子】

乙卯正月二十日夜记梦[1]

原文

十年生死两茫茫[2]，不思量，自难忘。千里孤坟[3]，无处话凄凉。纵使相逢应不识，尘满面，鬓如霜[4]。

夜来幽梦忽还乡，小轩窗[5]，正梳妆。相顾无言，惟有泪千行。料得年年肠断处，明月夜，短松冈[6]。

译文

　　生死相隔已十年时光，黄泉人间不知各自情状。我虽然劝自己不把往事思量，可是又不能把你片刻遗忘。你孤身卧在千里之外的坟场，向谁去诉说自己的孤苦悲凉！即使咱们夫妻能够再次相逢，你也不识我这十年后的形象；现如今我已经是灰尘满面，两鬓的白发频生如染秋霜。

　　昨夜里幽梦中竟能如愿以偿，我忽然回到阔别多年的故乡。小小的闺房窗棂分外明亮，你正面对着镜子忙于梳妆。相互凝视哽咽难语，唯有泪珠尽情涌流千行万行。我已料到那年复一年，让人肝肠寸断的地方，就是那明月凄清的夜色下，长满松树的小山冈。

注释

　　①乙卯：宋神宗熙宁八年(1075)，苏轼当时在山东密州(今山东诸城)任知州，年四十岁。②十年：指作者之妻王弗去世已十年之久。据作者《亡妻王氏墓志铭》载，王弗卒于治平二年(1065)五月，到熙宁八年正好相隔十年。生，指作者自己。死，指亡妻。茫茫，隔绝不明。白居易《长恨歌》："上穷碧落下黄泉，两处茫茫皆不见。"③千里孤坟：妻子王氏的坟墓在四川彭山县，和作者当时所在地密州

东西相距数千里。④尘满面两句：风尘满面，两鬓已经白如秋霜，自伤奔波劳碌和衰老，以及个人身世之感。⑤小轩窗：小屋的门窗。⑥短松冈：指墓地，在遍植松树的小山冈上。唐孟棨《本事诗》载："开元中有幽州衙将姓张者，妻孔氏，生五子，不幸去世……母忽于冢中出……题诗赠张曰：'欲知肠断处，明月照松冈。'"此用其意。肠断，一作"断肠"。

赏析

这首词是神宗熙宁八年（1075）正月，作者为悼念妻子王弗而写。王弗十六岁与苏轼结婚，她聪敏贤惠，又有识见，夫妻感情一向笃厚。但她不幸于英宗治平二年（1065）二十七岁时在汴京（开封）谢世，次年归葬于故乡四川祖茔。经过十年宦海浮沉的苏轼，在此词中表达了对亡妻深挚的思念之情。上片，发端从夫妻双方十载生死相隔、音容渺茫写起，"两茫茫"是说自己和亡妻十年来互相遥念却又各无消息，"两"字是状写双方实即自己无边惆怅、无限空虚的情怀。此句兼及叙事和言情，并为全篇定下伤悼的感情基调。作者本在时时思念亡妻，却偏用"不思量"逆接首句，再反跌出"自难忘"三字，笔势摇曳跌宕。上面

写生死相隔，接着又从分处两地而书，因亡妻葬于故乡四川，故曰"千里孤坟"，既遥远又孤单，所以又"无处话凄凉"。以下笔锋转为即使生死可以沟通，夫妻可再相逢又如何呢？——"纵使相逢应不识，尘满面，鬓如霜。"词人用假设之笔说纵使相逢，妻子大概也认不出我来了。十年来，仕途的失意与生活的颠簸使作者过早地容颜衰老，"尘满面，鬓如霜"，这种对词人外貌简括而有特征的勾勒，渗入了无限的身世之感。

下片是在上片几经分合转折，抒发对亡妻思念不已的一片真情的基础上，又转入记梦。换头中"忽"字写出梦境的迷离恍惚，"小轩窗，正梳妆"，是再现了青年时代夫妻生活的实际情形，这是虚中带实的笔法。相别已久的夫妇相见，定然有千言万语倾吐，然而思绪如麻，当从何处说起呢？却是"相顾无言，惟有泪千行"。这种无声有泪的细节描写，既符合生活的真实，又取得了"此时无声胜有声"的艺术效果。结尾三句写梦醒后的感慨。词人想象在千里之外的荒郊月夜，在那长满松树的冈垄上，妻子定会时时地为思念丈夫而悲伤。写妻子为怀念自己的丈夫而柔肠寸断，正表明自己对亡妻的无限悼念，以景结情，余情袅袅。

用词写悼亡是苏轼的首创。词中运用分合顿挫、虚实结合、叙述白描等艺术手法，表达了对亡妻的无限怀念之情，语言平易质朴，在对亡妻的哀思中又糅进自己的身世之感，从而将夫妻间的感情表达得深婉而执著，感人至深。

【蝶恋花】

原文

> 花褪残红青杏小①，燕子飞时，绿水人家绕。枝上柳绵吹又少②，天涯何处无芳草③！
>
> 墙里秋千墙外道，墙外行人，墙里佳人笑。笑渐不闻声渐悄，多情却被无情恼④。

译文

红艳艳的花瓣从枝头褪尽，杏树已经结果又青又小；燕子在空中轻盈地飞舞，绿水潺潺把一家房舍环绕。柳树枝上的绵絮纷纷飘飞，春风不断吹柳花逐渐少；遥望天涯遍地青绿，各处都蔓生着茂密的芳草！

墙垣里架着秋千，墙垣外是人行的大道，墙外的行人，听到墙内佳人玩耍嬉笑。佳人离去笑声消失，墙内逐渐无声静悄悄；墙外多情的行人却被墙内无情的佳人惹恼。

注释

①花褪残红：花瓣都落掉了。②柳绵：柳花。③天涯何处无芳草：芳草长到了天边，表明春天快要完结。④多情却被无情恼：魏庆之《诗人玉屑·词话》："盖行人多情，佳人无情耳。"

赏析

这是一首感叹春光易逝、佳人难见的小词。上片伤春，写红花凋落,青杏初结,紫燕轻飞,绿水绕舍,柳绵飘飞,芳草无边的春末夏初景象,充满了"流水落花春去也"之感,下片写"墙外行人"的单相思。墙里秋千高荡,佳人笑声飞扬,使"墙外行人"心荡神怡,产生了爱慕之情;但是"墙里佳人"并不知道有"墙外行人",荡罢秋千,翩然离去,"佳人"的笑声渐失,"行人"的烦恼倍增。

据《词林纪事》卷五引《林下词谈》称,苏轼在惠州时,曾要侍姬朝云唱这首词,朝云"泪满衣襟"说:"奴所不能歌,是'枝上柳绵吹又少,天涯何处无芳草'也!"可见这两句是寄托了作者的无限感慨。就全词而论,此词不单单是一般的无聊伤春之作,而是寄寓着作者仕途失意、怀才不遇的恼恨心情;他写"佳人",也是借"佳人"以抒胸中郁结之情,表达意欲匡世济时之气。

【浣溪沙】

游蕲水清泉寺①,寺临兰溪,溪水西流②

原文

山下兰芽短浸溪。松间沙路净无泥③。萧萧暮雨子规啼④。

谁道人生无再少⑤?门前流水尚能西。休将白发唱黄鸡⑥。

译文

山下的春兰已经发芽,短短的芽儿蔓延至小溪。松林间的沙路,一尘不起洁净无泥。傍晚下着潇潇细雨,杜鹃不时发出哀啼。

谁能说人生衰老了就不能再有年少?这门前的流水,尚且能够奔流向西。又何必自伤白发,哀唱报晓的黄鸡。

注释

①蕲(qí)水：今湖北浠水，在黄州(今湖北黄冈)东。清泉寺，在蕲水郭门外二里许，下临兰溪。②兰溪：山箸竹山，溪边多兰，故名。③松间沙路净无泥：白居易《三月三日祓禊洛滨》："沙路润无泥。"④萧萧：同潇潇，细雨貌。子规：即杜鹃，相传是古代蜀帝杜宇的魂所化，鸣声凄厉。⑤无再少：不会再有青少年时期。⑥休将白发句：不要徒然自伤白发，悲叹衰老。白居易《醉歌》："谁道使君不解歌，听唱黄鸡与白日。黄鸡催晓丑时鸣，白日催年酉时没。腰间红绶系未稳，镜里朱颜看已失。"这里是反用其意。

赏析

　　此词作于元丰五年(1082)三月作者贬官黄州期间。词的上片写暮春三月的雨后景色。首句点明兰溪之名的由来，山下溪边多兰；也点明了游兰溪的时令。次句写漫步溪边，句出于白居易《三月三日祓禊洛滨》诗："沙路润无泥。"把"润"改为"净"，一字之差，意境迥别，突出了兰溪的净洁。上片结句既补足了"松间沙路净无泥"的原因，又烘托了自己贬官黄州期间的凄冷环境和悲凉心情。"萧萧暮雨子规啼"，既是写实，也衬托自己的心境悲凄。词的下片集中表现了作者虽处困境，仍力求振作精神。苏轼毕竟是一位"奋厉有当世志"的天才人物，他从眼前的"溪水西流"悟出，溪水尚能西流，难道人生就"无再少"？又何必自伤白发，哀叹衰老呢!结尾"休将白发唱黄鸡"，"白发""黄鸡"出自白居易《醉歌》，苏轼是反其意而用之，是说不要徒自悲叹白发，感慨"黄鸡催晓"、光阴易逝。它改变了白诗低沉的调子，同时也冲淡了上片结句"萧萧暮雨子规啼"的悲凉气氛。

　　词的上片写景，雅淡凄婉；下片即景抒情，富有哲理，振奋人心。后来，不知给多少身受挫折之人以生活奋斗下去的勇气，继续前进的信心。

李之仪

(1038—1117)，字瑞叔，号姑溪居士，沧州无棣(今属山东)人。神宗元丰年间进士，曾从苏轼于定州幕府，历任枢密院编修官、原州通判等。徽宗初年，曾提举河东常平。后以文章获罪，编管太平州(今安徽当涂)。久之，徙唐州，终朝请大夫。能文，词亦工，以小令见长。毛晋《姑溪词跋》称其"小令更长于淡语、景语、情语"。风格清婉峭茜，近似秦观。有《姑溪居士文集》、《姑溪词》。

【卜算子】

原文

> 我住长江头，君住长江尾。日日思君不见君，共饮长江水。
>
> 此水几时休?此恨何时已①?只愿君心似我心，定不负相思意②。

译文

我家住在长江上游，你家住在长江之尾。我日日夜夜地想念你，可是朝朝暮暮不见你，只能共饮长江水。

长江之水几时停流?这种离别的愁恨何时平息?只愿郎君你的那颗心，也像我这朝思暮想之心，一定不负我相思的情意。

注释

①此水几时休两句:蜕化于汉乐府《上邪》:"上邪!我欲与君相知，长命无绝衰。山无陵，江水为竭，冬雷震震，夏雨雪，天地合，乃敢与君绝!"其中"江水为竭"乃作者所本，但从反面立意，并以怨语出之，感情显得更细密，更深厚。②定不负相思意:"定"，是衬字，词学里称之为"添声"，即在词调固定的字数以外，再适当增添一些并非

关键的词语，以更好地表情达意。有了这个"定"字，词便显得活泼轻快，更近口语。

赏析

　　此词为代言体。作者用一位痴情女子的口述，表现她对爱情的忠贞不渝。上片四句："我住长江头，君住长江尾。日日思君不见君，共饮长江水。"直白地道出她相思若渴的情怀。句中的"长江头"和"长江尾"，并非实指地理上长江的发源处与入海口，而是说男女双方所居之地，一为上游，一为下游，相隔甚远。这位女子伫立江头，朝思暮想，但始终不见情郎的身影，唯见那江水东流，似乎在倾诉自己相思的情怀。

　　下片，换头又借江水比兴，把词的意境推进一层。"此水几时休?此恨何时已?"是说江水源远流长，永不止息，恰似我与情郎的离愁别恨，绵长无尽。结尾直抒胸臆："只愿君心似我心，定不负相思意。"不管相隔多远，分别多久，只要双方心心相印，爱情就能天长地久。全句意蕴，系从五代顾夐《诉衷情》"换我心，为你心，始知相忆深"词句化出。

　　全词围绕着长江水，展现这位痴情女子对情郎的相思与离恨，感情由低向高，起伏动荡。词的语言明白如话，体现了民歌的艺术特色。在北宋词坛上是充满民歌风味，不可多得的佳作。

黄庭坚

(1045—1105)，字鲁直，自号山谷道人，又号涪翁，洪州分宁(今江西修水)人。英宗治平四年(1067)进士。熙宁初曾任国子监教授。元丰初改知太和县。哲宗元祐初，召为校书郎、《神宗实录》检讨官，迁著作佐郎，国史编修官。绍圣元年(1094)，章惇等人指控他修《神宗实录》不实，以此罪名，将他贬为涪州别驾、黔州安置。徽宗时虽一度复职，旋又被贬至宜州，卒于贬所。他是北宋著名诗人，能以奇崛瘦硬之笔，力矫轻俗之习，开一代风气，为江西诗派宗主，与秦观、张耒、晁补之并称为"苏门四学士"。其词风格近于东坡，与秦观齐名。现存词一百八十余首，集名《山谷词》，又名《山谷琴趣外编》。

【念奴娇】

八月十七日，同诸甥步自永安城楼①，过张宽夫园待月②。偶有名酒，因以金荷酌众客③。客有孙彦立，善吹笛。援笔作乐府长短句，文不加点④

原文

断虹霁雨⑤，净秋空，山染修眉新绿⑥。桂影扶疏⑦，谁便道、今夕清辉不足？万里青天，姮娥何处⑧，驾此一轮玉⑨？寒光零乱，为谁偏照醽醁⑩？

年少随我追游⑪，晚寻幽径，绕张园森木⑫。共倒金荷，家万里，难得尊前相属⑬。老子平生⑭，江南江北，最爱临风笛⑮。孙郎微笑⑯，坐来声喷霜竹⑰。

译文

　　雨后天晴虹霓半隐半现，秋日的高空净洁如洗，修眉似的山峰染上一层新绿。月中桂树繁茂阴影很浓，又有谁能言道：今夜的月亮光辉尚不充足？浩渺的晴空万里，月里嫦娥在何处，驾驶着这一轮白玉？月亮的清辉漫撒，为谁照射着这美酒？

年轻人追随着我尽情游乐，乘着晚凉穿过深幽的小路，环绕张家园中茂密的树木。共同把荷叶金杯斟满美酒，远离家乡万里之遥，难得举杯欢聚。我这游官漂泊的一生，往来转去踏遍江南江北，最爱听悠扬激荡的临风曲。孙郎会意，点头微笑，立即吹奏笛曲令我心旷神怡。

注释

①永安：即白帝城，在今四川奉节县东。②张宽夫：作者友人，生平不详。③金荷：开如荷叶的金质酒杯。④文不加点：一挥而成，来不及圈点断句。⑤断虹：一段虹霓半隐半现。霁雨：雨止放晴。⑥修眉：长眉。⑦桂影：传说月宫中有桂树，此指桂树的阴影。扶疏：形容月中的桂树枝叶繁茂。⑧姮娥：即嫦娥，相传是月宫的仙女。⑨一轮玉：指月亮。李白《古朗月行》："小儿不识月，呼作白玉盘。"⑩醽醁（líng lù）：美酒名。⑪年少：指作者的外甥们。⑫张园：张宽夫的园子。森木：茂密的树木。⑬尊前相属（zhǔ）：举起酒杯劝饮。⑭老子：作者自称。⑮临风笛：一作"临风曲"。陆游《老学庵笔记》卷二："鲁直在戎州，作乐府曰：'……最爱临风笛，……'予在蜀，见其稿。今俗本改'笛'为'曲'以协谐，非也。然亦疑'笛'字太不入韵。及居蜀久，习其语言，乃知泸、戎间谓'笛'为'曲'，故鲁直得借用，亦因以戏之耳。"⑯孙郎：即指序中说的孙彦立。⑰坐来声喷霜竹：登时吹出美妙动听的笛曲。坐来，登时，立时。喷，喷发。霜竹，等于说寒笛。笛子是用竹管做的，故云。

赏析

黄庭坚早年曾任《神宗实录》检讨官。绍圣元年(1094)，章惇等人指控《神宗实录》中关于王安石新法的记载有失实之处，因此，他被贬为涪州(今四川涪陵)别驾、黔州(今四川彭水)安置，后移戎州(今四川宜宾)。据陆游《老学庵笔记》载，此词当作于戎州。当时，戎州一带视为蛮荒之地，词人不能不产生"投荒万死鬓毛斑"之凄凉感受。然而，词人以旷达而倔强的胸怀来抵御人生的磨难，浮沉不系于心，荣辱不萦于怀。此词中即充分展示出这种高朗傲岸的襟抱。

上片写景，通过一系列奇异的想象，创造出一个高旷清美的艺术境界。先描写开阔的远景：雨后天晴，虹霓断现，秋空如洗，雨后的山峰也碧绿如染，好像美人修长的眉峰，呈现出极富色彩感的仲秋景象。"桂影扶疏"以下六句，写初月东升至皓月当空的过程，虽为实写，但穿插了关于月宫的神话传说，颇有诗意。"寒光零乱"二句从月光转到美酒，从天上转到人间，为使词意自然地过渡到下片作了铺垫。下片即景抒情，开始写人。换头三句点出时间、地点和人物，是与外甥辈"绕张园"游乐。"共倒金荷"三句与上片"醽醁"二句照应。"家万里、难得尊前相属"，身处远离家乡万里之外的贬所，这是难得的欢聚。里面充溢着对桑梓的怀念，对晚辈的疼爱，也反映出对贬谪生活泰然处之的旷达之情。"老子平生"六句，字里行间都流露出词人身处逆境而不颓丧的达观态度：无论转徙何处，飘流何方，都喜欢欣赏那种临风飞扬的刚健曲调。孙郎吹出清越的笛声，词人自然陶醉。全词便结束在一片悠扬激越的笛声之中。

　　词人后半生饱经政治风波的摧折，却仍保持倔强兀傲的个性，这充分体现在他的诗词创作之中。前人评价黄庭坚的创作特点，"吐属隽雅绝伦"。(黄蓼园《蓼园词选》)道出了此词吐纳情怀的妙处。

【清平乐】

原文

　　春归何处?寂寞无行路[①]。若有人知春去处，唤取归来同住。

　　春无踪迹谁知[②]?除非问取黄鹂[③]。百啭无人能解，因风飞过蔷薇。

译文

　　美好的春天回到了何处?悄悄地走了没有行踪去路。如果有人能够知道，美好的春天归去何处，请他把春天唤来与其同住。

　　春回没有踪迹谁能知?除非问婉啭鸣叫的黄鹂。黄鹂百啭无人明白，它只好乘风飞过蔷薇花去。

注释

①无行路：春天没有留下回去的行踪。一说：没有地方可供游玩。②春无句：春天一去无踪，有谁能知道它去什么地方了呢？③问取黄鹂：黄鹂鸣于春夏之间，该知道春天的去处，故云。问取，即问。

赏析

这是一首惜春的小令。词人以细腻清新的笔触，表达了对美好事物的热切而执著的追求。词的开始即把春天拟人化。词人惜春、恋春，不从自己说起，却从春天说去，把春天写得像人一样的有感情、有灵性。"若有"两句，以浪漫的奇想，把对春天的依恋之情，表露得极为深切。谁能知道春天哪里去了？请他唤回春天与其同住，这设想极为新奇。下片，词人像是经过深沉思索，在奇想痴迷中醒悟：春天的来去，人是无法寻到踪迹唤回春天的，这就只好去问在春夏之交鸣唱的极为活跃的黄鹂鸟了。这样翻进一层，进一步深刻地表现了词人对美好事物追求的执著。但黄鹂的鸣啭，人不能理解。写它"百啭"，似乎是在告诉人们春天的踪迹，其实是表露词人寻春的焦灼心情。最后，由于无人能理解黄鹂的语意，它只好无可奈何地飞过蔷薇花。因蔷薇花开已是夏日的来临，词人就此可能意识到：春天已经过去，确乎是寻不回来了。词的结尾给人们留下美丽而悠长的情味。短短数语，通过一连串奇妙的想象，把惜春之情、寻美之意，表现得微妙曲折而又淋漓尽致。

秦观(1049—1100),字太虚,后改字少游,别号邗沟居士,学者称淮海先生,扬州高邮(今属江苏)人。神宗元丰八年(1085)进士。哲宗元祐间,历官太常博士,秘书省正字兼国史院编修。与黄庭坚、晁补之、张耒并称"苏门四学士"。后新党掌权,因与苏轼关系密切,迭遭贬逐。元符三年(1100)赦还,途经藤州(今广西藤县)时去世。他能诗文,长于词。词风俊逸精妙,情韵兼胜,为婉约派主要词人。著有《淮海集》、《淮海居士长短句》。

【望海潮①】

原文

梅英疏淡②,冰澌溶泄③,东风暗换华年④。金谷俊游⑤,铜驼巷陌⑥,新晴细履平沙。长记误随车⑦,正絮翻蝶舞,芳思交加⑧。柳下桃蹊⑨,乱分春色到人家。

西园夜饮鸣笳⑩,有华灯碍月,飞盖妨花⑪。兰苑未空⑫,行人渐老⑬,重来是事堪嗟⑭。烟暝酒旗斜⑮,但倚楼极目,时见栖鸦⑯。无奈归心,暗随流水到天涯。

译文

枝头的梅花稀疏暗淡,溶解的冰块化作流水潺潺,东风吹来不觉又换一年。回忆当年畅游金谷园,铜骆驼候立在巷陌,雨后新晴脚下的平沙细软。难忘那年误随人车走得很远,正是柳絮纷飞蝴蝶翻舞,内心充满着芳情的春天,那桃柳树下的条条小路,把万紫千红的美好景色,分送到各家的深宅大院。

在西园里夜饮有胡笳吹奏,华灯的灿烂之光胜过月圆,飞驰的车马遮掩了赏花的视线。往日园林的春天景色尚在,远归之人渐老已是白发频添,故地重游事事使人为之感叹。晚来烟雾迷漫斜插的酒旗翻卷,我独自倚着高楼极目望远,只见归巢的乌鸦在空中盘旋，面对此景，无奈归心似箭，暗暗地跟随着不尽的流水，射向那遥远的天边……

🦅 注释

①此词，宋本《淮海居士长短句》无题，在《宋六十名家词·淮海词》中题为《洛阳怀古》。②梅英疏淡：梅花逐渐稀少、褪色。③冰澌(sī)：冰块。澌，流冰。④暗换华年：不知不觉地又换了一年的春天。⑤金谷：即金谷园，在洛阳城西，晋代石崇所建，石崇是历史上最大富豪之一，时常在金谷园中宴饮宾客。俊游：游览的胜地。⑥铜驼巷陌：代指洛阳。陆机《洛阳记》："洛阳有铜驼街。汉铸驼二枚，在宫南四会道相对。俗语曰：'金马门外集众贤，铜驼陌上集少年。'"古诗中往往以金谷、铜驼对举。刘禹锡《杨柳枝》："金谷园中莺乱飞，铜驼陌上好风吹。"⑦误随车：错跟上别家女眷坐的车子。韩愈《嘲少年》："只知闲信马，不觉误随车。"这里有自嘲的意味。⑧芳思：美好的情思。交加：众多而杂乱。⑨柳下桃蹊(qī)：桃蹊，桃树下面的路径。《史记·李将军列传》："谚曰：'桃李不言，下自成蹊。'"一说：柳下的"下"和桃蹊的"蹊"，在这里无实意。⑩西园：指铜雀园。是汉末建安诗人游乐之地，在河南邺县(今河南临漳县)，不在洛阳，曹植《公宴》诗："清夜游西园。"按李格非《洛阳名园记》载有董氏西园，为当时游览的名胜，此疑指其地。笳：是古代从北方民族传入的一种近似笛子的乐器。⑪飞盖妨花：车子往来很多，妨碍了人们赏花的视线；盖，车顶。飞盖，飞驰的车子。⑫兰苑：花园。⑬行人：作者自指。⑭是事：事事，任何事。⑮烟暝：夜雾迷漫。⑯栖鸦：日暮寻找归巢的乌鸦。

🐦 赏析

细玩此词意，乃感旧之作，非为怀古。词中抒发了作者感旧伤今的复杂的思想感情。词的显著特点：一是结构比较特殊。在段落安排上，一般较长的词作，往往是上片写景，下片抒情；或上片感今，下片忆昔。此词打乱了上下片之间界限，也不顾换头的作用，而是根据情感发展的线索，按内容的需要重新区分段落。二是全篇运用对比

的手法。

上片开头三句写初春景色。梅花逐渐稀疏，结冰的水流已经融泄，在东风煦拂中冬天走了，春天悄悄地来了。"暗换年华"，指眼前自然界的变化，而对于自己荣辱穷通关系很大的政局变化也寓意其中。此种双关的今昔之感，直贯结句的思归之意。从"金谷俊游"直到下片"飞盖妨花"，共十一句，都写旧游，而以"长记"两字领起。把过去写得异常的热闹繁盛，意在衬出现今的凄凉寂寞，从"兰苑"二句始，暗中转折，引出"重来是事堪嗟"，点明怀旧之意。追忆前游，是事可念；而"重来"旧地，则"是事堪嗟"，感慨至深。忆起当年夜饮，何等意气？今天酒楼独倚，何等消沉！烟暝旗斜，暮色苍茫，"时见栖鸦"，而当年的盛景眼前皆无。这时，词人当然想到宦海风波，仕途蹉跌，产生了不得不离开汴京之念，于是，思归也就自然而然、无可奈何地涌上心头。

词的主旨是怀旧，感时之意即寓其中，由怀旧而思归，则盛衰之别自见，故以今昔对比为其基本表现手法。词中用大量笔墨写旧游之乐，以反衬今日之牢落衰老，即周济所谓"两两相形"（《宋四家词选》），如"烟暝酒旗斜"和"华灯碍月"、"飞盖妨花"，

"倚楼"和"随车","栖鸦"和"蝶舞","归心"和"芳思","暗随"和"乱分","天涯"和"人家"等，无不"两两相形"，以见今昔之殊，而发盛衰之感。

【满庭芳】

原文

山抹微云，天粘衰草[1]。画角声断谯门[2]。暂停征棹[3]，聊共饮离尊[4]。多少蓬莱旧事[5]，空回首、烟霭纷纷[6]。斜阳外，寒鸦数点，流水绕孤村[7]。

销魂[8]！当此际，香囊暗解[9]，罗带轻分[10]。谩赢得青楼，薄幸名存[11]。此去何时见也，襟袖上、空惹啼痕[12]。伤情处，高城望断，灯火已黄昏[13]。

译文

山峰抹着片片薄云，天边和衰草相接一望无限，画角声歇即将关闭城门。远行的航船暂时停泊，且让我们把离别酒忍泪共饮。蓬莱阁留下多少往事，如今回忆起来，却像云烟一般地缥缈难寻。眼前的夕阳就要下沉，归巢的点点寒鸦在空中逡巡，弯曲的小溪绕着孤零的山村。

痛伤别离令人销魂！当此时，用什么表示我的情深，暗中解下香囊作为临别纪念品，她拆开罗带同心结表示轻分。我出入青楼之门的薄情之人，此一去，何时才能再相见？相见无期，纵然是热泪沾襟，也许是白白地使人啼洒泪痕。在这无限伤情断肠之处，回望高城逐渐远远地隐去，隐没在万家灯火迷漫的黄昏。

注释

①山抹两句：山上涂抹了一缕缕轻淡的云，一望无际的枯草好像和远天粘连着。粘，一作"连"。②画角句：城楼上的号角已经吹过。表示时间已晚。谯门，城上望远的楼。③征棹：远行的船。④饮离尊：喝离别酒。饮，一作"引"。尊，同樽，酒杯。⑤蓬莱旧事：蓬莱阁，旧址在今浙江绍兴市龙山下。⑥纷纷：此处形容烟雾浓重、迷漫。⑦寒鸦数点两句：隋炀帝杨广诗（失题）："寒鸦飞数点，流水绕孤村。"此用其语。数点：一作"万点"。⑧销魂：形容因离别而引起的哀愁、痛苦之情。⑨香囊暗解：暗地里解下香囊作为临别纪念。⑩罗带轻分：古人用结带象征相爱："罗

带结同心。"这里以罗带表示离别。⑪谩赢得青楼，薄幸名存：杜牧《遣怀》诗："十年一觉扬州梦，赢得青楼薄幸名。"青楼，古代妓女居住的地方。薄幸，薄情。⑫啼痕：即泪痕。⑬高城两句：回头看高城，已消失于黄昏的灯火之中。唐欧阳詹《初发太原途中寄太原所思》诗："高城已不见，况复城中人。"

赏析

秦观善写离情别绪，这首《满庭芳》更是名噪一时。据胡仔《苕溪渔隐丛话》引《艺苑雌黄》云："程公辟守会稽，少游客焉，馆之蓬莱阁。一日，席上有所悦，自尔眷眷，不能忘情，因赋长短句，所谓'多少蓬莱旧事，空回首，烟霭纷纷'是也。"这首词的内容与《艺苑雌黄》所载之本事基本相符合，应该肯定这是秦观为他所眷恋的一位歌伎而作，作者写此词时已三十一岁，他的诗词已蜚声文坛，但在政治上仍为一介布衣，怀才不遇，心绪难免抑郁寡欢。因而，此词在描写痛伤离别的情状时，政治上失意的牢骚与飘零的感慨也隐现于字里行间。如周济《宋四家词选》所说："将身世之感，打并入艳情，又是一法。"但贯穿全词的基调却是伤别。

词的上片以写景为主，景中有情。开篇三句写别时目睹耳闻。极目远望，一片片微云像被什么人涂抹到山峰上，天边向衰草连接在一起。这两句点明了季节和黄昏前的特点，而且衬托着作者难舍难分的情感。这时还听到城楼上凄厉的"画角声"时现时断，扣击着伤别之人的心灵。"暂停征棹"两句写饯别，情深意浓，含蓄蕴藉。"多少蓬莱

旧事"三句是写别时的内心感受。此地一别，往事如烟，回首会有茫然之慨。"斜阳外"三句即景生情，联想到断肠人在天涯之苦况，却以景语出之，不予说破。下片以抒情为主，情中有景。换头直以情起，"销魂"用江淹"黯然销魂者，惟别而已矣"（《别赋》）意，点出伤别题旨。接三句写别时情状。"香囊暗解，罗带轻分"，状儿女之情，极为工细，同时以"轻"字暗示出分别之易，并引出"谩赢得青楼，薄幸名存"两句，明言自己负人之深，暗含对仕途失意的悔恨。"此去何时见也"三句写别时掩泣之情状，暗示行船已开航。"伤情处"三句一顿，总束上文。"伤情"二字绾结全词，唤起终篇两句："高城望断，灯火已黄昏。"这两句是以景结情的名句，明言江中回望之所见所感，暗示出时间的推移，与开篇两句相呼应，表明离别之速。

　　善于将事、情、景三者融汇一气、贯注全篇，是这首词艺术表现的一大特点。全词叙事仅有两处："暂停征棹，聊共饮离尊"和"香囊暗解，罗带轻分"，都是作品抒情的基础，即所谓即事抒情。景色从微云抹山写起，继之还有斜阳归鸦，收之以灯火黄昏。时间逐步推移，景色渐次昏暝，人事则由停棹钱饮，到赠囊话别，舟发人远。脉络清晰，层次井然。而融贯全篇的则是"销魂"断肠的无限伤别之情。

【鹊桥仙①】

原文

　　纤云弄巧②，飞星传恨③，银汉迢迢暗度④。金风玉露一相逢⑤，便胜却、人间无数。
　　柔情似水，佳期如梦，忍顾鹊桥归路⑥。两情若是久长时，又岂在、朝朝暮暮⑦。

译文

　　纤薄的彩云变化巧妙花样，闪烁的两星如传送离恨，夜幕中暗暗渡过辽阔的天河。在每年金秋季节的"七夕"，牛郎和织女都有一次相逢，这种相会却能够胜过，世上长相厮守的人儿无数。

　　深情如水一样温柔，佳期似梦一般飘忽，怎忍心回顾鹊桥归路。两情若是真纯意远，天长地久永无尽期，又岂能在乎那能否日日夜夜守在一起。

注释

　　①鹊桥仙：《草堂诗余》题作"七夕"。梁宗懔《荆楚岁时记》载："七月七日，为牛郎织女聚会之夜。此曲牌专咏牛郎织女七夕相会事。后又名《金风玉露相逢曲》、《广寒秋》。②纤云句：片片的云彩舞弄出巧妙的花样。③飞星：指被银河阻隔的牵牛、织女二星。传恨：流露出牛郎、织女二星终年不得相见的离恨。④银汉句：在黑夜里渡过辽阔的天河相会。银汉，天河。迢迢 (tiáo)：遥远貌。⑤金风句：指七夕相会事。金风玉露，指秋风和白露。诗赋家多把金风和玉露并用。李商隐《辛未七夕》诗："由来碧落银河畔，可要金风玉露时。"⑥忍顾句：怎么忍心回顾那条从鹊桥回去的道路呢？织女渡过在银河上搭的鹊桥和牛郎相会，是古代民间的传说。南北朝人的著作中已有可考的记载。《艺文类聚·岁时部》引《续齐谐记》："桂阳城武丁有仙道，谓其弟曰：'七月七日织

女当渡河，诸仙悉还宫。'弟问曰：'织女何事当渡河？'答曰：'织女暂谐牵牛。'世人至今云织女嫁牵牛也。"⑦朝朝暮暮：日日夜夜。宋玉《高唐赋》："朝朝暮暮，阳台之下。"

赏析

　　这首词采用农历七月七日之夜牛郎织女相会于天河鹊桥的传说。所描写的虽是天上景象，实是词人七夕仰观星空时的所见和所想。开头三句，先形容秋云纤薄，并在不断飘动中变化出繁多而巧妙的花样，这使人联想起织女灵活的一双巧手。再看织女和牛郎两颗星不停地闪烁，似乎蕴含着无限怅恨，所恨大概是各处一方，不得相会。"银汉迢迢暗度"，不仅表明夜幕沉沉、星光微茫，而且传出他俩相思不得相见，如今匆匆会面又即将分离的万千愁绪。"金风"两句，点出相会季节，"一相逢"与上面"恨"字相呼应，同时词人把意境更推进一层，认为这"一相逢"能胜过"人间无数"的不分离。

　　下片首三句展开想象。他俩情意绵绵，互倾衷曲；而七夕佳会又是瞬息即逝，如同梦幻，转眼即将赋别离，怎么能忍心回看鹊桥上独自返归的路呢。结句跳出俗套，立意高远，认为两情的久长与否，不在于能否朝暮相会和经常在一起。实际是说，天上双星一年一度的相会，但得情高意真，坚定不移，地久天长，永无尽期，这是何等的幸福！

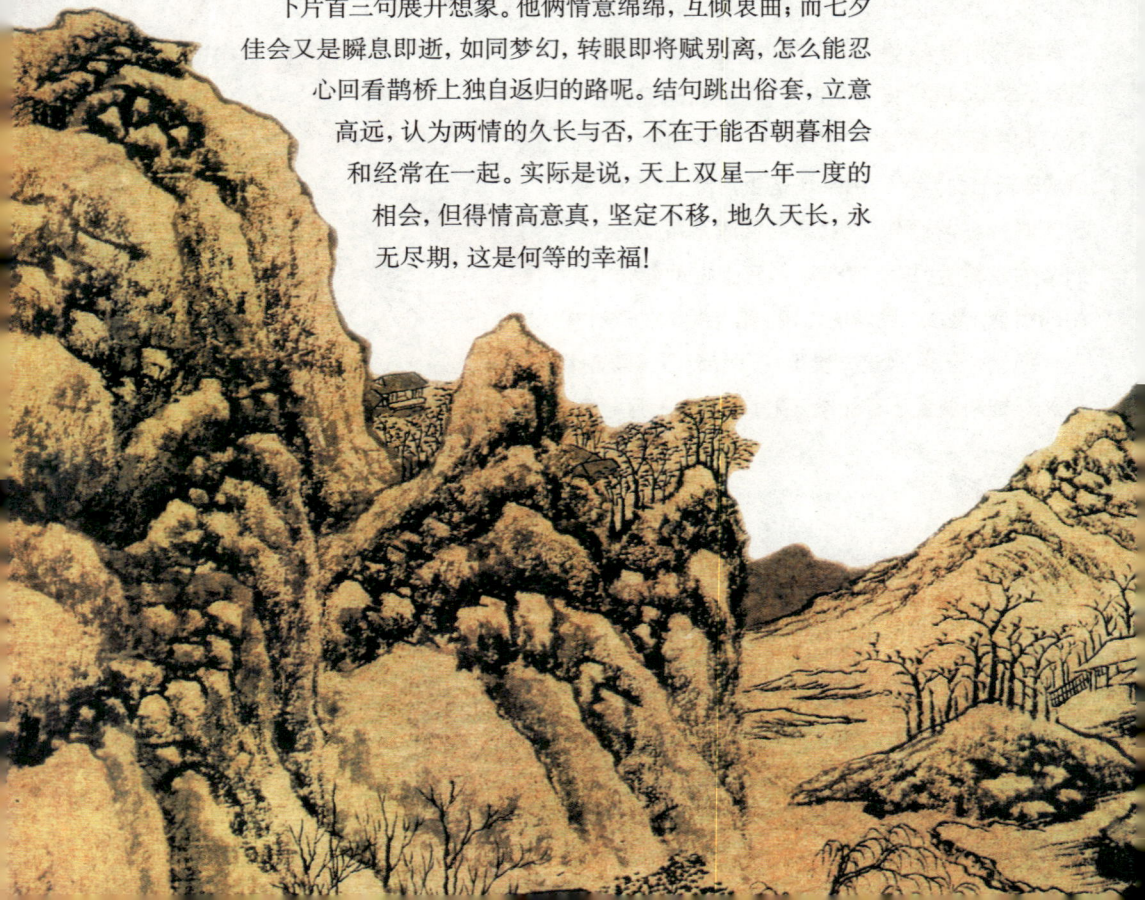

贺铸 (1052—1125)，字方回，号庆湖遗老。祖籍山阴(今浙江绍兴)，生在卫州共城(今河南辉县)。出身于没落贵族家庭，孝惠皇后族孙。初仕为武弁，曾任和州(今安徽和县一带)管界巡检。四十岁时改入文阶，曾通判泗州(今江苏盱眙一带)、太平州(今安徽当涂一带)。晚年隐居苏、常二州。他才兼文武，但性刚直，不阿权贵，因而一生屈居下僚，用不及其才。其词题材较丰富，风格多变化，兼有豪放、婉约之长，其爱国忧时之作，悲壮激昂，用韵极严，富有节奏感和音乐美。有《东山词》一卷、《贺方回词》二卷。亦工诗文，有《庆湖遗老诗集》。

【鹧鸪天】

半死桐①

原文

重过阊门万事非②，同来何事不同归③？梧桐半死清霜后④，头白鸳鸯失伴飞。

原上草，露初晞⑤。旧栖新垄两依依⑥。空床卧听南窗雨⑦，谁复挑灯夜补衣！

译文

我再次回到苏州，只觉得万事皆非，为什么你能和我同来，却不能和我一起北归？使得我竟像那半死的梧桐，老来满头白发还增添无限伤悲，又使我像那白头鸳鸯，失去侣伴独自飞。

原野的草上，朝露刚刚干涸。面对着旧居新坟，剪不断这两情依依。我独宿空床，卧听那簌簌撒落南窗的绵绵夜雨，不禁想到，今后有谁还能在深夜里挑灯为我补衣！

注释

①半死桐：唐李峤《天官崔侍郎夫人吴氏挽歌》："琴哀半死桐。"贺铸截用，取悼亡之意，寄托深沉的哀思。②阊门，苏州（今江苏市名）著名的城门，此借指苏州。③同来句：贺铸夫妻曾经住在苏州，后来妻子死在那里。这句是说同来没有同回去。④梧桐半死：比喻丧偶。枚乘《七发》说："龙门有桐，其根半死半生，斫以制琴，声音为天下之至悲。"⑤原上草二句：古乐府《薤露歌》："薤上露，何易晞？晞晞明朝更复落，人死一去何时归？"贺词本此，用原草之露初晞比喻妻子的新殁。薤（xiè），草名。晞（xī），干涸了。⑥旧栖：旧居，从前住过的地方。新垅：即新坟。⑦空床：指死者睡过的床。

赏析

这是贺铸为其妻赵氏作的一首悼亡词。贺铸一生屈居下僚，生活不大宽裕，而赵氏勤俭持家，对丈夫十分体贴，夫妻感情甚笃。哲宗元符元年（1098）至徽宗建中靖国元年（1101），词人闲居苏州，中间曾于元符三年（1100）冬北上过一次，疑赵氏即殁于北行之前，此词则作于北行之返。

上片意谓：我北行后回到苏州，想起结发的妻子长眠于此，不禁悲从中来，只觉得万事皆非，禁不住发问：为何你和我同来没有同归？使我像"半死桐"，白发增悲；又如失伴的鸳鸯，孤独倦飞。下片把悲伤更推进一层，意谓：我不禁慨叹人生怎么像朝露般的短促！面对旧居新坟，独宿"空床"，心中的悲哀和着绵绵夜雨，倍加凄凉，无限惆怅！现如今有谁能再为我深夜挑灯缝补衣裳？

全词情思缠绵，充满寂寞痛苦悲伤之情状，俞陛云评此词说："如郭频伽词，'挑灯影里，还想那人无睡？'宜其抚寒衣而陨涕矣。"评得极是。

【生查子】

陌上郎

原文

西津海鹘舟①，泾度沧江雨。双橹本无情，鸦轧如人语②。

挥金陌上郎③，化石山头妇④。何物系君心？三岁扶床女。

译文

他乘着西渡口的海鹘舟，冒着迷濛江雨径直而去，双橹本是无情物，临行还鸦轧作语。

他像那挥金如土的无情郎，我好比望夫山上的贞洁妇。还有什么垂系他的铁石心？只有那扶床学步的三岁女。

注释

①海鹘（gǔ）舟：是一种快船。鹘，是老鹰一类的猛禽。②鸦轧：行船时的桨、橹声。刘禹锡《堤上行》："日暮行人争渡急，桨声鸦轧在

中流。"鸦，一作"幽"。③挥金句：借用秋胡戏妻的典故。据刘向《列女传》载，春秋时鲁国秋胡成亲五日，就到陈国做官，五年后回来，见一美貌女子在路旁采桑，竟上前调戏，并以金相赠，女子严词拒斥。秋胡回到家中，发现采桑女子原来就是自己的妻子。妻子鄙恨他的为人，不愿相聚，投河而死。这里的"陌上郎"即指秋胡，以喻对爱情不忠贞的丈夫。④化石句：刘义庆《幽明录》载，相传有一贞妇，丈夫离家服役，远赴国难，贞妇领着孩子立于山头盼望夫婿，久而化作石像。刘禹锡《望夫山》诗："终日望夫夫不归，化为孤石苦相思。"

赏析

　　这是一首描写弃妇可怜、悲苦之词，反映了当时妇女的不幸生活。词的上片写浪子离家出走，下片抒发弃妇悲凉凄苦的心情。

　　词的开篇，描绘一幅飞舟渡江的图画："西津海鹘舟，径度沧江雨。"写浪子毫无情义、不顾一切地离家在江雨中出走。"双橹本无情，鸦轧如人语。"言双橹本是无情之物，还能鸦轧有声，像是对送行之妇作语；而被送的舟中浪子却弃之不顾，连一句话都不说。对比中显现浪子的无情无义。下片转笔着重刻画弃妇内心的悲苦。"挥金陌上郎"，喻指挥金如土，对爱情不忠贞的丈夫；"化石山头妇"是弃妇自喻，言其忠贞，与无情的丈夫形成鲜明比照。最后两句是，眼看丈夫不顾一切地走了，有什么能垂系他的铁石之心呢？恐怕只有三岁扶床学步的女儿了。实为徒然空想，弃妇所面对的事实，愈是不能，愈发奇想，就更显得可怜可悲了。词叙事清楚准确，抒情多用对比，尾句更发奇想，进一步深化主题，在艺术上颇具特色。

【六州歌头】

原文

少年侠气，交接五都雄①。肝胆洞②，毛发耸③。立谈中，死生同，一诺千金重④。推翘勇⑤，矜豪纵⑥，轻盖拥，联飞鞚⑦，斗城东⑧。轰饮酒垆⑨，春色浮寒瓮⑩，吸海垂虹⑪。闲呼鹰嗾犬⑫，白羽摘雕弓⑬，狡穴俄空⑭。乐匆匆。

似黄粱梦⑮，辞丹凤⑯，明月共，漾孤蓬。官冗从⑰，怀倥偬⑱，落尘笼⑲，簿书丛⑳。鹖弁如云众㉑，供粗用，忽奇功㉒。笳鼓动，渔阳弄㉓；思悲翁㉔，不请长缨㉕，系取天骄种㉖，剑吼西风。恨登山临水，手寄七弦桐㉗，目送归鸿㉘。

译文

　　当年青春年少任侠使气，结交了五都英豪。对朋友肝胆相照，见义勇为毛发耸立，朋友交谈，愿把生命同抛，一句诺言足有万两黄金重。比勇敢，看谁最突出，赛豪爽，看谁更超众，乘轻车，拥挤在驿路，骑骏马，往来奔跑，飞驰在京城东。酒楼上，我们开怀畅饮，酒瓮里浮现着春色，狂饮像长鲸吸海水彩虹弓腰。闲暇时呼唤着苍鹰猎犬，取下白翎羽箭雕花弓，狡兔穴窟顷刻空。如此乐无穷。

　　这一切都像黄粱梦，辞别京城后，明月伴我行，孤零的小船在水上漂摇。拾得一任冗从的小官，美好时光流失在紧促中，想不到跌入这仕途尘笼，在忙碌的文书事务中。武官像云烟聚集，供人驱使粗用，却忽视他们去建立奇功。鼙鼓咚咚响起，战火在渔阳境内燃烧；可叹我体衰年老，怎能请长缨，不缚住自称"天骄"的顽敌，身佩的宝剑都面对西风吼。此恨难销，只好登山临水，手抚七弦琴，目送那鸿雁飞归。

注释

①五都：汉代是指长安以外的五个大都市，即洛阳、邯郸、临淄、宛、成都。唐代以长安、洛阳、凤翔、江陵、太原为五都。这里借指宋代的著名大都市。②肝胆洞：肝胆照人，待人极其真诚。③耸：耸立。④一诺千金：诺言可靠，不说假话。《史记·季布列传》引楚人谚语："得黄金百斤，不如得季布一诺。"⑤推：推举，公认。翘(qiáo)勇：特殊的勇敢。超出一般者为"翘"。⑥矜豪纵：在生活上以狂放不羁傲视于人，即是和拘谨的人相反。⑦轻盖拥两句：车马随从很盛。盖，车盖，指车子。飞鞚(kòng)，飞驰的马。鞚，有嚼口的马辔头。⑧斗城：汉代长安城的别称，因城北凸出形状略如北斗、城南屈曲形似南斗而得名。这里代指北宋都城汴京。⑨轰饮酒垆：在酒店里狂饮。⑩春色浮寒瓮(wèng)：酒坛子浮现出诱人的春色(写酒徒垂涎的心理)。⑪吸海垂虹：像长鲸那样大口吞食海水，像垂虹那般深饮，形容酒徒狂饮的形态。杜甫《饮中八仙歌》："饮如长鲸吸百川。"吸海，似化用此意。俗称大碗为海，能喝者为"海量"。垂虹：用虹饮之典故。南朝刘敬叔《异苑》卷一："晋义熙初，晋陵薛愿，有垂虹饮其釜澳，须臾嗡响便竭。愿辇酒灌之，随投随涸。"⑫呼鹰嗾(sǒu)犬：指打猎活动。嗾，指使犬的声

音。⑬白羽：箭名。摘：取。雕弓：弓背上雕有花纹的弓。⑭狡穴俄空：兽类的巢穴迅速地被搜寻，猎取一空。狡穴，狡兔的巢穴。《战国策·齐策》："狡兔有三窟。"⑮似黄粱梦：是说离开京师以后，回忆过去的游乐生活真像黄粱梦一样。黄粱梦出自唐沈既济《枕中记》：卢生居邯郸旅舍，遇道士授枕，入梦之后经历荣华富贵直至老死。梦醒，道士吕翁尚在身边，店主人做的黄粱还未煮熟。⑯丹凤：指京城。唐代长安有丹凤门。⑰冗从：闲散的侍卫官。⑱倥偬(kǒng zǒng)：迫促，匆忙。⑲尘笼：指尘世庸俗的官场。⑳簿书丛：指陷入繁重的文书事务。簿书，官署中的文书。㉑鹖弁(hé biàn)：插有鸟羽毛的武官帽子，此处代指武官。㉒忽奇功：忽视使他们去建立奇功。㉓笳鼓动、渔阳弄：指战争爆发，用白居易《长恨歌》渔阳鼙鼓动地的诗意。意谓北宋遭受外敌入侵。渔阳，郡名，在今河北蓟县一带。又：渔阳弄，古曲名，一名《渔阳参挝》。㉔思悲翁：自伤年老体衰。㉕请长缨：《汉书·终军传》："自请愿受长缨(绳索)，必羁南越王而致之阙下。"后世称请求参军杀敌为请缨。㉖系：绑缚。天骄种：指入侵之敌。《汉书·匈奴传》："胡者，天之骄子也。"㉗七弦桐：七弦琴。㉘目送归鸿：用嵇康《赠秀才入军》诗："目送归鸿，手挥五弦。"

赏析

这是一首自叙身世的长调，通篇音调激昂，辞情慷慨，充满着作者热爱祖国的思想感情。

上片回忆少年时期任侠使气的豪爽生活。那时，广泛结交"五都"豪侠之士，重然诺，轻生死，意气飞扬，使酒任性，以骑射为乐，生活狂放不羁，内心充满着对未来的憧憬。下片写希望和理想的破灭。少年时期的游乐生活有如黄粱一梦，去而不返。如今仕途失意，混得个卑微武职，供人驱使，整日埋头于繁琐的文牍之中，庸庸碌碌。即使国难当头，满怀投笔请缨之志，但却报国无门，终生含恨。

词用赋体，对比今昔两种截然不同的生活，把叙事、议论、抒情完美地结合起来，抒发了热爱祖国的激情，表现出苍凉悲壮的武建精神。全词三十九句，三言句竟达二十二句之多，长句也不超过五言，而且有三十四句押韵，东、董、冻三韵，平上去三声通叶。显出了句短韵密，音节急促而洪亮的特点。

作者正是用这种繁音促节、高亢激昂之声，来抒发自己的豪侠壮美之襟抱，文情与声情和谐统一，达到了完美的境地，充分发挥了《六州歌头》这一曲调所固有的优长。词的重要意义还在于，北宋开国后就不断遭受北方少数民族的武装侵略和军事威胁，可在北宋词人笔下，涉及反侵略内容的词作，今仅见十余首，只占现存北宋词总数的千分之二三。而像贺铸这样以戎马报国、抵御外侮为主题，并用第一人称唱出的爱国主义壮歌，又只有苏轼一首《江城子》(密州出猎)可以伯仲。苏词虽壮，如"会挽雕弓如满月，西北望，射天狼！"但还没有贺词那一股抑塞郁愤之气，以及对投降派的强烈控诉。因此，贺铸这首《六州歌头》在北宋词坛上就显得格外珍贵，夏敬观在《手批东山词》中称道这首词："雄姿壮采，不可一世。"

周邦彦(1056—1121)，字美成，号清真居士，钱塘(今浙江杭州)人。少有才学，落拓不羁，后因向神宗献《汴都赋》万余言，歌颂汴京形势和朝廷新法，被擢为太学正。及至旧党执政，迭遭贬谪。哲宗亲政，召为国子监主簿。徽宗朝累官至徽猷阁待制，提举大晟府。后出知顺昌府，徙处州。他精通音律，能自度曲，词律细密。词风浑厚和雅，富艳精工，极铺陈之能事。词集《清真词》，又名《片玉集》。今人吴则虞校点《清真集》共收词二百零六首。

【满庭芳】

夏日溧水无想山作①

原文

风老莺雏②，雨肥梅子③，午阴嘉树清圆④。地卑山近，衣润费炉烟⑤。人静乌鸢自乐⑥，小桥外、新绿溅溅⑦。凭栏久，黄芦苦竹，拟泛九江船⑧。

年年。如社燕⑨，飘流瀚海⑩，来寄修椽⑪。且莫思身外⑫，长近尊前。憔悴江南倦客⑬，不堪听、急管繁弦⑭。歌筵畔，先安簟枕⑮，容我醉时眠。

译文

暖风里雏莺逐渐成长，细雨中梅子长得肥实，正午时树影又正又圆，地势低洼靠近青山，熏干衣物要费炉烟，人静乌鸦老鹰自得其乐，小桥下边，新涨起的绿水响声溅溅。凭栏久久远望，黄芦苦竹满眼，仿佛在九江行船。

奔波他乡，一年又一年，好像社燕，春来秋还，不是漂泊到荒僻之地，就是在屋檐上寄栖长椽。且莫考虑名利等身外之事，应借助酒杯消磨时间。憔悴！久居江南的客宦，又怎能听得了，那急促的声管、繁杂的音弦。就在那歌舞酒筵的边，预先铺好竹席、凉枕，待我醉时高枕而眠。

注释

①溧水：今江苏县名。无想山：在溧水县南十八里，山上有无想寺，又名禅寂院。②风老莺雏：幼莺在暖风里成长。③雨肥梅子：梅子受到雨水的滋润，肥大起来。杜甫《陪郑广文游何将军山林十首》之五："红绽雨肥梅。"④午阴句：正午的阳光直射大树，地面上的树影又正又圆。嘉树，树的美称。屈原《橘颂》："后皇嘉树。"⑤衣润费炉烟：江南夏天空气潮湿，衣服容易发霉，须以炉香熏之。⑥鸢（yuān）：老鹰。⑦小桥外：小桥下。外，下也。新绿：指新涨的绿水。溅溅：流水声。⑧黄芦苦竹两句：白居易《琵琶行》："住近湓江地低湿，黄芦苦竹绕宅生。"上句是说溧水"地卑山近"潮湿与湓江相同；下句是说要追踪白居易，即以白居易贬谪江州时的处

境与心情自比。⑨社燕：相传燕子于春天的社日从南方飞来，秋天的社日飞回，故称社燕。⑩瀚海：本指沙漠，这里泛指遥远、荒僻地区。⑪修椽（chuán）：承屋瓦的长椽子，是燕子筑巢的地方。⑫身外：此指把功名事业看做身外的事情。⑬江南倦客：作者自称。倦客：倦于在外作客、做官。⑭急管繁弦：曲调激昂、音响繁杂的音乐。⑮簟（diàn）：竹席。

赏析

周邦彦于宋哲宗元祐八年(1093)至绍圣三年(1096)的四年中，一直任溧水县令。由于贬谪外地，官卑职微，任期过长，不免产生厌倦苦闷之情。此词即是借溧水风光的描绘，抒发自己思想的极度消沉和苦闷。

上片极其细密地描绘了江南初夏景色。开篇三句，点明时令，渲染初夏风光。"地卑山近"二句，写空气潮湿，熏衣费炉香，烘托作者心情的烦闷。"人静"二句，进一步烘托作者的烦闷之情，乌鸢的"自乐"，"新绿"的"溅溅"，更加深了作者的哀思。紧接的末三句以白居易贬谪江州自喻，直接发出近似贬谪发配的痛楚之感。下片抒写飘流之哀，曲折回环。换头"年年"，为句中韵。接以"社燕"自比，暗示生活无定，有寄人篱下之感，抒写了身世漂流，宦海浮沉抑郁不平。"且莫思"二句转笔借酒浇愁，其中隐含难言之苦。然而"长近尊前"仍无济于事。原因是"憔悴江南倦客，不堪听、急管繁弦"。饮酒听歌还更增添心中的郁闷。百般无奈，才想到，只有进入醉乡才能暂时忘却不尽的烦忧。于是只好"歌筵畔，先安簟席，容我醉时眠"，难以排

遭的忧愁几经转折，达到高潮后戛然收束。

前人曾就此词评说："此中有多少说不出处，或是依人之苦，或有患失之心，但说得虽哀怨，却不激烈，沉郁顿挫中，别饶蕴藉。后人为词，好作尽头语，令人一览无余，有何趣味？"（陈廷焯《白雨斋词话》）

【苏幕遮】

原文

燎沉香①，消溽暑②。鸟雀呼晴，侵晓窥檐语③。叶上初阳乾宿雨④，水面清圆，一一风荷举⑤。

故乡遥，何日去。家住吴门⑥，久作长安旅⑦。五月渔郎相忆否⑧，小楫轻舟，梦入芙蓉浦⑨。

译文

点燃浓郁的沉香，消除潮湿的暑气。清早鸟雀欢呼天晴，天刚亮就从檐上下窥叫人起。荷叶上，初升的太阳，照干了夜间落的雨滴。水面的叶子圆润，朵朵荷花迎风把头举起。

故乡那样的遥远，什么时候才能归去？我的家在钱塘，却成为久住京城的倦旅。五月里垂钓的旧友，你是否正在把我回忆？我驾着小舟打着短桨，梦里驶入荷花池塘里。

注释

①燎沉香：燃烧沉香。沉香，一名沉水，一种香气很浓的香料。②溽（rù）暑：潮湿的夏季天气。③侵晓：天刚亮的时候。④宿雨：昨夜下的雨。⑤水面清圆两句：浮在水面上的荷叶是那么圆润，晨风吹来，朵朵荷花一颠一颠地昂起头来。⑥吴门：指江苏苏州。苏州是古代吴

国的都城,有吴门、吴中等名称。作者是钱塘人,故言"家住吴门"。
⑦长安:京城的代称。⑧渔郎:渔人,旧日钓游的好友。⑨芙蓉浦:荷
花塘。古时称荷花为芙蓉。

赏析

　　此词上片写景,下片抒情。开头燃香消暑,前两句是写静境。
三、四句写静中有动,"鸟雀呼晴",是呼告人昨夜雨,今朝晴。"侵
晓窥檐语",鸟雀多情,窥檐告人语。"叶上"句,清新美丽。"水面清
圆,一一风荷举",写得动态可掬。这两句是说清圆的荷叶,叶面上
留存昨夜的雨珠,在朝阳下逐渐地干了,和风吹来,荷花一一地抬
起头舞动起来。下片直抒胸臆,语言无华,不加雕饰。"故乡遥,何日
去",是在外思乡盼归期。"家住吴门,久作长安旅",是说长期在外,
不如归去。接句"五月渔郎相忆否",不言自己思念朋友,却说朋友
是否在思念自己。最后两句"小楫轻舟,梦入芙蓉浦",用虚构的梦
景作结,虽虚而实,余味不尽。

　　周词向以"富艳精工"著称。此词上段描绘夜雨之后风荷的神
态,美丽多姿;下段以"小楫轻舟"的旧梦作结,清新淡雅,别具一格。

【少年游】

原文

　　并刀如水①,吴盐胜雪②,纤手破新橙③。锦幄初
温④,兽香不断⑤,相对坐调笙⑥。
　　低声问:向谁行宿⑦?城上已三更。马滑霜浓,不
如休去,直是少人行⑧。

🏵 | 译文

并州产的利刀光洁如水，吴地的盐明净雪白，纤纤玉指破开鲜橙。锦制的幔帐轻垂室内温暖，兽形铜炉里飘出的香烟弥漫，两人对面调弄手中的黄管笙。

她低声地问道："你今晚上哪里去过宿？城里已经半夜三更。外面霜重马儿会打滑，不如别走，大黑天街上很少有人行。"

🦅 | 注释

①并刀：并州出产的刀，以锋利著称。并州，今山西太原一带。②吴盐：即淮盐，我国古代产盐之最名贵者。李白《梁园吟》："玉盘杨梅为君设，吴盐如花皎如雪。"③橙（chéng）：即黄橙、广柑、广橘。④锦幄：锦制的帷幕，华美的幔帐。⑤兽香：一作"兽烟"，兽形铜香炉中飘出的香烟味。⑥调：调理、弹奏。⑦谁行（háng）：哪里，何处。⑧直：真，正。

🐯 | 赏析

这是一首描写恋情的词。上片，烘托室内气氛，渲染室内的安恬静谧，纯净闲雅。下片，换头三字直贯篇终，极写对恋人的温存体贴和婉言劝留。

在浩如烟海的唐宋词中，描写爱情的词作可谓比比皆是。其中有许多名篇佳作，但也有不少作品写得庸俗浅露，词语尘污。即使是那些较好的词作，也常常千篇一律，甚或流于公式化和程式化。而周邦彦这首《少年游》作为爱情词来说，它的构思比较别致，有新的角度，表现手法有新的变化，语言有新的特色。在场景的布置与细节的描绘上，作者没有选取离别相思之类的场面，也没有选取别后重逢惊喜的一刹那，而只是通过"并刀"、"吴盐"、"新橙"、"锦幄"、"兽香"这样一些常见的道具，布置成一个安恬静谧的室内环境，再通过"破新橙"、"坐调笙"、"低声问"这样的系列动作，以及"城已三更"、"不如休去"的对话，表现相互爱恋与深情体贴。这样，把词中所反映的两情爱恋关系提高到一个格调比较高雅的境界，洗净了爱情词作中常见的那种脂腻粉浓、市尘粗陋的庸俗气味。

周词之长在"模写物态，曲尽其妙"，此词成就，显然是得力于作者体物察情的细致深入，适得其中。周济在《宋四家词选》中评此词说："此亦本色佳制也。本色至此，便足。再过一分，便入山谷恶道矣。"清人沈谦也就此词下片几句评说："言马，言他人，而缠绵悱侧之情自见。若稍涉牵裾，鄙矣。"

【西河】

金陵怀古

原文

佳丽地①，南朝盛事谁记②？出围故国绕清江③，髻鬟对起④。怒涛寂寞打孤城，风樯遥度天际⑤。

断崖树⑥，犹倒倚，莫愁艇子谁系⑦？空余旧迹郁苍苍⑧，雾沉半垒⑨。夜深月过女墙来⑩，伤心东望淮水⑪。

酒旗戏鼓甚处市⑫？想依稀、王谢邻里⑬。燕子不知何世，向寻常、巷陌人家⑭，相对如说兴亡，斜阳里。

译文

虎踞龙盘的佳丽地，南朝的繁华盛事有谁能够记忆？苍茫的群山围着这昔日的都城，环绕着清碧的长江两岸，山峰相对耸起像女人头上髻鬟。狂涛怒卷，日夜不停地扑打着空旷的孤城，张满风帆的船向天边驶去。

在陡峭山崖上生长的树木，如同倒着依挂在绝壁，莫愁姑娘的艇子谁在这里维系？历史上遗留下来的旧迹渺茫一片，郁郁苍苍，浓重的雾气笼罩着半边营垒。夜色深沉，月光已经越过城头上的短墙，伤心地向东望着秦淮河的流水。

酒楼上酒旗招展戏馆喧腾——这又是什么繁华闹市？回想起来仿佛是东晋王、谢两家富豪的乌衣巷里。燕子还不知道人世间的变化，它们飞向普通的街巷人家，像是相对诉说兴亡，在夕阳斜照的余晖里。

注释

①佳丽地：指金陵(今江苏南京市)。谢朓《入朝曲》："江南佳丽地，金陵帝王州。"②南朝：指偏安南方的吴、东晋、宋、齐、梁、陈朝代。③故国：指金陵，是南朝的故都。绕清江：长江两岸环绕着对峙的青山。④髻鬟：形状像女人梳的髻鬟。⑤风樯：张开风帆的船。樯，桅杆。⑥断崖：临水的山崖。⑦莫愁艇子：古乐府《莫愁乐》："莫愁在何处？莫愁石城西。艇子打两桨，催送莫愁来。"今南京水西门外有莫愁湖。⑧郁苍苍：云雾很浓，望去一片苍青色。也可联系前面"断崖树"，"空余旧迹"，理解为树木茂密的形容词。曹植《赠白马王彪》诗："山树郁苍苍。"⑨雾沉半垒：雾气遮盖了半边城的营垒。⑩女墙：城上的小墙。⑪伤心：一作"赏心"。淮水：指秦淮河，横贯南京城中。⑫酒旗戏鼓：指酒楼、戏馆等繁华的场所。⑬想依稀、王、谢邻里：想来仿佛是王、谢故家之所在。依稀：仿佛。王、谢：东晋时期的豪门大族，他们的宅第都在乌衣巷一带(今南京市东南)。⑭寻常、巷陌：普通的街道。

赏析

　　此词分为三片，"断崖树"为换头，"酒旗戏鼓"为三片开始。词写金陵怀古，本为旧题。此前，已有王安石《桂枝香》词，道盛衰兴亡，对江山发出感慨。周邦彦的这首词也不例外，不同者，王写秋景，周似写春景。尤为突出的是，周词多化用前人诗词旧句，且不露痕迹，"融化如己出者"。如"山围故国绕清江"、"怒涛寂寞打孤城"以及中片的"夜深月过女墙来，伤心东望淮水"，是用刘禹锡《金陵五题·石头城》："山围故国周遭在，潮打空城寂寞回。淮水东边旧时月，夜深还过女墙来。"三片中的"想依稀、王谢邻里。燕子不知何世，向寻常、巷陌人家，相对如说兴亡，斜阳里"，此又是系用刘禹锡《乌衣巷》："朱雀桥边野草花，乌衣巷口夕阳斜。旧时王谢堂前燕，飞入寻常百姓家。"把整齐的诗句变为参差的词句，显出音响之美，浑成之妙，这是较为可贵的。从章法上看，开篇点出金陵，歌颂江山美好。写山写水，纡回峭拔，境界深远，富有情思，深寓感慨，化腐朽为神奇。此词可同王安石《桂枝香》并称为双璧。沈际飞曾说，此词使"介甫《桂枝香》独步不得"（《草堂诗余正集》）。

朱敦儒 (1081—1159)，字希真，洛阳(今河南市名)人。早年隐居，不求仕宦。北宋末年，金兵南侵，他经江西流落两广。宋高宗绍兴二年(1132)应召为秘书省正字兼兵部郎官等职，后因与反对秦桧的李光相"交通"而被罢职。晚年，屈于秦桧的笼络曾任鸿胪少卿。桧死，也随之被废黜。其为官时期甚短，而以隐逸与词章知名于世。词的内容多为隐逸闲适之作，部分作品反映了忧国伤时之感。词风清畅质朴，很少用典，语言较通俗浅近。存《樵歌》三卷，又名《太平樵唱》。

【临江仙】

原文

直自凤凰城破后[1]，擘钗破镜分飞[2]。天涯海角信音稀。梦回辽海北，魂断玉关西[3]。

月解重圆星解聚，如何不见人归？今春还听杜鹃啼。年年看塞雁[4]，一十四番回。

译文

自从京城被金兵攻破，夫妻离散擘钗破镜分飞。天涯海角南北阻隔少音信。梦中曾回到辽北边关寻觅，魂魄也曾飞到玉门关以西。

月亮能够理会有缺又有圆，星星也知道分散还能团聚，可是望穿双眼为什么不见人归？今春还是听到杜鹃凄凄切切地悲啼。年年看塞北鸿雁往飞返归，已经是看到了一十四番回。

注释

①直自句：指宋钦宗靖康二年(1127)汴京沦陷事。直自，自从。凤凰城，指京城。②擘(bò)钗句：此句是说夫妇在变乱中离散。白居易《长恨歌》："钗留一股合一扇，钗擘黄金合分钿。"擘钗，分钗，和爱人离别时分钗以资纪念，孟棨《本事诗》载，徐德言尚(娶)陈后主妹乐昌公主。陈衰，德言谓妻曰："以君之才容，国亡必入权豪之家。"乃破镜各执其半，约他日正月望日卖于都市，陈亡，公主为杨素所得。德言以期至京，见有苍头卖半镜，出半镜合之，题《破镜诗》一绝。公主得诗，悲泣不食。素知之，召德言还其妻。③梦回辽海北二句：写别后相思之情。辽海北，指东北边区。玉关西，指西北边区。④塞雁：相传鸿雁来自北方边塞地区，故称塞雁。

赏析

这首《临江仙》约作于靖康之难后十四年。上片，写战乱后离别之苦。开篇"直自凤凰城破后"，借汉唐长安喻指宋都汴京，是说自从北宋都城汴京被金兵攻占以后，"擘钗破镜分飞"，用白居易《长恨歌》和孟棨《本事诗》中之典言夫妻离散和战乱之苦。"天涯海角"句对"分飞"作进一步的阐发。亲人离散，究在何处？天涯海角，无由寻觅，更加上音信皆无。"梦回辽海北"两句，都是借辽远的边关，表现主人公对亲人流落的焦虑。下片，写对重逢的向往。相思，为的是盼望团聚，这是感情发展的自然。因而换头即说：月亮能理解有缺还有圆，星星也知道分散后还有相聚，可是人儿盼来盼去，盼穿双眼，为什么还是不见人归？这里浸透着个人失望，也浸透着一个民族的失望，忧愤是深广的。年年希望，年年失望，已经十三年了，那么，今年又该怎样呢？"今春还听杜鹃啼"，此句又饱含无限辛酸。即是说新的一年，笼罩心头的阴影仍是很沉重的。那凄切悲苦的杜鹃啼声，又给主人公一次新的打击。由此看来，主人公只能是"年年看塞雁，一十四番回"了。以此作为对词的整体感情的概括，收束全篇。

这首词有着强烈的时代性。作者将十四年间自身经历的漂泊流离略去，而集中描写巨大的事变对一个普通的家庭的毁灭以及当事者在这种毁灭中所产生的心灵感受。它富有鲜明的时代典型性。由于作者在个人身世中寄托着亡国之悲，也就拓展了词的境界，使它突破对一己感情的抒发，反映了整个时代的大悲剧，从而赋予了它爱国主义意蕴。

【相见欢】

原文

金陵城上西楼[1]，倚清秋。万里夕阳垂地，大江流。中原乱[2]，簪缨散[3]，几时收[4]？试倩悲风吹泪[5]，过扬州[6]。

译文

我登上金陵城西高楼，倚楼遥望清爽的金秋。夕阳照着天边万里土地，浩瀚的长江奔流不息。

中原蒙受灾难，达官显贵风流云散，大好江山何时能够回收？令人悲酸的秋风，请你把我的泪水吹过江北洒向多难的扬州。

注释

①城上西楼：城上西面的城楼。②中原乱：指1127年金兵占领北宋中原地区的"靖康之乱"。③簪缨：代指北宋王朝的达官贵族。簪缨是古

代贵族达官帽子上的装饰。簪，用来把帽子固着在发髻上；缨，帽带。④收：收复失地。⑤倩(qiàn)：请求。⑥扬州：今江苏市名，当时是南北交通的枢纽，是重要商埠，但在"靖康之乱"以后却多次遭受金兵的破坏。姜夔《扬州慢》对此有形象描写，可以参看。

赏析

这是一首爱国伤时之作。一首小令，共三十六字，所反映的思想内容极为丰富，气魄广大，意境高远。上片写登楼远望，即景生情，感慨时事，以宏大的境界烘托作者对祖国大好河山的热爱和宽广的胸怀。下片，概括地描绘了金兵南侵与北宋灭亡的巨大变化，暗含对北宋统治集团腐败无能的谴责。作者面对外敌入侵，故乡沦陷，中原人民遭受灾难，不禁发出"几时收？"的设问，继之又以"倩悲风吹泪，过扬州"收束此篇，直抒悲怆愤慨之情，表达了收复失地的决心。

作者早年过的是逍遥、飘然不羁的生活。曾以豪迈的词笔自称："我是清都山水郎"，"懒散带疏狂"；"诗万首，酒千觞，几曾着眼看侯王，玉楼金阙慵归去，且插梅花醉洛阳"。这样的生活、经历、性格和情趣，使得他对祖国的山河、故乡的草木，有着比一般人更深的情感。因而，当他以一个逃亡者的身份南奔，来到金陵以后，面对江北沦陷的国土，故国之思怎能不表现得更加强烈。这首辞情慷慨，寄意深长的小令，充分反映了作者强烈的热爱祖国之情，是"樵歌"中有代表意义的作品。

李清照 (1084—1155?)，号易安居士，济南章丘邑人。著名学者李格非之女，十八岁嫁金石考据家赵明诚为妻。夫妇雅好词章，常相唱和，并共同从事金石学研究。靖康之变后，流寓南方。建炎三年(1129)，赵明诚病故。李清照携图书，并明诚遗著《金石录》逃兵乱，足迹遍江浙皖赣一带，晚年寓居临安。其诗文并美，尤长于词。其词以南渡为界分为前后两个时期。前期多写闺情相思，反映对大自然的热爱和对爱情的追求，清俊旷逸，明快妍丽。后期则更多地描写国破家亡的离乱生活，沉郁悲怆，词情凄厉。其词艺术技巧很高，擅用白描手法，力求创新。语言清丽雅洁，明白如话，富有生活气息，人称"易安体"。婉约派的代表作家之一，也写过一些情致豪放之作，风格多样。有《易安居士文集》、《易安词》，已散佚。后人有《漱玉词》辑本。今人辑有《李清照集》。今存词四十七首。

【如梦令】

原文

昨夜雨疏风骤，浓睡不消残酒①。试问卷帘人②，却道海棠依旧。知否?知否?应是绿肥红瘦③。

译文

昨夜里雨点儿稀疏风声急骤，一夜酣睡尚未消却残余醉酒。我问卷帘侍女外面光景如何，她说，"海棠花开得依然如旧"。"你知不知道?知不知道?风雨会使绿叶肥大红花消瘦。"

注释

①浓睡不消残酒：睡得很好，但还有残余的酒意未消。
②卷帘人：指侍女，因此时侍女正在卷帘。③知否三句：女主人纠

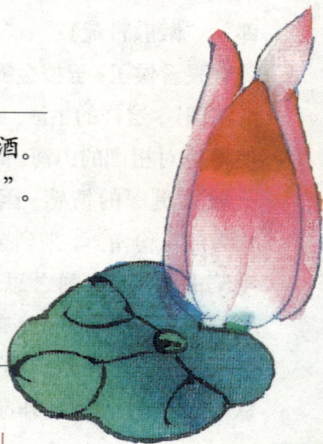

正侍女的答话说:你知道吗?海棠花不是开得"依旧",应该是叶子茂盛肥大,花儿枯萎消瘦了。

赏析

　　这是一首描写女词人闺中生活的小词,反映了女词人当时那种极其悠闲、风雅的生活情调,揭示了女词人对大自然变化的敏感和对美好事物的关怀。内容曲折而含蓄,语言优美而自然,笔调跌宕而有致。请看词中的画面:景物的"雨疏风骤"与人物的"浓睡""残酒"相辅;"红"和"绿"两种颜色与"肥"和"瘦"两种形状对称。"绿肥红瘦"一语最为清新,把海棠叶子的茂盛和花的枯萎、凋谢形容得极为逼真,形象鲜明、生动。词中的韵律,抑扬相间,跌宕入耳;词中的问答,用语简练,妙成自然。

　　一首小词,寥寥数语,反映了词人惜春而不伤春的情怀;在锤炼中语出天然,显示了词人的创造功力;在短幅中蕴藏着多层画面,曲折传神;在用韵上讲求抑扬声调,传情而动听。堪称词中楷模,南宋陈郁《藏一话腴》称这首词为"天下称之"的佳作。

【一剪梅】

原文

红藕香残玉簟秋[1]，轻解罗裳，独上兰舟[2]。云中谁寄锦书来[3]？雁字回时[4]，月满西楼。

花自飘零水自流，一种相思，两处闲愁。此情无计可消除，才下眉头，却上心头[5]。

译文

红色荷花凋谢香气消残，竹席颇凉，已到深秋，轻轻脱去身上罗衣，独自一人乘上木兰舟。谁从远方寄封锦字书信来？传信的雁儿回来时，清亮的月光洒满西楼。

眼前的落花纷纷飘零，河水兀自奔流，一种割不断的相思，

牵挂着两地的离愁。这离愁别绪，无法把它排遣消除，刚刚离开眉头，却又涌上心头。

注释

①红藕香残：红色的荷花开始凋谢，香味也随之消退。簟（diàn）：竹席。玉簟：席子的美称。②独上兰舟：独自乘船出游。③云中句：是谁从远方捎带了书信来？谁，实指作者所思念的丈夫。④雁字回时：雁儿到来的时候。相传鸿雁能传书，故云。⑤才下眉头两句：刚刚不皱眉头，心里头却又想念起来。

赏析

此词是李清照早期为怀念初婚不久即离家远行的丈夫赵明诚而作。它集中抒发了作者对丈夫的深笃爱情，吐露了夫妻各居一方的相思之苦。感情真挚、深沉、炽热，格调清新。作者在这短短的小令中，创造了完整而感人的意境，表达了强烈的思想感情，采用移情入景的表现手法，把真挚、深沉的感情融入客观外界的景物之中，借着对景物的描写把它巧妙地抒发出来。用词炼句极工，语淡情深，言有尽而意无穷。

【醉花阴】

原文

薄雾浓云愁永昼①，瑞脑消金兽②。佳节又重阳，玉枕纱厨③，半夜凉初透。

东篱把酒黄昏后④，有暗香盈袖⑤。莫道不消魂⑥，帘卷西风，人比黄花瘦⑦。

译文

　　天空飘散着薄雾浓云，漫长的白天令人忧愁，香烟消失在兽形的铜炉口。在这重阳美好佳节，难耐的是：磁枕和纱帐，半夜里被冷风吹透。

　　东篱赏菊，借酒浇愁——日落西山黄昏以后，有幽香充满衣袖。谁说不消魂?看那西风吹帘，人儿憔悴得比黄花还要瘦!

注释

　　①永昼：漫长的白天。②瑞脑消金兽：香炉里的香料渐渐烧完了瑞脑，一称"龙脑"，香料。金兽，兽形的铜香炉。③玉枕纱厨：磁枕、纱帐。④东篱：种菊花的地方。陶渊明《饮酒》诗："采菊东篱下，悠然见南山。"⑤暗香：幽香。此指菊花的香气。⑥消魂：一般指别情。这里指感触特别深刻，情绪十分激动，几乎达到使魂魄离开躯体的程度。⑦黄花：菊花。

赏析

　　此词是作者早期与丈夫赵明诚分别之后所写。词通过悲秋抒写与爱人别后的寂寞与相思情怀。上片写秋凉情景。首二句"薄雾浓云愁永昼，瑞脑消金兽"，是从白昼写起，说明她处在香雾迷漫的舒适环境里反而发愁，觉得白天的时间是那样漫长凄寂。从她不时地去看香炉里的瑞脑燃烧多少的细节中，也可以感到她是度日如年。次三句是夜间着笔，不直写"每逢佳节倍思亲"，而是写失眠，直到半夜都没有睡着。她不只是身体感到凉，主要是内心感到凉。对爱人明诚的思念之情洋溢于字里行间。下片写重九感怀。首二句写借酒浇愁，晚风飘着幽香拂动她的衣袖。结尾三句："莫道不消魂，帘卷西风，人比黄花瘦。"词人怜花，而正当她伤别离恨欲断魂之际，看到西风吹动帘子，也必然吹动菊，自然地联想到自己比黄花还要瘦。

　　这首词，从字面上看，词人并未直写独居的痛苦与相思之情，但这种感情在词里却无处不在。词中还适当运用了烘云托月的手法，有藏而不露的韵味。末三句的艺术成就常为后人所乐道和赞美。

【声声慢】

原文

寻寻觅觅[1]，冷冷清清，凄凄惨惨戚戚[2]。乍暖还寒时候[3]，最难将息[4]。三杯两盏淡酒，怎敌他、晓来风急！雁过也[5]，正伤心，却是旧时相识[6]。

满地黄花堆积，憔悴损；如今有谁堪摘？守着窗儿，独自怎生得黑[7]！梧桐更兼细雨，到黄昏、点点滴滴。这次第[8]，怎一个愁字了得！

译文

寻寻觅觅，寻找心灵上的安慰，寻到的只是冷冷清清一片凄惨，凄凄惨惨，更增加了内心悲戚。在这刚刚见暖却还寒冷的时候，年老体衰最难忍受最难养息。饮上三两杯淡酒，怎么能抵得住清晨的冷风吹得骤急。大雁从这里飞过，正在伤心时，却认出它们是旧时传书的相知。

满地菊花聚积在一起，人儿无限忧伤憔悴瘦损，如今还有谁能去采摘？一个人孤单单地守着窗儿，怎么能熬到天黑！风打梧桐下着蒙蒙细雨直下到黄昏，还是不停地点点滴滴。这一凄苦忧伤的景况，怎么能只用一个"愁"字把它概括得了呢！

注释

①寻寻觅觅：仿佛丢失了什么东西，急于到处去寻找。这里是写主人公抱着百无聊赖的心情，寻觅自己在精神上可以寄托的安慰。②冷冷清清两句：是写寻找的结果，一无所获，有的只是一片冷冷清清；不仅令人失望，反而招来更深的悲戚和愁苦。戚戚，忧愁的样子。③乍暖还寒：指深秋天气暖一阵又冷一阵，变化无常。④最难将息：很难将息自己。将息，保养、调养，含有适当休息之意。⑤雁过也：大雁向南方飞去。⑥旧时相识：这里指雁，相传鸿雁传书。《汉书·苏武传》："天子射上林中，得雁，足有系帛书。"此为作者即景生情，忆起早年曾写《一剪梅》寄丈夫赵明诚。内云："云中谁寄锦书来，雁字回时，月满西楼。"⑦怎生：怎么样。⑧这次第：这一连串的景况。

赏析

这首词是作者南渡以后写的名篇之一。词中形象地描绘了残秋的萧瑟景象，抒发了词人漂流他乡、国破家亡、饱经忧患的悲痛和哀伤，具有一定的社会意义和较深的思想性。词的艺术性很高，历来为词家倍加称道。其主要特色是：

第一，抒情的特点是情景兼融，一气贯注，层层深入，具有完整的艺术真实性和强烈的感染力。词以抒情开篇，又以抒情结尾，中间所大量描绘的景物又都染上了词人独特而又细腻的感情色彩。尤其是抒真情，说实话，写实感，在情与景的对比之中，一层进一层，一浪高一浪地把词人的内心世界表露出来，使读者的心也仿佛沿着这字字行行一步步地进入她的悲哀之宫，感受到她所感受的一切，在读者的心底引起强烈的回响！词以纵恣之笔，抒写激动悲怆之怀，笔力遒劲而情韵深远；词中没有一滴眼泪，然而却远远超过了泪水所能表达的那种凄酸。吴灏在《历代名媛诗词》评易安词说："玩其笔力，本自矫拔，词家所有，庶几苏、辛之亚。"此评确有见地。

第二，层层铺叙，线索分明。词中以铺叙手法把闺中妇女日常生活中所接触到的具有典型意义的事物集中起来，进行高度艺术概括，由外到内，由远及近，层次清晰地展现出词人内心强烈感情活动。随着情节的进展，感情也随着形象的描绘而逐次加深，直至最后，终于形成感情的总爆发，跌出一个毫不含糊的"愁"字，收束全篇。全词感情起落有序，结构次第精严。

第三，大量运用双声叠韵，使声韵与内在情感和谐统一。起笔连用七对叠字，用得极为确当。它使声情口吻与词的整体形象有机地结合在一起，并且统领全篇，直贯篇终。还妙在结尾之前，又使用了"点点滴滴"四字，照应开篇，准确自然，与词的基本情感意韵结合得完善无间。全词几乎都由口语构成，经过作者的提炼加工，表达感情既自然又贴切。此词做法上的创造性还在于，原来的《声声慢》曲调，是押平声韵脚，调子比较徐缓。而此词改押入声韵，并屡用叠字和唇齿双声的词字，这就变舒缓为急促，变哀婉为凄厉，一脱早期"婉约"的词风。可见易安词风格的多样性。

张元幹(1091—1170)，字仲宗，号芦川居士、真隐山人，长乐(今属福建)人。钦宗靖康元年(1126)，任亲征行营使李纲的属官。南渡后，高宗绍兴时，不愿与奸臣秦桧同朝，辞官南归。后因作词赠送主战派胡铨，触犯秦桧，被削去官职。晚年寓居三山(今福州市)。其词早年即以清新婉丽著称于世。靖康之乱后，词作多以抗金救国为主题，慷慨激昂，风格豪放。他继承并发展了苏轼的词风，使词的内容与当时重大政治斗争相结合，对后来张孝祥、陆游、辛弃疾、陈亮等人的创作很有影响。有《芦川归来集》、《芦川词》。存词一百八十余首。

【贺新郎】

送胡邦衡谪新州①

原文

梦绕神州路②，怅秋风、连营画角③，故宫离黍④。底事昆仑倾砥柱，九地黄流乱注⑤？聚万落千村狐兔⑥。天意从来高难问，况人情、老易悲难诉⑦。更南浦，送君去⑧。

凉生岸柳催残暑，耿斜河⑨，疏星淡月，断云微度⑩。万里江山知何处⑪？回首对床夜语⑫。雁不到、书成谁与⑬？目尽青天怀今古⑭，肯儿曹、恩怨相尔汝⑮！举大白，听金缕⑯。

译文

　　梦魂萦绕着思念的神州大路，令人惆怅、悲凉的秋风啊，吹送来敌营中一片凄厉的号角，昔日的宫苑如今满地蓬蒿。为什么黄河绕着昆仑山流下来，它的砥柱山会突然倾倒，让洪水在九州大地乱卷狂涛？致使千村万落荆棘丛生，山狐野兔随便地营窝筑巢。老天啊，因为你离人间太高，你的意图人们就难请教，何况南渡的志士如今已经衰老，满腔的悲愤难以口诉笔描。在这伤心之时又来南浦送别，送别挚友去南荒，路远山遥。

　　凉风习习，从杨柳岸边吹来，与挚友惜别在这寒暑之交。天上的银河斜转亮光闪闪，疏星淡月，初秋夜色分外美好，你的征帆像空中片云随风飘飘。越过那万水千山前途邈邈，你的征帆驶到哪里才能落锚？回想起对床夜语共论兴亡图报效。北雁南飞，飞不过衡阳的回雁峰，你远谪岭南我写书信谁能送到？我极目远望苍茫的青天，把古今兴亡的史实详加对照；怎么肯孩子般地彼此专讲些恩怨私情呢？请举起这洁白如玉的酒杯，共同听激越的《金缕曲》调。

注释

　　①胡邦衡：即胡铨，字邦衡，庐陵(今江西吉安)人。宋高宗时进士，任枢密院编修官。他反对秦桧对金妥协求和，上书请斩秦桧、王伦、孙近三人头，因被贬为福州签判。后除名押送新州(今广东新兴)编管，又远送吉阳军(今海南岛南部)，流落将近二十年。被召回后，仍坚持反对与金议和。②神州：古代称中国为赤县神州。(见《史记·孟子荀卿列传》)这里指中原沦陷区。③画角：军中所用饰有彩绘的号角。④故宫：指沦陷的北宋故都汴京的宫殿。离黍：《诗经·王风》中的篇名，是写周平王东

迁以后，故宫荒凉，长满禾黍，诗人见此，悼念故国，不忍离去。⑤底事昆仑两句：是说黄河本是循着昆仑山流下来的，为什么它的支柱（砥柱山）会突然倾倒而让洪水到处泛滥呢？这里借天灾以喻人祸，谴责北宋王朝挡不住敌人的入侵。底事，为什么。倾，倒塌。《神异经·中荒经》："昆仑之山，有铜柱焉。其高入天，所谓天柱也。"《水经·河水注》："砥柱，山名也。昔禹治洪水，山陵当中者凿之，故破山以通河，河水分流，包山而过，山见水中若柱然，故曰砥柱也。"这里是将"天柱"与"砥柱"合用。九地，九州，即中国，此指沦陷区。黄流，黄河泛滥，洪水横流。⑥落：村落。狐兔：这里是借指入侵之敌。⑦天意从来两句：是化用杜甫诗《暮春江陵送马大卿公恩命追赴阙下》："天意高难问，人情老易悲"的句意。是借以表示对最高统治者推行妥协投降路线的不满。⑧更南浦两句：胡铨在朝廷是敢言的忠贞之士，竟被革职贬谪远方，作者更感到朝廷无人，没有希望。南浦，泛指送别之处。江淹《别赋》："送君南浦，伤如之何！"⑨耿：明亮。斜河：斜转的银河，表示夜深。⑩断云：片断的白云。⑪万里句：是说别后远隔万里，就不知道胡铨到什么地方去了。⑫回首：不堪回首。对床夜语，指与知心好友深夜谈心论是。⑬雁不到两句：是说书信难通。传说雁能传书，但北雁南飞，止于衡阳，新州属广东，是雁飞不到之处，故称。⑭目尽青天：放开眼界来看天下。怀古今，怀想古往今来的国家大事与历史教训。⑮肯儿曹句：怎么肯像孩子们彼此之间专讲些恩怨私情呢？韩愈《听颖师弹琴》："昵昵儿女语，恩怨相尔汝。"

⑯举大白两句：是说举杯喝酒，听《金缕曲》吧。大白，酒杯名。金缕，即《金缕曲》，《贺新郎》的异名。

赏析

此词作于宋高宗绍兴十二年(1142)。绍兴八年(1138)枢密院编修官胡铨(字邦衡)上书反对议和并请斩向金屈膝投降的秦桧等人，遭到迫害，贬谪到福州任威武军节度签判。秦桧又指使其爪牙继续诬陷胡铨，四年后，又把他除名，由福州押送新州(今广东新兴县)编管。当时，张元幹寓居三山(今福州市)，不顾个人安危，写这首词送给他，并与之钱别。这不仅表现了作者刚正不屈、坚持正义的斗争精神，而且词中以独特的艺术构思，抒发了作者关心国家命运以及对投降派毫不妥协的大无畏精神。作者由于中原沦陷而产生的深悲巨痛，对投降派表示了极大的愤慨，对爱国获罪的友人表示了深切的同情。词中还形象地说明，作者与胡铨的深厚友谊是建立在爱国抗金这一正义立场之上的，词中所表现的浩然正气也恰恰产生在这里。

词的上片写时事。作者以"梦"字起笔，形象地描绘出靖康事变后中原大地惨遭敌人蹂躏的残破景象，并对造成这场民族灾难的原因提出大胆怀疑："底事昆仑倾砥柱？"同时还通过"九地黄流乱注"与"聚万落千村狐兔"等一系列严重后果加以补充。下面便摆出三个不同的现象和事实让读者思考、鉴别：一是"天意从来高难问"；二是"人情易老悲难诉"；三是"更南浦，送君去"。实际上，这里是喻指被妥协投降派包围了的宋高宗。正因为宋代最高统治者一再推行妥协投降政策，才酿成了这场民族的灾祸。

词的下片写别情。换头烘托环境气氛。天上地下，两相对比，以抒发满怀愁绪，万端感慨之情。词人极目青天，伤今怀古，想的是国家兴亡之大事。作者明确指出，这种惜别之情，并非"儿曹"之间的个人感情，而是与国家民族命运息息相关的高尚情怀。这即把一般的送别词提到爱国主义的思想高度上来，开创了送别词的新格局。最后，以"举大白，听金缕"作结，使全词增添了乐观豪迈色彩。

全词的感情强烈深切，委婉曲折，沉郁顿挫，是豪放词中的佳篇。《四库全书总目》提要中评说："慷慨悲凉，数百年后，尚想其抑塞磊落之气。"

【石州慢】

己酉秋，吴兴舟中作[1]

原文

雨急云飞，惊散暮鸦，微弄凉月[2]。谁家疏柳低迷[3]，几点流萤明灭[4]。夜帆风驶，满湖烟水苍茫，菰蒲零乱秋声咽。梦断酒醒时，倚危樯清绝[5]。

心折[6]。长庚光怒[7]，群盗纵横[8]，逆胡猖獗[9]。欲挽天河，一洗中原膏血[10]。两宫何处[11]？塞垣只隔长江，唾壶空击悲歌缺[12]。万里想龙沙，泣孤臣吴越[13]。

译文

暴雨急骤乱云纷飞，惊散了傍晚的乌鸦，在清凉的月光下趁着明月乌鸦飞舞。岸边是谁家的疏柳模糊不清，几点萤火飞来飞去忽明忽灭。夜船上的白帆乘风向前行驶，湖面上烟波茫茫笼罩着秋夜，湖岸上零乱的菰蒲，秋风飒飒吹来响声呜咽。梦断酒醒的时

候,独倚高耸的桅杆一片清冷凄绝。

伤心,悲愤!看那长庚星似乎放射着怒光,四方群盗纵横,金兵南侵十分猖獗。真想挽住天河,洗雪中原大地的污血。徽宗钦宗二帝现囚禁何处?长江成了和敌人的边界线,虽有壮志也不过是白白敲打唾壶口缺。想到二帝还囚在万里荒漠,痛哭流涕的孤臣漂泊在吴越。

🦅 注释

①此词作于宋高宗建炎三年 (1129)。时金兵大举侵宋,高宗赵构先是从扬州过江逃至临安(今杭州)。秋,金兵又渡江南侵,高宗逃离临安至越州(今浙江绍兴),后又转移到明州(今浙江宁波)。此时,张元幹正在吴兴(今浙江湖州)避难。作者怀着对金兵猖狂南侵的极大愤慨和"壮志深忧国"的满腔悲愤,写下了这篇动人的词章。②雨急云飞三句:一场秋风急雨,惊散了傍晚的栖鸦;雨后,天色豁然明朗,乌鸦在清凉的月光中飞行舞动。③低迷:模糊不清。④明灭:忽明忽灭。⑤清绝:清冷凄绝,忧伤寂寞。⑥心折:极言伤心的程度。江淹《别赋》中说:"心折骨惊。"是形容离别的伤心。作者在《建炎感事》诗中曾说:"三吴素轻浮,伤弓更心折。"⑦长庚:即长庚星,亦称金星,又名太白星,古人认为它主兵戈之事。光怒:是说国家面临着内忧外患,是长庚星放射出愤怒光芒。⑧群盗:指南宋朝廷内出现的叛乱。在建炎三年三月,苗傅、刘正彦发动兵变,逼宋高宗传位太子,后失败被杀,同时,各地农民起义斗争也风起云涌。⑨逆胡猖獗:指金兵猖狂南侵。⑩欲挽二句:意谓要挽

住天河，用天河水来洗净中原人民惨遭屠杀的血污。表现了词人欲击退金兵收复失地的豪情壮志。杜甫《洗兵马》诗："安得壮士挽天河，净洗甲兵长不用。"⑪两宫：指宋徽宗、钦宗。靖康二年(1127)，两帝被金兵掳去，北宋灭亡。⑫唾壶句：刘义庆《世说新语·豪爽》载：东晋"王处仲每酒后，辄咏'老骥伏枥，志在千里。烈士暮年，壮心不已'。以铁如意打唾壶，壶口尽缺"。作者用此典故，表明自己虽有"一战灭胡尘"的壮志，但也不过像王处仲那样白白地击打唾壶，空下决心而已。⑬万里想龙沙二句：直写词人在江浙一带漂泊避乱，想到徽宗、钦宗二帝被囚禁在万里的塞外沙漠，情不自禁地为国事多艰、君王遭难而痛哭流涕。龙沙，白龙堆沙漠，泛指西北塞外。这里借指徽宗、钦宗囚禁之地。

赏析

　　这首词是一篇抒发爱国主义思想感情的名作。在写法上寓情于景，情景交融，景物描写构成的色彩暗淡的画面，恰与国家的政局，作者的抑郁悲愤之情辉映成篇，浑然一体，形成独特的苍凉悲壮而又谨严无疵的风格。

　　词的上片主要写景，并由景及情，展现出一幅秋日雨后，湖面月下的苍茫凄切的画面，烘托了作者内心蕴藏的无比深沉的悲愁。词的下片直抒胸臆，词人郁积在心中的满腔悲愤，喷薄而出，一气呵成。由以"心折"比喻伤心之极，转入对国事的议论，抒发了作者忠心报国，收复中原失地的抱负，以及爱国抱负不能付诸行动的悲愤情绪。结尾二句"万里想龙沙，泣孤臣吴越"，进一步抒发悲愤感情，作者想到"万里"之外的漠漠沙原还囚禁着北宋的"二主"，自己徒有恢复中原的抱负，根本不能实现，终于禁不住潜然泪下，涕泗横流。充分表现了作者在国家民族危亡时刻，对政局危急的深切忧虑和扭转局势、收复国土的强烈愿望。词中表露了比较强烈的"忠君"思想，这是作者思想的局限。但在封建社会里"爱国"与"忠君"是很难截然分开的，在这点上，我们不能苛求作者。因而，此词在南宋时期爱国主义的词作中，仍不失为一篇具有代表性的杰作。

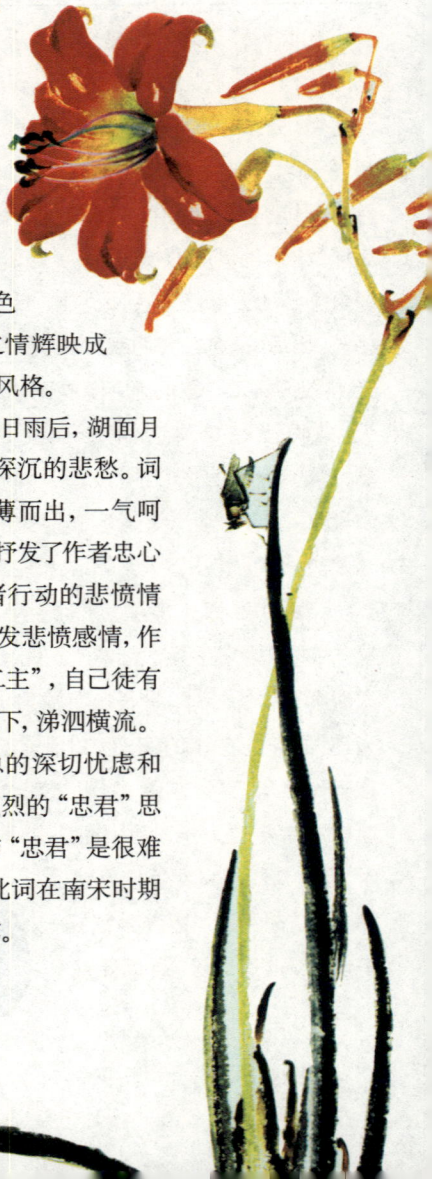

岳飞 (1103—1142)，字鹏举，相州汤阴(今属河南)人。自幼家贫，二十岁时应募为"敢战士"，英勇善战，屡建奇功。历任少保，河南、北诸路招讨使、枢密副使，封武昌郡开国公。是南宋初期抗金名将，力主抗战，反对议和。宋高宗绍兴十年(1140)统帅岳家军大破金兵于郾城，进军朱仙镇，准备渡河收复中原失地。但当时朝廷执行投降政策，勒令其退兵。后被宋高宗赵构和投降派秦桧以"莫须有"的罪名杀害。宋宁宗嘉定四年(1211)追封为鄂王。岳飞工诗词，但留传下来的作品不多。词仅存三首，都是充满爱国激情的佳作，风格悲壮、豪放。著有《岳武穆集》，为后人所编。

【满江红】

写怀

原文

怒发冲冠①，凭阑处、潇潇雨歇②。抬望眼③，仰天长啸，壮怀激烈。三十功名尘与土④，八千里路云和月⑤。莫等闲、白了少年头，空悲切。

靖康耻⑥，犹未雪；臣子恨，何时灭？驾长车踏破、贺兰山缺⑦。壮志饥餐胡虏肉，笑谈渴饮匈奴血⑧。待从头、收拾旧山河，朝天阙⑨。

译文

愤怒得头发直冲顶冠，倚着栏杆看那风雨潇潇又停歇。抬头远望，面对苍天发出一声长啸，壮志豪情奋发激越。三十年来一直把功名看做灰尘与粪土，甘愿八千里南北转战，穿云破雾披星戴月。不能虚度年华无为地换来满头白发，落得个空自悲切。

靖康亡国的耻辱，至今还未洗雪；我胸中的仇恨，何时才能泯灭？要驾着战车奋勇冲杀，把贺兰山踏得破碎残缺。誓志杀敌饿了就吞食敌寇的肉，欢笑谈论渴了就喝敌寇的血。让我们从头开始，收复祖国原有的山河，朝见皇帝宫阙。

🦅 注释

①怒发冲冠：愤怒得头发直竖起来，顶冲着帽子。《史记·刺客列传》："士皆瞋目，发尽上指冠。"②潇潇：形容风雨的急骤。③抬望眼：抬头远望。④三十功名尘与土：年岁已经三十多了，虽然建立一些功名，却像尘土一样的微不足道。⑤八千里路云和月：极言自己甘愿过转战千里，披星戴月的战场生活。这里似以摧毁"八千里"外金国的根据地为战斗目标来说的。⑥靖康耻：指宋钦宗靖康二年，金兵南下攻陷汴京，中原沦陷，徽、钦二帝被掳，北宋从此灭亡的奇耻大辱。⑦驾长车踏破、贺兰山缺：驾着战车向敌军猛冲，连贺兰山也要把它踏成平地。贺兰山，现在是宁夏回族自治区和内蒙古自治区的界山，当时是被金人占领的地方。缺，残缺，这里可引申为破碎。⑧壮志饥餐二句：表示对敌人侵犯的极度憎恨和蔑视。北宋苏舜钦《吾闻》诗："马跃践胡肠，士渴饮胡血。"⑨朝天阙：朝见皇帝。天阙，皇帝住的地方。

🦅 赏析

这是一首气壮山河、千古传诵的名篇。词中表达了作者抗敌救国的坚定意志和必胜信念，体现了大无畏的英雄气概，洋溢着爱国主义激情。数百多年来，在群众中广为流传，产生了深远的社会影响。

上片抒写作者渴望为国杀敌立功的情怀和抱负。开头起势突兀，胸中怒火燃烧。一阵急风暴雨刚刚停歇，独自凭栏远望，想到中原沦陷，山河破碎，二帝被虏，生灵涂炭，不禁"怒发冲冠"、"仰天长啸"、"壮怀激烈"。这几句一气贯注地揭示了词人汹涌澎湃的心潮，一位忧愤国事、痛恨敌人的民族英雄形象跃然纸上。接着的四句一而再地激励自己珍惜时光，努力奋斗，早日完成统一祖国的大业。"三十功名尘与土"，回想过去，觉得自己已到而立之年，但对国家的贡献还很小很小。其实，岳飞自从军以来，在抗金战争中英勇无敌，威名远扬，屡受朝廷的封赏嘉奖，但他从不居功自傲。这句集中表现了英雄虚怀若谷、严于律己的美德。"八千里路云和月"，瞻望前程，深感战争的艰苦卓绝，任重道远，尚须披星戴月，日夜兼程，长期作战，才能"北逾沙漠，喋血虏廷"（《五岳祠盟题记》），赢得最后胜利。"莫等闲、白了少年头，空悲切！"这两句堪称千古名言，既是词人的自勉，也是对坚持抗金救国广大军民的巨大鼓舞和有力鞭策。

下片抒写作者立誓雪耻复仇、重整乾坤的豪情壮志。换头四句"靖康耻，犹未雪；臣子恨，何时灭？"用短促的句式，并以反诘句加强气势，充分表达其与敌人不共戴天的深仇大恨。"驾长车踏破、贺兰山缺"，表示誓志挥师北伐，驾着战车踏破重重险关要塞，直捣敌穴，抒发了抗金的决心和雄图。"壮志饥餐"与"笑谈渴饮"二句是词作者的愤激之语，进一步表达了对女真贵族踩蹯中原、荼毒生灵的切齿痛恨及消灭敌人的决心。结尾两句是说待到收复失地、江山一统后，再收兵回朝拜见皇帝。

全词情调慷慨，悲壮激越，一气呵成，不可抑勒。既是战斗的誓言，又是进军的号角，充分体现了作者的英雄性格和爱国复仇信念，具有极大的鼓舞作用，对后世影响很大。陈廷焯《白雨斋词话》评说："千载下读之，凛凛有生气焉。"

韩元吉 (1118—1187)，字无咎，号南涧，许昌(今属河南)人，晚年徙居信州(今江西上饶)。绍兴年间，曾官南剑州主簿，建康令，迁知剑州。兴办学校有政绩。宋孝宗初年官至吏部尚书。他力主抗金，恢复失地，与张孝祥、范成大、陆游、辛弃疾等交游甚密，常以词相唱和。词作多悲怀家国，风格略近辛弃疾。《花庵词选》称："南涧名家，文献、政事、文学，为一代冠冕。"有词集《南涧诗余》，其《焦尾集词》已佚。

【霜天晓角】

题采石蛾眉亭①

原文

倚天绝壁②，直下江千尺。天际两蛾凝黛③，愁与恨④，几时极⑤？

暮潮风正急，酒阑闻塞笛⑥。试问谪仙何处⑦？青山外⑧，远烟碧。

译文

峭壁入云倚天矗立；直下江渚的悬崖千尺。如两弯蛾眉横亘天际，宛如凝愁含恨，何时是终极？

傍晚风起，潮涌骤急，酒醒之后，耳闻边塞吹奏羌笛。试问谪仙人今在何处？遥望青山之外，一片远烟缥缈深碧。

注释

①采石：即采石矶，在安徽当涂县西北牛渚山下突出于江中处，原名牛渚矶。蛾眉亭建立在绝壁上。《当涂县志》载，它的形势"据牛渚绝壁，大江西来，天门两山(即东西梁山)对立，望之若蛾眉然"。②倚天：一作"倚空"。③两蛾凝黛：把长江两岸东西对峙的梁山比作美人的黛眉。④愁与恨：古代文人往往把美人的蛾眉描绘成凝愁含恨的样子。⑤极：穷尽，消失。⑥塞笛：边笛，边防军队里吹奏的笛声。当时，采石矶即是边防的军事重镇(1161年虞允文曾大败金兵于此)。闻塞笛，暗示了作者的感触。⑦谪仙：唐人称李白为谪仙。李白晚年住在当涂，并卒在这里。⑧青山：在当涂东南，山北麓有李白墓。

赏析

这首词虽名为题咏山水之作，实则寓有作者对时局的感慨，流露他对祖国河山和历史的无限热爱。向来被认为是咏采石矶的名篇。上片，即景抒情。作者用动态描写手法，是边走边看，随步换形。开头"倚天绝壁，直下江千尺"二句，先是见采石矶矗立身前，作者抬头仰视，只觉峭壁插云，好似倚天挺立一般；待作者登上峰顶的蛾眉亭后，再低头俯瞰，便顿觉悬崖千尺，直下江渚。此二句，两个角度，两幅画面：一仰一俯，一上一下，雄伟壮丽，极富立体感。"天际两蛾凝黛，愁与恨，几时极？"作者极目四望，由近及远，又见东西梁山(又名天门山)似两弯蛾眉，横亘西南天际。由此作者联想：黛眉不展，宛如凝愁含恨，而且此愁此恨又无穷尽。作者究竟愁恨什么呢？韩元吉一贯主张抗金，恢复中原，但反对轻举冒进。他所愁的是金兵进逼，南宋当局抵抗不力，东南不保；恨的是北宋覆亡，中原沦陷，至今不能收回。"几时极"三字把这愁恨之情扩大、加深，用时间的无穷无尽，状心事的浩茫广漠。

词的下片融情入景。"暮潮风正急，酒阑闻塞笛。"傍晚，正值风起潮涌，急骤非常；作者酒醒，耳闻塞笛。当此边声四起的战争年代，作者在沉思什么？"试问谪仙何处？青山外，远烟碧。"作者很自然地想起李白。这不仅因李白在历史上和采石矶发生过密切关系，为它写下过著名的诗篇，而且李白一生都怀着"济苍生"、"安社稷"的政治抱负，希望能像谢安那样"为君谈笑静胡沙"。但他壮志未酬，最后病死于当涂，葬于青山之上。此时，作者只能看见青山之外，远烟缥碧而已。读者可从这缥碧的远烟中，充分领悟到此时此刻作者的激愤心情了。

此词含意深远，寄慨遥广。在艺术手法上是以景语发端，又以景语结尾；中间频用情语穿插。无论景语、情语，都用得饶有情趣。元代吴师道在评题咏采石蛾眉亭词中说此词"未有能继之者"(《吴礼部词话》)。

朱淑真（生卒年不详），号幽栖居士，浙江钱塘（今杭州）人。从她的作品内容看，当为北宋末南宋初人。出生于仕宦家庭，幼警慧，喜诗词，工书画，晓音律，为宋代著名女作家。少女时期，性格爽朗，曾有一段美好恋情生活；继而父母主婚，与一俗吏结合，终因情趣不投，愤然离去；从此长期独居母家，悲愁伤感，忧郁终生。其人，情操高洁，性格倔强；其作，清新婉丽，情真意切，忧怨悲愤，跌宕凄恻，颇具特色。后人辑其诗词为《断肠集》，仅存词二十余首。

【谒金门】

春 半

原文

春已半，触目此情无限①。十二栏干闲倚遍②，愁来天不管。

好是风和日暖③，输与莺莺燕燕④。满院落花帘不卷，断肠芳草远⑤。

译文

春天啊，你已经过去了大半，触目所见，引起愁情无限。十二曲的栏干，闲来被我都倚遍，这样愁苦，老天你为啥不睬不管？

虽然是风和日暖，却比不上成双成对的莺莺燕燕。寂静的庭院已满是落花，窗帘下垂也懒得往起卷，哀愁比连天芳草还旷远！

注释

①此情：指因春半而引起的愁情。②十二栏干：指十二曲的栏干。李商隐《碧城三首》之一："碧城十二曲栏干。"③好是：意同虽是，表

示反问语气。④输与：比不上，还不如。莺莺燕燕：指成双成对的莺、燕。⑤断肠：悲痛到了极点。

赏析

　　这是一首描写闺阁伤春和春思离愁的作品。主要是写在仲春时节，风和日暖，"莺莺燕燕"双对频飞，想起离乡背井、远在天涯的恋人，不禁心神不定，愁绪万千。起首两句，以"春已半，触目此情无限"来写她那百无聊赖、无法排遣的愁情。继而又以"十二栏干闲倚遍"来写千方百计设法摆脱这种苦恼，但都无用！进而以"愁来天不管"的无可奈何的怨天之言为上片作结，结很雅致，并委曲婉转地刻画出春思如麻、春愁撩乱的情景。下片以"风和日暖"来概括仲春的美丽景色。但是，春景虽好，自己却不如莺燕那样成双成对地享受大自然的美好风光。接着急转直下，以"满院落花帘不卷"来写即将面临的凄惨景象，最后以"断肠芳草远"收尾，收得清空婉丽，余味不尽。

　　词以抒情见长，在景物描写中，一是即景生情，一是以景衬情，用笔细腻，用意深微。

【江城子】

赏春

原文

　　斜风细雨作春寒，对尊前，忆前欢。曾把梨花，寂寞泪阑干①。芳草断烟南浦路②，和别泪，看青山。
　　昨宵结得梦因缘，水云间，悄无言③。争奈醒来、愁恨又依然。展转衾裯空懊恼，天易见，见伊难。

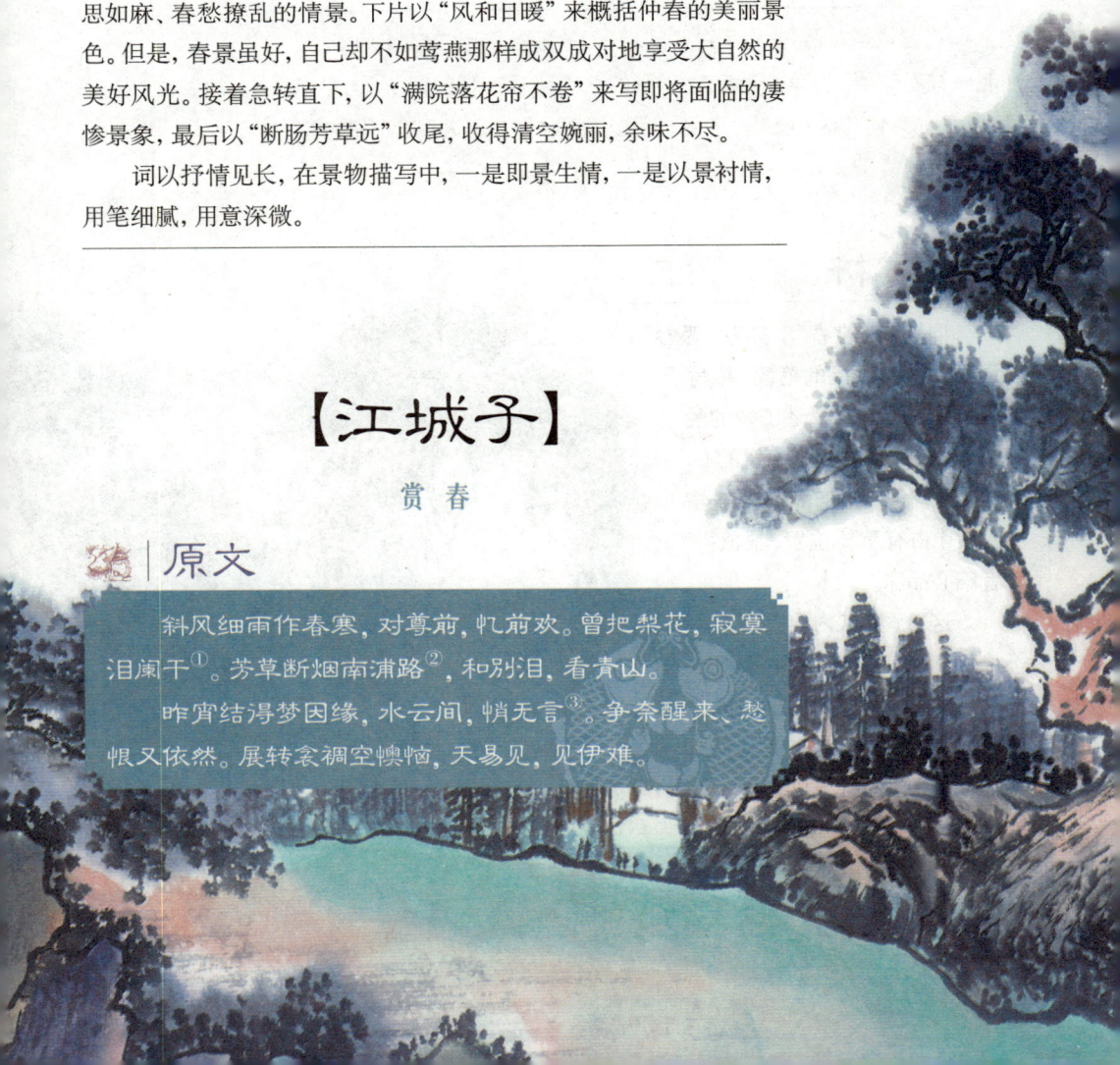

译文

　　斜风徐徐，细雨绵绵，作成这无情的春寒；面对着酒杯，忆起和情人的前欢。曾经手把梨花，孤寂地泪流满面。连天的芳草隔断了云烟，来到南浦送别的地点；满含离别的眼泪，看着远处的青山。

　　昨天夜里，于梦中和他结成因缘；相会在云水间，悄悄无言！怎奈突然醒来，依旧是心中愁恨如山。在绣衾之中辗转反侧，空自惆怅懊恼，老天爷都容易相见，再见他却那么难。

注释

　　①曾把梨花两句：借用白居易《长恨歌》中"玉容寂寞泪阑干，梨花一枝春带雨"诗意。②南浦：送别的地点。江淹《别赋》："送君南浦，伤如之何？"③悄无言：这里是用以说明梦中与恋人相会时极其兴奋喜悦的情景。

赏析

　　词题曰"赏春"，实为"怨春"，词人以极其深沉的笔调，抒写了她的恋情始末，概述了她的爱情悲剧结局，发出了绝望的心声。这首词，在朱淑真的悲惨身世中占有重要位置，很值得读者细心品味。

　　这首词，从内容上看，上下片可分为四段：第一段写忆旧。先以"斜风细雨"来衬托气氛，在这春寒之中，面对酒杯，忆起过去恋情往事：曾手把梨花，热泪纵横。这里借用白居易《长恨歌》中"玉容寂寞泪阑干，梨花一枝春带雨"诗意，来描写像梨花春雨般的悲伤痛哭的情景。

第二段写别离。用江淹《别赋》中"送君南浦,伤如之何"的典故,以芳草断烟、泪看青山的形象语言,来描述她送别恋人的情景。第三段写梦幻。换头即写到昨宵梦里的姻缘,相会于云水之间,用"悄无言"三字,来说明梦中相会的情景,并引醒后依然凄寂愁恨难以忍受的苦楚。第四段写绝望。落笔于绣衾之中,辗转反侧,懊恼惆怅。最后得出"天易见,见伊难"的结论,从而了结了她的恋情生涯。

朱淑真是先有恋人而后由父母做主另婚的。由于婚配不当,她毅然决然地脱离了夫妻关系,返回母家。她对过去的情人,从少女时期的初恋,分别后的思恋,直到晚期的失恋,是始终如一的。因而,她的爱情是纯洁的。她的不幸,她的痛苦,完全是封建制度造成的。她是封建制度的受害者,她的处境应当引起人们的同情。对她的悲惨一生应该给予公允的评价。

【菩萨蛮】

咏 梅

原文

湿云不渡溪桥冷①,蛾寒初破东风影②。溪下水声长,一枝和月香③。

人怜花似旧,花不知人瘦④。独自倚栏杆,夜深花正寒。

译文

几片凝止不动的乌云悬在天空,伫立小溪桥上显得格外清冷;一弯清寒的新月刚刚破云而出,东风吹拂梅树摇曳多姿的身影。桥下溪水流淌发出的响声悠长,一枝梅朵伴着月色散发芳香。

人儿怜惜花儿年年如旧,花儿却不知人儿渐渐消瘦。满怀难言的愁苦独自倚着栏杆,深夜里冷气袭来花儿不畏严寒。

注释

①湿云：凝止不动的乌云。②蛾寒句：是说一弯新月刚刚破云而出，被东风吹拂的梅树摇曳着多姿的身影。蛾：指蛾眉，用以比喻弯月。③溪下水声长两句：脚下溪水流淌，发出悠长的声响；一支绽开的淡淡的梅朵，在月光下吐出缕缕幽香。④人怜花似旧两句：一年一度花开，人对花充满了叙旧之情，而花却不可能知道词中人比起往年正在渐渐消瘦。

赏析

词题为"咏梅"，词中以"湿云"、"桥冷"、"和月香"、"花正寒"等语描绘出一种孤寂、冷艳的气氛，衬出"人瘦"、人愁，不甘流俗，追求高洁的意境。

上片，写严冬季节于桥头月下，见寒梅独放的情景。起句写几朵凝止不动的乌云悬在天空，小溪桥上很是清冷。这是交待词中人立足在小桥上，仰望空中云层，并觉得寒气袭来，桥上很冷。"蛾寒初破东风影"，是说一弯新月刚刚破云而出，那被东风吹拂的梅树摇曳着多姿的身影。接二句"溪下水声长，一枝和月香"，写桥下溪水流淌，发出悠长迷人的响声；一枝刚刚绽开的梅朵，在皎洁的月光下，吐出缕缕醉人的幽香。"和月香"寓意幽深，也是作者自况，她以傲雪的寒梅自比，甘愿在清冷的月光下吐出芬芳。皎洁的明月，也是美好、高洁人物的象征。换头，以拟人手法写花。"人怜花似旧，花不知人瘦"是说，花开花谢一年一度，现在花又开了，人对花充满了叙旧的痴情，然而梅花却不可能知道词中人比起往年正在渐渐消瘦。结尾两句写独自一人怀着难言的哀愁，倚着桥上的栏杆，夜色渐深，看那梅花正被团团的寒气包围着。"花正寒"，是由花及人，词人是借以抒写越来越多的愁绪凝结成驱逐不尽的寒意，深深地包围着凄苦忧郁的自己。

词的感情细腻，层次渐进，充满忧伤孤寂之情，风格秀婉，凄楚感人。

陆游(1125—1210)，字务观，号放翁，越州山阴(今浙江绍兴)人。宋孝宗隆兴初，赐进士出身。历官县主簿、州通判、知州、礼部郎中、秘书监，后官至宝章阁待制，终年八十五岁。他生当宋、金两国南北对峙的年代，其时国土分裂，战争频繁，朝政黑暗，人民痛苦。他一生以诗文为武器，反复呼吁国家统一，整顿朝纲，减轻赋税，发愤图强。但他一直遭受当权派的阻抑和谗毁，不可能实现其政治抱负。他的诗歌艺术创作，继承了屈原、陶渊明、杜甫、苏轼的优良传统，是我国文学史上一位具有深远影响的卓越诗人。其诗内容广泛深刻，以爱国诗成就最为突出，时人誉其诗为一代诗史。他在词和散文方面也卓有成就。词的风格变化多样，多圆润清逸，也不乏忧国伤时、慷慨悲壮之作。主要著作有《渭南文集》、《剑南诗稿》、《放翁词》、《南唐书》、《老学庵笔记》。

【钗头凤①】

原文

红酥手，黄縢酒②，满城春色宫墙柳③。东风恶，欢情薄。一怀愁绪，几年离索④。错、错、错!

春如旧，人空瘦，泪痕红浥鲛绡透⑤。桃花落，闲池阁。山盟虽在⑥，锦书难托⑦。莫、莫、莫⑧!

译文

一双红润细软的手，捧着满满一杯黄滕酒，花繁叶茂满城春色融融，宫墙内掩映着一行杨柳。忽然间东风横吹，把美好的欢情吹破。满怀愁绪，一腔悲凄，无端地使夫妻几年离索。错、错、错！这究竟是谁的错？

春色依然如旧，人却空自消瘦，满脸流着带胭脂的红泪，把丝绸手帕全湿透。桃花已经纷纷飘零，池台亭阁逐渐冷落。海誓山盟虽然还在，锦囊书信却难寄托。莫、莫、莫！无可奈何！

注释

①《钗头凤》：据周密《齐东野语》等书记载：陆游初娶表妹唐婉，伉俪相得，琴瑟甚和。然而不如陆母之意，以至听信谗言，强迫夫妻离异。后陆游另娶，唐婉改嫁赵士程。几年后的一个春日，陆游心怀郁闷踽踽独游，至城南禹迹祠附近的沈园，恰遇唐婉与其后夫也来游览。唐氏遣人送酒肴致意，陆游满怀伤感，借酒浇愁，挥毫在园壁上题下这首《钗头凤》。唐婉见后和词一首曰："世情薄，人情恶，雨送黄昏花易落。晓风干，泪痕残。欲笺心事，独语斜阑。难、难、难！人成各，今非昨，病魂常似秋千索。角声寒，夜阑珊。怕人寻问，咽泪妆欢。瞒、瞒、瞒！"此后不久，唐婉便抑郁而死。②红酥手两句：写唐婉以酒肴款待事。《齐东野语》："唐以语赵，遣致酒肴。"红酥手，红润而又白嫩的细手。黄滕酒，《耆旧续闻》说，是"黄封酒"。

黄封，是一种官酒。③宫墙：绍兴原是古代越国的都城，宋高宗时也曾一度以此为行都，故有宫墙之称。④离索：离散，分居。⑤泪痕句：沾染脸上胭脂的红泪把手帕都湿透了。鲛绡：丝绸的手帕。⑥山盟：盟誓如山不可移易，故称山盟。⑦锦书难托：书信难寄。因唐氏被弃，而且另嫁，就道义说不能再通书信。⑧莫、莫、莫：表示绝望，只好作罢。

赏析

此词据周密《齐东野语》载，是陆游三十一岁时的作品。词抒写作者怀恋前妻唐婉的深挚感情，反映出封建社会婚姻不自由的悲惨现实。

　　开篇三句写陆游与前妻唐婉久别重逢的情景。"红酥手"，以手喻人，写唐氏之美；黄縢酒，是一种官酿名酒。"满城春色宫墙柳"，既点明了相逢的时间、地点，又暗喻唐婉如宫墙内的杨柳，可望而不可即。"东风恶"指陆母迫令休弃唐婉一事，揭示了这一爱情悲剧的原因。"恶"字画出了封建家长的冷酷和可憎。使恩爱夫妻无端拆散，欢情苦少，离愁恨多。由此呼出"错、错、错！"一字更比一字沉重，表达出呼天无路、欲怨不能的极度悲愤压抑之情。下片，换头续写重逢的感受：春风依旧，但离别的痛苦，相思的煎熬却使伊人枉自瘦损了红颜，今虽相逢，但已"物是人非事事休"，自然会出现"泪痕红浥鲛绡透"的悲痛情景。接着转笔写桃花飘落，池阁闲置，进一步烘托词人悲苦无告的心境。离愁尚有重逢日，而面对的事实是：原是举案齐眉，今却咫尺天涯，锦书难托，痛苦难说，这是多么残酷的现实，怎不令词人断续哽咽，肝肠寸断！最后只能发出绝望的叹息："莫、莫、莫！"莫再提，莫再思，莫再恨！只能是无可奈何地作罢！

　　此词最感人处是真情。作者通过与被迫离异的前妻之不堪的重逢，抒写深挚无告的爱情和难以解脱的愁苦，表达了对封建礼教及其代表者的不满和抗议。字字血，声声泪，令人怆然。无此伤心事，断无此伤心语。这段辛酸之往事，已成为词人终生的隐痛，直至晚年尚有《沈园》组诗伤悼。正因有这样一颗赤诚之心，才爱之深，痛之切，肺腑之言，信手成篇，遂成千古绝唱。

【卜算子】

咏 梅

原文

驿外断桥边①，寂寞开无主②。已是黄昏独自愁，更著风和雨③。

无意苦争春，一任群芳妒④。零落成泥碾作尘⑤，只有香如故。

译文

在那驿站外面断桥的旁边，寂寞地舒展花蕾无人看管。已经是黄昏的时候，还独自在那里忧伤发愁，再加上无情的狂风和冷雨。

无意像百花那样斗艳争春，任凭群芳争宠携闲嫉妒。即或是零落后被踏成泥土，再碾得粉碎化为灰尘，但沁人的幽香依然如故。

注释

①驿：古代大道上的交通站。②无主：无人过问，无人培护。③更著：再加上。④群芳：群花。⑤碾(niǎn)：压碎。

赏析

这是一首咏物词。词人是通过咏梅来表达自己不屈于投降派的压力，坚持抗金报国的坚贞品质和高尚情怀。

乾道二年(1166)，陆游因"力说张浚用兵"的罪名，被罢免了隆兴通判的官职。他在山阴寂寞地度过了四年，便开始西行万里的远游。此词上片，以梅花独放于风雨交加的寒冬昏夜，寂寞地处于"驿外断桥边"，隐喻词人的不幸遭遇和受压抑的心境。饱经忧患的词人，可敬的是他始终保持着坚贞的爱国情操，不屑跟排挤他的官僚政客们争夺荣华。所以，词的下片便以"春""群芳"隐喻当时的官场，表现词人不愿与之同流合污的品格，更有力地表现了词人在黑

暗的环境里坚持战斗，虽粉身碎骨而矢志不移的精神。词中虽流露出"寂寞"和"愁"，这是罪恶的封建统治所造成，是旧时代诗人的不幸。但就全词而论，总的倾向和意义却不是消极的。

词的艺术特色，在于物我融合，既突出了梅花的特性，又恰切地表达了个人的遭遇和主观情绪。通篇未出现梅花的字样，却不脱不粘地传出了梅花之神。结尾二句，言简意深，蕴藉隽永。

【汉宫春】

初自南郑来成都作①

原文

羽箭雕弓②，忆呼鹰古垒③，截虎平川④。吹笳暮归野帐⑤，雪压青毡⑥。淋漓醉墨⑦，看龙蛇、飞落蛮笺⑧。人误许⑨，诗情将略⑩，一时才气超然。

何事又作南来，看重阳药市⑪，元夕灯山⑫？花时万人乐处⑬，欹帽垂鞭⑭。闻歌感旧，尚时时、流泪尊前。君记取：封侯事在⑮，功名不信由天。

译文

彩绘的雕弓，白翎的羽箭，在南郑打猎臂挥苍鹰古垒边，我用长矛刺杀猛虎在平川。傍晚在胡笳声中回到营帐，雪花纷飞压盖着帐幕毛毡。趁着酒兴挥笔疾书淋漓尽致，看笔走龙蛇飞舞在锦城出产的彩色纸笺。使得人们误认为我文有诗情将略，一时才华超众。

因为什么又突然让我南来，在这繁华的成都看重阳药市，观赏元宵佳节聚集的灯山？百花盛开，在花会上万人欢聚，斜戴帽子垂着马鞭马儿缓缓。听到歌声，不禁引起怀旧，而且还时时禁不住对着酒杯泪流满面。请君牢牢记取：班超被封定远侯的事迹永在，破敌建功在人，并非靠天。

注释

①初自南郑来成都作：宋孝宗乾道八年(1172)十一月二日，陆游离开南郑(今陕西汉中市)前线，到成都府安抚司就参议官的新职。此词即是作者到成都后所写。②羽箭雕弓：精美的弓箭。羽箭，即白羽箭，以白羽为饰。③呼鹰古垒：鹰，打猎时用以追逐猎物的。古垒：荒废的堡垒。④截虎平川：陆游在南郑时有射虎的故事。据陆游诗里记载：有一次打猎，碰上一只乳虎，同去的三十多人，面面相觑，不知所措。陆游挽起衣袖，大喝一声，挺起手中长矛，直向虎的咽喉戳去，但见"吼裂苍崖血如注"，一下就把老虎刺死了。⑤野帐：张在野外的帐幕。⑥青毡：毡帐，用毛毡织作的帐幕。⑦淋漓醉墨：趁着酒兴落笔，写得淋漓尽致。⑧看龙蛇、飞落蛮笺：龙蛇，形容笔势飞舞貌。古时四川所产的彩色笺纸，称蛮笺。⑨许：推许。⑩诗情将略：作诗的才情，统领军队作战的谋略。⑪药市：专门卖药的街道。苏轼《何满子》："莫负花溪纵赏，何妨药市微行。"陆游《老学庵笔记》(卷六)中曾提到成都九月九日药市的盛况。⑫灯山：把无数的花灯垒作山形。⑬花时：成都一带每年百花盛开时，举行花会，热闹非常。⑭欹帽垂鞭：描绘节日繁华，人们漫步游赏的情形。欹帽，歪戴着帽子(表现生活的散漫自适)。垂鞭，骑着马儿，不用鞭打，缓缓而行。⑮封侯事在：指班超在西域立功封侯事。《后汉书·班超传》载：班超少有大志，尝投笔叹曰："大丈夫无他志略，犹当效傅介子、张骞立功异域，以取封侯，安能久事笔砚间乎？"后来，他在西域建立大功，封定远侯。他在外三十多年，回到京城时已七十一岁，不久故去。

赏析

陆游于乾道八年(1172)，在南郑的王炎幕府任职。当时宋金双方形成对峙局面，陆游对抗战的前途怀着胜利的希望。但因南宋王朝坚决主和，不久，王炎被召还都，陆游也被调到成都任安抚司参议官。他被冷落在后方，拿云心事，不得施展，但恢复中原的信念，还是坚定不移。此词即是他到成都以后所写。

上片，写作者对在南郑时期的从军生活的回味和珍视。他想到在那辽阔的河滩上，荒废的古垒边，矛刺猛虎，臂挥苍鹰，是多么惊人的场景；晚归野帐，笳声雪舞，落笔龙蛇飞动，诗篇气壮山河，又多么值得自豪！可是，突然平地起狂风，吹破了他壮美的梦境。成都之行，意味着他的抗金、恢复愿望暂时不能实现。感到文才武略，无补于时艰。"人误许"三字，不是自谦，而是沉痛地对南宋投降派的愤怒控诉。词的下片，是把成都后方与南郑前线的生活作鲜明对照。在繁华的成都，灯山药市，繁花似锦，有些人是在这里沉醉的。但是，在民族灾难深重的时代，在爱国诗人眼里，锦城歌馆，天府之乐，换来的只能是尊前流泪。"何事又作南来"之问，蕴藏着多少悲愤！结尾的回答是：破敌功名的取得，要靠人力，不是由天决定。说明词人抗战恢复的宏愿，并没有因为环境的变化而消沉，而且是更加坚定了。作者的顽强精神，不屈服于现实的性格，在结尾处表现得意气昂扬，兀傲不凡，这正是陆词的一个显著特点。

范成大(1126—1193)，字至能，自号石湖居士，吴郡(今江苏苏州)人。高宗绍兴二十四年(1154)进士，任徽州司卢参军，累迁吏部员外郎。后出知处州，颇有政绩。孝宗乾道六年(1170)以资政殿大学士出使金国，慷慨不屈，几乎被杀。后历任静江、成都、建康等地行政长官，淳熙时官至参知政事。晚年隐居故乡石湖。以诗著称，南宋诗坛四大家之一，与陆游、杨万里、尤袤齐名。亦工词，风格清逸婉峭，也有关心国事、愤慨苍凉之作。有《石湖诗》，词集《石湖词》。

【南柯子】

原文

帐望梅花驿①，凝情杜若洲②。香云低处有高楼。可惜高楼，不近木兰舟③。

缄素双鱼远④，题红片叶秋⑤。欲凭江水寄离愁。江已东流，那肯更西流。

译文

在驿站里惆怅地盼望对方消息，思念之情已凝结在这杜若芳洲。在那香烟缭绕雾气低垂之处，就是她孤身居住的高楼。可惜那高楼，靠近不了我这水中的木兰舟。

怀念远人欲遣双鱼托寄书信，也想用红叶题诗抒写悲秋。本想凭借这江水，顺利地寄去我的别恨离愁。可是，这江水汹涌地向东奔流，他在大江上游，水势怎肯向西流。

注释

①帐望梅花驿：南朝陆凯《赠范晔诗》："折花逢驿使，寄与陇头人。江南无所有，聊赠一枝春。"梅花驿，这里指来自远方的消息或书

信。②凝情杜若洲：用《楚辞·九歌·湘君》"采芳洲兮杜若,将以遗兮
下女"的句意。③木兰舟：据《述异记》载,相传鲁班刻木兰树为舟。后
来用作船的美称。④缄素双鱼远：化用汉乐府《饮马长城窟行》"客从
远方来,遗我双鲤鱼。呼儿烹鲤鱼,中有尺素书"的诗意。⑤题红句：用
唐范摅《云溪友议》记述的宫人韩氏红叶题诗、托物寄情的故事。

赏析

　　这首词是作者自己很得意的代表作品。据杨长孺《石湖词跋》
说,此词作于范成大任四川制置使期间(1174—1176),且是"先生(指
范成大)之最得意者"。

　　词的上片,写离别的男方盼望对方的消息,深沉思念女方的情
怀。开头两句"怅望梅花驿,凝情杜若洲"。写词中的这位离人因为
很久没有得到对方的消息,所以在驿站里常常翘首盼望,已经是一
次又一次地落空,因而产生怅惘之情,表现了对对方的深切思念。
"香云低处有高楼",他得不到对方的消息,便心驰神往,想到她的
居处。那雾气迷蒙、香烟缭绕、低垂郁结的氛围里的高楼,就是她的
居处啊!表现了他怀念对方,神思萦绕,沉郁凝重的感情。"可惜
高楼,不近木兰舟",我临水,她不近
水,她无法寄书给我,所以我的盼
望落空。自己也没法给她捎信回
去,因而也就只能对天遐想,深深
地怀念她而已。下片,写居家的女子怀念
远人的愁绪。"缄素双鱼远",化用
汉乐府《饮马长城窟行》"客从远
方来,遗我双鲤鱼。呼儿烹鲤鱼,
中有尺素书"的诗意。"题红片叶
秋",是用唐范摅《云溪友议》记述的
宫人韩氏红叶题诗、托物寄情
的故事。这两句是说,双方
相隔遥远,书信难通,欲借一
片红叶题诗,表达深沉不已的
思念之情。"欲凭"句是说凭借

江水寄离愁，本来是不困难的。但是，江水东流，而对方则在大江的上游——西头，江水又不会倒流，我还能有什么传情达意的方式呢？流露出她再也想不出别的传情法子的懊丧、痛苦的愁绪。

全词韵味悠长，遣词铸句简古质朴，意蕴真纯深厚。写的虽是相思之情，却一洗剪红刻翠、缕金错彩之法，确属独具特色的佳作。

【鹧鸪天】

原文

休舞银貂小契丹①，满堂宾客尽关山②。从今泉泉盈盈处③，谁复端端正正看④。

模泪易，写愁难⑤。潇湘江上竹枝斑⑥。碧云日暮无书寄，寥落烟中一雁寒。

译文

不要再跳身穿貂皮舞衣的辽国的舞蹈——"小契丹"，因为满堂观赏乐舞的宾客，都是来自边防前线。从今后对那种娇艳绮靡、摇曳轻柔的舞姿，谁还能够端端正正地观看！

模拟悲伤落泪比较容易，抒写内心的哀愁却很难。我心中的哀痛，有如潇湘江上虞舜妃子泣竹的泪痕斑斑。暮色苍茫，凄风暗云，胸中的悲苦无处寄诉，烟雾迷蒙的苍穹里，一只大雁飞过寒天。

注释

①小契丹：作者另有《次韵宗伟阅番乐》诗："绣靴画鼓留花住，剩舞春风小契丹。"番乐小契丹，是契丹族的舞蹈。契丹，古代北方的一个少数民族，居住在西辽河上游（今属内蒙巴林右旗）一带，曾建契丹国，后改国号"辽"，是北宋的主要敌国之一，先于北宋二年(1125)为宋金所灭。在亡国的遭遇上，它和北宋有相似之处，只是宋朝保住了江南的半壁山河，而辽则完全覆灭。②关山：指边防前线。③袅袅盈盈：形容摇曳轻柔的舞姿。④端端正正：形容观众聚精会神地欣赏歌舞的情状。⑤模泪易两句：模仿外表悲伤流泪的样子比较容易，抒写内心深处的哀愁却很难。⑥潇湘江上竹枝斑：用神话传说，相传虞舜南巡死于苍梧之野，他的两个妃子娥皇和女英追至湘水边，洒泪在湘竹上，竟然使竹子呈现出泪斑。

赏析

这首词是作者观看辽代的"小契丹"舞蹈，抚事生悲，抒写亡国忧愤的作品。"小契丹"可能是一种武乐。词未直接描写其舞蹈场面，只是点了一下舞者身着貂皮舞衣，因为作者的意图是借观舞寄慨，并非叙写舞蹈本身。开篇两句语气激愤，突兀地说，不要再舞这种戎装打扮的"小契丹"了。满堂观舞的人都是来自边防前线。按理说，身处关山，屡经战火的人，观看武乐应有一种亲切感，可是，现在为什么会这样沮丧，不忍再观看它呢？因为舞蹈所表现的尚武精神，其发源地辽国是个凶悍善战的国家，这和它为金所灭的史实形成鲜明对照，而作者的国家——宋朝，也差不多同时为金所败，只留下东南一隅。观舞时会很自然地联想到这些，一种亡国之痛不禁抚然而生，所以不忍再观看。况且作者所处的时代，南宋王朝仍然对金奉行妥协投降、苟且偷安的屈辱政策，继续走着亡国的老路，而作者是爱国志士，面对现实，怎能不悲愤填膺，就更不忍再观此舞了。三、四句又推进一层。因为看了"小契丹"，激起了满腔悲愤之情，从今以后，再也不能心安理得地欣赏那些绮靡娇艳的歌舞，表现了作者更加可贵的爱国精神，决心振作起来，为恢复事业而奋斗，而不是沉溺于灯红酒绿、轻歌曼舞的享乐生活之中。这也是对当时不图救国，只贪图醉生梦死的享乐生活的统治集团的愤怒斥责。词的下片抒情。换头二句直抒胸臆，通过"易"与"难"的对写，说明心中忧愤的深广郁结。下接句用神话传说，具体描写刻画"愁"之深，"悲"之切。结尾二句写景和用典结合：碧云凄断，暮色苍茫，在寥廓的天穹里有一只大雁飞过，它虽可以传递书信，而我却无书可寄。意谓心中的悲痛无处倾诉，只好压在心头。这也是黑暗时代现实政治的反映。

词的上片慷慨激昂，苍凉悲壮，下片则幽愁暗恨，低回消沉。形象地表现了当时作者的心境，是一首充满爱国激情的作品。

杨万里(1124—1206),字廷秀,号诚斋,吉州吉水(今属江西)人。高宗绍兴二十四年(1154)进士。曾任太常博士、广东提点刑狱、尚书左司郎中兼太子侍读、秘书监等职。主张抗金,正直敢言,有民族气节。宁宗朝,因奸相专权,辞官居家,终于忧愤而死。谥文节,赠光禄大夫。诗与范成大、尤袤、陆游齐名,称南宋四家。构思新巧,语言通俗晓畅,自成一家,时称"诚斋体"。词数量不多,然风格清新活泼,与其诗风相近。有《诚斋乐府》传世。

【好事近①】

原文

月未到诚斋②,先到万花川谷。不是诚斋无月,隔一庭修竹③。

如今才是十三夜,月色已如玉。未是秋光奇绝,看十五十六④。

译文

月光未照进我的书房诚斋,而是先照到万花川谷。不是诚斋书房照不进月光,因为间隔着满庭院的修竹。

如今才是十三日的夜晚,月色已经是洁白如玉。但还未到秋月光辉奇绝之时,要看奇绝且待十五十六。

注释

①《好事近》:《疆村丛书·诚斋乐府》题作"七月十三日夜登万花川谷望月作"。②诚斋:杨万里自名他在吉水的书屋为诚斋。③修竹:竹长而直,排列整齐,称修竹。④未是秋光奇绝二句:现在还不是秋夜月色奇绝的时候,要看奇绝的月色,且待十五、十六的夜里。

赏析

　　这是一首清奇俊秀爽朗的词作。词在艺术上的突出特点是有意无意地造成一种虚势，间有延宕，忽而又以平中出奇之笔，层层渲染，使笔下景物恍如画境。首句写月而不见月，其实这是一种虚势。接句"先到万花川谷"——作者自名的花圃。这使读者才豁然明朗月亮先到和未到之因。这样写反而增强了月亮的动势。三、四句"不是诚斋无月，隔一庭修竹"进一层地写出"月未到"的真正原因——为庭中的修竹所掩蔽，难怪月光照不到作者的书房中去。词的下片又进一步运用先平后奇的艺术手法，先说十三日之夜月色已经是皎洁如玉了，可还不是月色奇绝之时，若到十五、十六日夜里，月色将更加令人倾倒。十三月色之美是实写，而十五、十六月色之奇绝则是留待读者去想象，笔不到而意无穷。

　　从此词中可以看到，作者活泼自然、朴实流畅的语言艺术，在词家是罕见的。看似平白如话，却情、景、意、趣俱佳。通篇无一丝凿痕、造做之嫌，淳朴中透出明媚，淡泊中味终奇妙。

【昭君怨】

　　赋松上鸥。晚饮诚斋，忽有一鸥。来泊松上，已而复去，感而赋之①

原文

　　偶听松梢扑鹿②，知是沙鸥来宿。稚子莫喧哗③，恐惊他。

　　俄顷忽然飞去④，飞去不知何处？我已气归休⑤，报沙鸥⑥。

译文

　　偶然听到松树梢头一声扑鹿，知道这是沙鸥晚来投宿，孩子们千万不要喧哗，恐怕惊飞了他。

　　转瞬间鸥鸟竟忽然飞去，出门寻觅却不知飞向何处？我早已请求辞官归家退休，这个消息要赶快告知沙鸥。

注释

　　①词题小序是全词的说明，点明词的内容是为投宿松梢的沙鸥而写。"赋"，这里做动词用。②扑鹿：是鸟儿拍翅的象声词。③稚子：儿童。④俄顷：不一会儿，很短的时间。⑤我已乞归休：我早已辞官归省了。⑥报沙鸥：将沙鸥人格化，词人把沙鸥视为"同类"，抒写对鸥的敬重、亲切之情。关于鸥鸟之说源于《列子·黄帝篇》记海上有人好与鸥游，后其父命他去捕捉。"明旦之海上，鸥鸟舞而不下。"此说，人无机心，才能感动鸥鸟下与人游。

赏析

　　这首词是为投宿松梢的沙鸥而写，借以抒发词人的孤寂之情，上片四句，写鸥鸟投宿诚斋前的松梢时，作者惊喜的心情。一、二句写作者"耳听"和"心知"的惊喜之状；三、四句写作者抑制激动，示意儿童切勿做声，勿惊鸥鸟的情形，描摹出词人对鸥鸟的由衷之爱。下片四句，写鸥鸟远飞后词人的惆怅心情。前两句写转瞬间鸥鸟突然远飞，词人步出书斋寻觅，却不知飞的去向，于是"热情"被

"冷漠"所代替，"诚挚"被"绝情"所报答，词人落得个满怀孤寂与惆怅。三、四句"我已乞归休，报沙鸥"，词人急不可待，将自己的心志报与沙鸥得知：鸥鸟啊，飞回来吧！我已经请求辞官回家了，彻底地"挂冠"为民了，你要知道咱们都是"平民"、"野人"了，既属"同类"，何以防我？作者在《次日醉归》诗中有"机心久已尽，犹有不下鸥，田父亦外我，我老谁与游？"之句，这"机心已尽""鸥鸟不下"，正是此词依托的感情基础。其内心之真情，有不为人理解之苦闷；他不与奸佞邪恶同流，愿与民同在之心，尚存不为人所感知的惆怅。这种"老与谁游"的孤寂之情，在此词中得到充分的表述。

张孝祥(1132—1169)，字安国，别号于湖居士，历阳乌江(今属安徽和县)人。高宗绍兴二十四年(1154)进士第一。历官中书舍人、显谟阁直学士，又任建康(今南京)留守，因赞助张浚北伐而被免职，后知荆南兼湖北路安抚使，治有政绩，后遭罢免。乾道三年(1167)起知潭州(今长沙)，后归隐芜湖，卒葬建康。其词作，既有深厚的爱国思想内容，感情激昂奔放，又有写景抒情、挥洒自如的清丽之作。词风接近苏轼，气势豪雄，境界阔大，是辛弃疾豪放词的先声。著有《于湖居士文集》、《于湖词》。

【六州歌头】

原文

长淮望断①，关塞莽然平②。征尘暗，霜风劲，悄边声③。黯销凝④。追想当年事⑤，殆天数⑥，非人力。洙泗上，弦歌地⑦，亦膻腥⑧。隔水毡乡⑨，落日牛羊下⑩，区脱纵横⑪。看名王宵猎⑫，骑火一川明。笳鼓悲鸣⑬，遣人惊⑭。

念腰间箭，匣中剑，空埃蠹⑮，竟何成！时易失，心徒壮，岁将零⑯。渺神京⑱。干羽方怀远⑲，静烽燧⑳，且休兵。冠盖使㉑，纷驰骛㉒，若为情！闻道中原遗老，常南望㉔，翠葆霓旌㉕。使行人到此，忠愤气填膺㉖，有泪如倾㉗。

译文

　　向淮河流域极目远望，边关要塞莽苍空平。烟尘飞扬天空昏暗，清冷的霜风猛烈吹过，边塞静悄听不到马鸣。我独自一人感慨伤情。回想当年靖康之变，这大概是天运气数所定，不是人力所能挽回!洙水泗水之滨,是孔子讲学的弦歌之地,如今也充满了腥膻。隔水北岸帐篷相连,太阳西下,游牧的牛羊回返,敌军的哨所交错纵横。看金兵主将夜间打猎,骑兵举着火把照得淮河通明。一阵阵茄鼓声和着秋风悲鸣,听了怎能不令人心动神惊!

堪念我腰间的雕翎箭,剑匣中的宝剑,白白地被尘埃和蠹虫蛀蚀,到头来竟是这样一事无成!大好的战机被轻易地失掉,胸中空有报国的壮志豪情,这一年的岁月又将近尾声。渺茫地望着敌人侵占的汴京。举着盾牌羽毛起舞空表柔情,虚伪地使战事一时平静,为了苟且偷安而乞求休兵。头戴冠冕议和的使者车马,纷纷地往来奔波飞行,难道就不觉得很难为情?听说中原沦陷区的父老兄弟,他们经常地向南方眺望王师北伐的车盖与霓旌。如果使爱国志士来到此地,见此情景怎能不义愤填膺,挥泪如雨,倾洒悲痛!

注释

①长淮望断:向淮河流域一带极目远望,直至看不到边。②关塞莽然平:边关要塞莽苍苍的一片空旷。③征尘暗三句:是说飞尘昏暗,寒风猛烈,边地上一切都静悄悄的(暗示放弃了抵抗)。边声,边地上特有的声音,如角声、马鸣等。④黯销凝:独自感慨伤神。黯,精神颓丧的样子。⑤追想当年事:回想当年中原沦陷的事变。当年事,指1127年靖康之变。⑥殆天数:大概是天运气数,这是愤慨之反语。⑦洙泗上两句:洙、泗二水流经孔子的家乡山东曲阜。孔子在这里讲学,培养了许

多弟子。弦歌地:是孔子教育学生的地方,即指有文化教养的地方。古代的教育包括弹琴、唱歌。《史记·孔子世家》:《诗经》"三百五篇,孔子皆弦歌之,以求合韶、武、雅、颂之音。"孔子很重视结合音乐进行教育。⑧亦膻(shān)腥:是说历史上的文化圣地也被敌人的腥臊气玷污了。膻腥,牛羊的腥臊气。⑨隔水毡乡:隔一条淮河,北岸就是金人的营房。北方民族用毡子搭成帐篷。住在里面,故称毡乡。⑩落日牛羊下:太阳落了,牛羊归来。《诗经·君子于役》:"日之夕矣,羊牛下来。"⑪区(ōu)脱:土室,汉代匈奴筑以守边。此指金兵的军事哨所。纵横:到处都是。⑫名王:指金兵的主将。宵猎:夜间打猎。⑬骑火:骑兵拿的火把。笳:胡笳。我国古代北方少数民族的一种乐器。⑭遣人惊:使人惊心动魄。以上四句写敌军威势。南宋军队在符离溃败以后,金兵很是猖獗。⑮空埃蠹(dù):白白地积满尘埃被蠹虫蛀蚀坏了。⑯竟何成:到头来一事无成。⑰零:尽。⑱渺神京:指汴京(今开封)仍在敌人手中,无日收复。渺,漫远的样子。⑲干羽方怀远:用礼乐文化怀柔远方(此指对敌妥协、求和)。干羽,盾牌和羽毛,远古时代用作舞具。《尚书·大禹谟》载,禹曾对不臣服的少数民族采取怀柔政策,让人拿着干羽跳舞,即使苗这个民族也来称臣了。⑳静烽燧(suì):平静无战事。烽燧,烽火,指战事。㉑冠盖使:议和使者。冠盖,官员的服装和马车。指1163年南宋与金通使议和事。㉒纷驰骛:乱纷纷地来回奔走。㉓若为情:何以为情,难道不感到难以为情?㉔常南望:经常向南眺望。㉕翠葆霓旌:翠羽装饰的车盖,像虹霓似的彩色旌旗,都是皇帝所用。这里借指王师。这句是

盼望南宋军队北伐，恢复中原。㉖填膺：充满胸膛。江淹《恨赋》：
"置酒欲饮，悲来填膺。"㉗有泪如倾：泪如倾盆雨，形容沉痛、悲
愤至极。

赏析

　　此词作于宋孝宗隆兴元年(1163)。当时，宋军北伐，在符离(今安
徽宿县境内)溃败，主和派得势，与金通使议和。这时张孝祥在建康
(今南京)任留守，在一次宴席上写下这篇词章。

　　词的上片着重写沦陷区的凄凉景象。开篇"长淮"二句，从望远
生愁落笔，起势苍莽，笼罩全篇，"征尘暗"三句，承上写景，勾勒出
一幅荒凉肃杀的秋日图。"黯销凝"以下七句直抒国土沦丧的感慨。
"追想当年事"，是从黯然神伤的意态中引发出来的。当年的"靖康
之难"，可悲的史实，是天翻地覆的历史大变动，以反语诘问，这大
概是天意所定，不是人力所能挽回的吧?写洙、泗二水流经孔子的家
乡和讲学之地山东曲阜，是说昔日的文化圣地如今却被敌人的腥膻
之气所玷污。"隔水"以下三句，由追想当年转写淮河北岸之情景：
一水之隔，却是"毡乡"，游牧牛羊，边哨纵横。"看名王"四句，进一
层地描绘了敌人的嚣张声势。

　　词的下片，抒发壮志难酬的忠愤之气。换头即发出报国无路的满
腔悲愤。"念腰间箭"以下七句，直抒作战意志不得伸展的感

慨。"渺神京"以下四句，揭示出旧京都收复的艰难在于签订了可耻的和议；讽刺了朝廷妥协、求和、苟安的可耻行径。"冠盖使"三句，大胆地揭露了与金互通使者、频频往来的投降勾当。"闻道"二句，笔锋转向中原遗民盼望南师北伐，然而久不见王师，使他们的心愿化为悲痛的失望。结尾三句，以情收束，忠义奋发，悲愤淋漓。

全词感情充溢，气势豪迈，披肝沥胆，直抒情怀，感人肺腑。清人陈廷焯评此词说："淋漓痛快，笔饱墨酣，读之令人起舞。"(《白雨斋词话》)

【浣溪沙】

荆州约马举先登城楼观塞①

原文

霜日明霄水蘸空②，鸣鞘声里绣旗红③。淡烟衰草有无中。

万里中原烽火北④，一尊浊酒戍楼东⑤。酒阑挥泪向悲风。

译文

　　登楼眺望秋日的天空万里晴朗，在阳光下像蘸水似的通明；近看军营里马鞭响处战马奔腾，锦绣的军旗迎风飘舞挥动。细察这淡烟衰草的凋零景象，仿佛是在似有似无之中。

　　遥望被敌人侵占的万里中原，还在战火纷飞的前线之北；我痛饮一杯浊酒，怅望戍楼之东。酒尽愁未消，禁不住悲愤地洒泪，在悲凉的秋风之中。

注释

　　①张孝祥于孝宗乾道四年(1168)知荆南兼荆湖北路安抚使，驻节荆州(今湖北江陵)。当时荆州是南宋的国防前线。塞，边塞。马举先，不详。②霜日句：秋天的太阳照得天空像蘸(zhàn)了水似的那么明亮。霄，云霄，天空。③鸣鞘(qiào)声：行军时身上佩带的武器发出的响声。鞘：装刀剑的套子。又解：鞘，音shāo，拴在鞭子头上的细皮条，谓鞭鞘。绣旗：锦绣的军旗。④万里句：被敌人侵占的万里中原还在火线的北面。⑤戍楼：城楼上有军队驻守，称戍楼。

赏析

　　这首词是乾道四年(1168)秋作者在荆州(今湖北江陵)时所作。词中通过登城楼观塞的感触，抒发了作者时刻不忘中原失地的深沉的爱国思想感情。

　　开头"霜日明霄水蘸空"，写登楼远望，秋日的天空万里晴明，在阳光照耀下，像蘸了水似的更加明亮。接写楼下景："鸣鞘声里绣旗红"，军营中红旗舞动，战马奔驰，不断传来马鞭的响声。然而，南宋朝廷自隆兴和议以来，将军不战，空临边塞，给词人的心灵蒙上了一层阴影，所以转用"淡烟衰草"的凋零景象烘托了作者的这种悲愤心境。

　　过片"万里中原"二句，词境一大一小，对比更加强烈。联想到遥隔万里的中原地区，沦陷四十多年，人民处在水深火热之中；可是朝廷只求乞和苟安，根本不想收复失地。思念及此，怎不令人悲愁？所以"一尊浊酒戍楼东"，想借一杯痛饮浇愁。但是"举杯消愁愁更愁"，酒虽尽而愁未除。尾以情结，"酒阑挥泪向悲风"，寓壮于悲，振起全篇。使读者仿佛看到词人独立于悲凉萧瑟的秋风之中，一腔忠愤，满腹忧愁，禁不住泪水直流。这泪水中回荡着一股英雄报国无路的浩然正气。

词以景起，而以情结，景中寓情。全词自抒悲愤，精炼利落，苍凉悲壮。

【西江月】

阻风三峰下①

原文

满载一船秋色，平铺十里湖光。波神留我看斜阳，放起鳞鳞细浪②。

明日风回更好③，今宵露宿何妨？水晶宫里奏霓裳④，准拟岳阳楼上⑤。

译文

满载一船秋色，领略了平铺湖面的十里风光。波臣风伯好客地挽留我，欣赏湖面上斜照的夕阳，看微风掀起鱼鳞般细浪。

明日转为顺风天气更好，今夜露宿湖面又有何妨？波涛声响仿佛水晶宫里，演奏《霓裳》乐章，天明准定岳阳楼上观光。

注释

①阻风三峰下，《名家词》题作"黄陵庙"，词句也有几处小异。此据《全宋词》本。作者在给诗人黄子默的信中提到："某离长沙且十日，尚在黄陵庙下。波臣风伯，亦善戏矣。"此词，当指此途中阻风事。黄陵庙，在湖南湘阴县北洞庭湖边的黄陵山上。②波神留我看斜阳二句：作者把船被风所阻，不能前进，说成是水神留他看夕阳的景色。

鳞鳞,形容水上波纹像鱼鳞似的。③风回:转为顺风。④水晶句:美妙的波涛声像是水府在演奏悦耳的歌曲《霓裳》。霓裳,即《霓裳羽衣曲》,是唐代流行的歌舞曲。⑤准拟句:准定在岳阳楼上观看湖面的景色。

赏析

　　这首词是作者抒写离开长沙后在途中为风雨所阻的情景,写得宛转清丽,想象丰富浪漫。词的上片写景。开头"满载"二句,写孤舟所经的十里湖光:秋风萧瑟,烟水茫茫,在一望无际的湖面上,一叶扁舟满载着秋色在行驶。接着"波神"二句,描绘新奇而别致,不直说行船为大风浪所阻,而说是"波臣风伯"好客地留请他停下来观赏湖面的动人景色:夕阳斜照水面,微风掀起鱼鳞般的细浪。生动地表现了词人旷达的心境。过片由写景转为抒情。"明日风回"句,承上启下。由于风浪的平息,夕阳的美好,作者设想明日的天气会更好,风势会更顺。心中的无限快慰,自然地吐露出"今宵露宿何妨",既然明天更美好,今夜即使露宿湖面,备受秋凉,也觉得惬意。"水晶宫里"二句,驰想奔腾,造境奇特。在寂静的秋夜湖面上,湖水冲打着木船,发出阵阵有节奏的响声,词人倾听这美妙的波浪音响,仿佛是欣赏水府里演奏的动人乐章。尾以"准拟岳阳楼上"作结,别具深情。准定要登上岳阳楼观赏美丽景色,这不仅因为岳阳楼是名胜,"迁客骚人,多会于此",而且有范仲淹"先天下之忧而忧,后天下之乐而乐"的名言,可陶冶自己的情操和伟大的理想抱负。

　　词中运用丰富的想象,雄放的笔力,化景物为情思,写得虚实相生,情景交融,充分显示出词人所独具的艺术风貌。

一三三

辛弃疾(1140—1207)，字幼安，号稼轩，山东济南人。青少年时期生活在金兵占领的北方，二十多岁时组织一支两千多人的队伍，投奔耿京领导的农民起义军抗金，担任"掌书记"。南渡后，历任建康府通判、江西提点刑狱以及湖南、江西、福建安抚使等职。任职期间，打击贪官，救济灾民，颇有政绩。曾多次上书朝廷，陈述抗金复国方略，不但未被采纳，反而遭到排斥打击，被免职，闲居江西上饶、铅山等地二十余年。宁宗开禧年间，韩侂胄倡议北伐，曾一度出任浙东安抚使和镇江知府，不久又被弹劾落职。终以报国无路，忧愤而死。其词题材广阔，内容丰富，意境高远，风格以豪放悲壮为主；继承和发展了苏轼豪放派词风，冲破音律限制，大量吸收口语、古语入词，多用比兴手法，进一步扩大了词的表现力，达到了宋词发展的新高峰。其中抒写爱国思想之作占有极为重要的地位，对后世产生了深远的影响。有《稼轩长短句》，存词六百二十余首。

【摸鱼儿】

淳熙己亥，自湖北漕移湖南，同官王正之置酒小山亭，为赋①

原文

更能消②、几番风雨，匆匆春又归去。惜春长怕花开早③，何况落红无数。春且住④，见说道⑤、天涯芳草无归路。怨春不语。算只有殷勤⑥，画檐蛛网，尽日惹飞絮⑦。

长门事，准拟佳期又误。蛾眉曾有人妒⑧。千金纵买相如赋，脉脉此情谁诉⑨？君莫舞⑩，君不见、玉环飞燕皆尘土⑪。闲愁最苦⑫。休去倚危栏，斜阳正在，烟柳断肠处⑬。

译文

还怎能经受住接二连三摧残它的风和雨,无情的风雨使春天匆匆归去。爱惜春天总是害怕花儿开得太早,何况地面上已经是落花无数。春天啊,请暂时留步,我已经听说,那蔓延滋生连天的芳草,早就切断了你的归路。春天你为什么沉默不语?算起来,也只有忙碌不停的画檐下面的蜘蛛网,尽日招惹飞扬的柳絮。

曾记得陈皇后长门宫的故事,已经定下密约佳期却又延误,因为她的美貌有人进谗嫉妒。纵使用千金买来了司马相如的《长门赋》,脉脉深情又能向谁倾诉?请你们不要得意地足蹈手舞,你们还不曾看见:杨玉环和赵飞燕她们都已化作尘土。这无法解脱的闲愁最令人痛苦!不要去倚抚那高楼上的栏杆,因为西下的斜阳,正在烟柳凄迷令人断肠之处。

注释

①淳熙己亥:即宋孝宗淳熙六年(1179)。漕,漕司的简称。宋代称转运使为漕司,管理钱粮转运等事务。移,调任。时年辛弃疾四十岁,由湖北转运副使调任湖南转运副使。同官,同僚。王正之,名特起,字正之,作者的友人。小山亭,在漕司衙内。为赋,为此写了这首词。②更:岂,再。消:经得起。③长怕花开早:老是忧虑着花开得太早(因为早开会早落)。怕,一作"恨"。④且:姑且,还是。⑤见说道:听说。⑥算:料想,看来。⑦惹:牵,挂,沾住。⑧长门事:即汉代陈阿娇的故事。长门,汉代宫名。陈阿娇是汉武帝刘彻的皇后,最初夫妻感情甚好,后汉武帝令她别居长门宫,陈阿娇买通司马相如,作《长门赋》感动汉武帝,二人重新和好。《长门赋》序文说:"孝武皇帝陈皇后,时得幸,颇妒,别在长门宫,愁闷悲思,闻蜀郡成都司马相如天下工为文,奉黄金百斤,为相如、文君取酒,因于解悲愁之辞。而相如为文以悟主上,皇后复得幸。"(按,此序为后人伪托)准拟:约定之意。蛾眉:美女的代称。⑨脉脉:含情的样子。⑩君:指嫉妒的小人。莫舞,不要得意忘形手舞足蹈。⑪不见:即不闻,不曾听见之意。玉环:指杨玉环,唐玄宗的宠妃,安史之乱爆发,玄宗逃至马嵬坡(今陕西兴平县西),军士杀死杨国忠,杨玉环被缢死。飞燕:指赵飞燕,汉成

帝宠妃，后废为平民，自杀而死。这两个人均善歌舞，并以善妒著称。⑫闲愁：指精神上的苦恼。⑬断肠：形容极度伤心。

赏析

此篇作于淳熙六年(1179)春。时辛弃疾四十岁，南渡后有十七年之久。作者本来是要扶危救亡、积极建功立业的，被调到湖北去管钱粮，已是不合己意；再调到湖南，还是管钱粮，并非日夜向往的抗金前线，当然使作者更为失望。因而，行前他的同僚王正之在小山亭与他饯别时，席间写了这首《摸鱼儿》。词表面上是写失宠女人的苦闷，实际上是抒发了作者对国事的忧虑和屡遭排斥打击的沉重心情。词中流露出对南宋小朝廷的昏庸腐朽、对投降派的得意猖獗的不满和愤恨。

上片，写暮春的景物：风雨接二连三而至，春天已经不住风吹雨打，就匆匆地归去了。"更能消"一句是就春天而发，实际则是就南宋处于风雨飘摇的政治形势而言。面对这种形势，作者并未束手无策，还是出于爱国的义愤，大声疾呼，"春且住！见说道、天涯芳草无归路"，这实际是向南宋王朝发出忠告：只有坚持抗金复国才是唯一出路，否则连退

路也没有了。尽管作者发出强烈的呼唤和警告，但"春"却不予回答，难免产生强烈的"怨"恨。但怨恨又有何用！在无可奈何之际，词人又怎能不羡慕"画檐蛛网"？即使能像"蛛网"那样留下一点点象征春天的"飞絮"，也是心灵中莫大的慰藉了。下片抒情，援引汉武帝陈皇后的故事作比拟，来表达词人的爱国深情无处倾诉的苦闷。"君莫舞"三句，以杨玉环、赵飞燕的悲剧结局比喻当权误国、一时得志猖獗的奸佞小人，向投降派提出警告。词的结尾以烟柳斜阳的凄迷景象，象征南宋王朝昏庸腐朽、日薄西山、岌岌可危的现实。

词的主要艺术特色是：一、运用比兴手法，继承《离骚》以"香草美人"为比喻的传统技巧，塑造了一个屡遭迫害打击的宫女形象。这个形象实际是作者坚持报国理想而又孤立无援的化身，在当时具有典型的时代意义。二、词的语言具有强烈的艺术感染力。清人黄蓼园说它"词意似过于激切"。近代梁启超评说："回肠荡气，至于此极；前无古人，后无来者。"并把它列为稼轩词的压卷之作。

【水龙吟】

登建康赏心亭①

原文

楚天千里清秋，水随天去秋无际。遥岑远目，献愁供恨，玉簪螺髻②。落日楼头，断鸿声里③，江南游子④，把吴钩看了⑤，阑干拍遍，无人会、登临意。

休说鲈鱼堪脍，尽西风、季鹰归未⑥？求田问舍，怕应羞见，刘郎才气⑦。可惜流年⑧，忧愁风雨⑨，树犹如此⑩！倩何人、唤取红巾翠袖，揾英雄泪⑪！

译文

楚天千里，一片清秋景色，滚滚的长江水向天边流去，秋色一望无际。放眼望去，层层叠叠的远山，激发起无限的愁恨，好像是美人头上插着玉簪的发髻。夕阳在楼头上很快就要下去，失群孤雁的哀鸣声里，江南游子孤寂的心境振颤。看着腰间佩带的青铜宝剑，拍遍了亭子上的阑干，没有人理解我，登亭远望的报国心意。

休说贪图鲈鱼脍的美味，秋风遍吹，季鹰归家没有？许汜购置田舍，恐怕应羞于去见，有才能有气魄的刘备。可惜年华流逝，忧愁风雨飘摇，树木都如此，何况人矣！请谁唤来歌女，揩干这英雄悲愤的眼泪！

注释

①建康：六朝时的京城，今江苏南京市。赏心亭：《景定建康志》："赏心亭在(城西)下水门城上，下临秦淮，尽观览之胜。"②遥岑远目三句：远山，看起来很像美人插戴的玉簪和螺旋形的发髻，可是却处处触发自己的愁恨。遥岑，远山，指长江以北沦陷区的山。所以说它"献愁供恨"。③断鸿：失群的孤雁。④江南游子：作者自称，当时作者客居江南一带。⑤把吴钩看了：看刀剑，是希望有机会用它立功报国。⑥休说鲈鱼三句：写自己不贪恋生活享受，不愿学张季鹰那么忘情时事，弃官回乡。张季鹰，字翰。《晋

书·张翰传》："翰因见秋风起，乃思吴中菰菜、莼羹、鲈鱼脍，曰：'人生贵得适志，何能羁宦数千里以要名爵乎？'遂命驾而归。"脍，把鱼肉切细。尽，尽管。归未，以提问语气表示未归。⑦求田问舍三句：是说求田问舍会被贤者所耻笑。《三国志·魏志·陈登传》："许汜与刘备共在荆州牧刘表坐。表与备共论天下人。汜曰：'陈元龙湖海之士，豪气不除。'……备问汜：'君言豪，宁有事耶？'汜曰：'昔遭乱，过下邳，见元龙。元龙无客主之意，久不相与语，自上大床卧，使客卧下床。'备曰：'君有国士之名。今天下大乱，帝王失所，忘君忧国忘家，有救世之意；而君求田问舍，无言可采，是元龙所讳也，何缘当与君语？如小人(刘备自称)，欲卧百尺楼上，卧君于地，何但上下床之间耶！'"刘郎，指刘备。⑧流年：年光如流。⑨忧愁风雨：忧愁国势飘摇于风雨之中。⑩树犹如此：刘义庆《世说新语·言语》："桓公(桓温)北征，经金城，见前为琅邪日种柳皆已十围，慨然曰：'木犹如此，人何以堪！'攀枝折条，泫然流泪。"⑪情何人三句：此为作者自伤抱负不能实现，得不到同情与慰藉的感叹。唤取，唤得。红巾翠袖，少女的装束，借指歌女。宋时宴席上多用歌女唱歌劝酒，故云。红巾，一作"盈盈"。揾，同"扻"，揩掉。英雄泪，英雄失意的眼泪。

赏析

　　这是辛弃疾于乾道四年至六年(1168—1170)通判建康时写的著名词篇。当时作者已经南下七八年，由于南宋朝廷主和派当政，压制抗战力量，作者一直遭受压抑。此词正是抒写他因壮志未酬、国事日非而抑郁悲愤的心情。

　　词的上片借景物的描绘抒写词人怀念中原、报国无路的悲愤。开篇两句，气象阔大，笔力遒劲。言楚天千里辽阔，秋色无边；水向远天流去，漫无边际。"遥岑远目"三句写山，说放眼望去，层叠的远山，很像美人头上插的玉簪和发髻。远山越美丽，越觉得它们是"献愁供恨"；因为这是丧失的国土，必然使人引起无限的愁恨和忧愤。作者写山，实是写人；是写沦陷区人民的"愁""恨"，也是写南宋爱国志士的"愁""恨"。接着，"落日楼头"至上片结末七句说，夕阳将要西沉，孤雁声声哀鸣，更加引起飘泊江南的作者对沦陷故乡的思念。他看着腰间佩带的不能用以杀敌报国的宝剑，悲愤地拍打遍了亭子上的阑干。可是又有谁能理解他这时的心情呢?充分表现了词人是饱含着家国之忧,杀敌报国的怀抱无从施展的义愤,同时寓有对乞和苟安的南宋统治集团的强烈谴责。词的下片,转入借历史人物抒发词人抑郁的情怀和失意的悲痛。换头三句,用晋代张季鹰故事,说明自己并不是像季鹰那样贪图家乡风味,表达自己抗战的决心。"求田问舍"三句是说,像许氾那样只知购置田产房舍,作个人打算,毫无忧国救世之心的人,是应该为有才能气魄的刘备所耻笑的。这不仅仅是表白自己的志向,而且含有对现实的不满。"可惜流年,忧愁风雨,树犹如此!"这种英雄迟暮之感,深刻地体现了词人对国家命运和中原失地的关怀,体现了词人反对民族压迫的坚决意志和高尚精神。结尾更加表现作者沉重的悲愤:"倩何人、唤取红巾翠袖,揾英雄泪!"要请谁叫来歌女给我揩干这英雄失意、悲愤的眼泪呢?这是一个胸怀大志而沉沦下僚的英雄人物面临国事艰危,不免热泪盈眶,发出深感英雄报国无路的慨叹。这慨叹是和国家民族命运连在一起的。

全词的主旨是抒写恢复祖国山河的抱负和愿望无从实现的英雄失意的感慨。它相当深刻地揭示了一个英雄志士壮志难酬、抑郁悲愤的苦闷心情。这不仅仅是作者个人的感情,对当时有民族气节的爱国者来说,是有普遍意义的。

【菩萨蛮】

书江西造口壁①

原文

郁孤台下清江水②,中间多少行人泪③?西北望长安④,可怜无数山⑤。

青山遮不住,毕竟东流去。江晚正愁余⑥,山深闻鹧鸪⑦。

译文

在郁孤台的下面昼夜流动着，奔腾不息的清清赣江流水，这水中含有多少当年逃难人的眼泪？我放眼遥望西北的故都长安，可惜无数青山遮拦了我的视线。

青山永远遮不住，滔滔江水毕竟向东流去。江面斜阳引起我的愁情，深山里传来鹧鸪声。

注释

①造口：即皂口镇，在今江西万安县西南六十里，有皂口溪，水自此流入赣江。宋高宗建炎三年(1129)，金兵大举南侵，分两路渡江，一路由金兀术率领占领建康、临安，追击高宗，侵扰浙东。另一路从湖北大冶间道袭洪州(今南昌)，追击隆祐太后(宋高宗的伯母)，太后到皂口弃船登岸，逃往虔州(今江西赣州)。金兵一路杀掠，景况极惨。②郁孤台：是赣州西北隅田螺岭上的名胜古迹，又称望阙台，唐人李勉曾登台北望京城长安，兴起"心存魏阙"之感慨，作者仿此。③行人：指当年金兵南侵时逃难的人民群众。④长安：今陕西西安市，汉、唐故都。这里借指北宋京都汴京(今河南开封)。当时已被金兵占领。⑤可怜：可惜。

⑥愁余：使我发愁。余，我。⑦鹧鸪(zhè gū)：鸟名，此鸟鸣声凄切。汉杨孚《异物志》载："鹧鸪其志怀南，不思北，其鸣呼飞，但南不北。"李白、郑谷等诗人在作品中常把它比作

"离北南来"的"迁客游子"。作者是青年时从济南沦陷区"决意南归"的爱国志士，这里是以鹧鸪自比。

赏析

这首词作于宋孝宗淳熙三年(1176)春，作者当时任"江西提点刑狱公事"(主管司法兼理军政)，驻地在赣州。郁孤台是赣州的名胜，赣江从台下流经万安县的造口，过南昌入鄱阳湖。建炎三年(1129)十月，金兵侵入江南，隆祐太后(宋高宗的伯母)从洪州(今南昌)沿赣江南奔，逃到造口，又弃船由陆路流亡到虔州(即今赣州市)。金兵追太后御舟至造口，一路屠杀劫掠，景况甚惨。四十多年后，辛弃疾来到这里，抚今追昔，写了这首词。上片，控诉金兵的侵略罪行，作者从赣江清澈的流水形象地联系到人民遭受苦难的血泪("行人泪")，对沦陷的北方领土和抗战军民表示了深切的怀念。下片，即景抒情，指出青山虽然遮断了人们仰望中原故都("长安"，借指宋都汴京)的视线，却挡不住赣江奔腾向前的流水。作者把江水东流比作不可抗拒的历史潮流，来说明抗战的意志不可阻挡。最后，作者以鹧鸪鸟"其志怀南"的形象自比，表示了自己从沦陷区投奔南宋，为国献身的崇高志向。

这是一首充满着爱国主义精神的词篇。其艺术特征主要是在比兴手法的运用上。词人以赣江的流水起兴，联想到四十多年前的民族苦难，并以鹧鸪自比，借以抒情明志。全词健拔宕逸，奔放中有蕴藉。

【青玉案】

元　夕①

原文

东风夜放花千树②，更吹落、星如雨③。宝马雕车香满路。凤箫声动④，玉壶光转⑤，一夜鱼龙舞⑥。

蛾儿雪柳黄金缕⑦，笑语盈盈暗香去⑧。众里寻他千百度。蓦然回首⑨，那人却在，灯火阑珊处⑩。

译文

　　好像在夜里一阵春风吹来，吹得银花开满千树万树，又好像吹落满天星斗，在夜空中如雨飘洒。走过富贵人家的宝马雕车，香气满路。箫声清脆悦耳在夜空回荡，皎洁的明月已经向西沉落，整夜里表演鱼龙灯舞。

　　一群妇女插戴着蛾儿雪柳，头上散垂着金色的柳丝，个个都笑逐颜开含情脉脉，带着幽香向人群中走去。我在众人里焦急地寻找她——一遍又一遍地找遍了各处。可是忽然回头一看，那人却正在，灯火稀落的僻静之处。

注释

　　①元夕：旧历正月十五日元宵节。②花千树：形容灯火之多像千树花开似的。又一解：无数的树上挂着彩灯。③星如雨：星，比喻灯。吴自牧《梦梁录·元宵》："诸营班院于法不得与夜游，各以竹竿出灯球于半空，远睹若飞星。"又一解：形容满天的焰火。④凤箫声动：音乐演奏起来了。凤箫，箫的美称。相传善于吹箫的萧史和弄玉曾经住在凤台，故称。⑤玉壶：比喻月亮。一说指灯。周密《武林旧事·元夕》："灯之品极多，每以苏灯为最……其后福州所进，则纯用白玉，晃耀夺目，如清冰玉壶，爽彻心目。"⑥鱼龙：指鱼形龙形的灯。⑦蛾儿句：《武林旧事·元夕》："元夕节物，妇人皆戴珠翠、闹蛾、玉梅、雪柳……"黄金缕：形容鹅黄色的柳丝。李商隐《谑柳》：已带黄金缕，仍飞白玉花。"⑧盈盈：笑语时含情的态度。暗香：指美人。⑨蓦(mò)然：忽然。⑩阑珊：零落，将尽。

赏析

　　这首词描绘了元宵佳节满城灯火、彻夜歌舞的热闹场面。上片写景，铺叙元夕满城灯火、尽情欢乐的景象。开头二句运用比喻手法，展示出一幅火树银花、斗艳争奇的瑰丽画面。接着四句写人们欢度良宵的种种活动。眼看：富贵之家的宝马雕车驶过来，在他们经过的道路上，散发着浓郁的香气；耳听：清脆悦耳的箫声在夜空中回荡，月

亮已经西沉,可是大街小巷还在表演各种各样的灯舞。过片"蛾儿"、"笑语"两句,描绘一群妇女结伴到街上观灯的生动情景:她们装扮入时,头戴蛾儿、雪柳等装饰品,个个笑逐颜开,带着香气向人群走去。"众里"以下四句是寄托了一种不同流俗的情怀,也是词的主旨。词中抒情的主人公,走遍大街小巷,穿过人群,东张西望地寻找意中之人,忽然回头一看,竟在灯火稀落的僻静之处发现了她。词的收尾,笔调和婉,意境优美。所说的"那人",也许并非实有其人,不过是寄托作者"理想"的化身,托寓着词人政治上失意的身世之感。

此篇是稼轩词中属于婉约风格的作品之一。作者笔下的"那人",不慕繁华,自甘寂寞,与世人情趣大异,是个富于象征性的形象,表现了不愿随波逐流的美好品格。

【破阵子】

为陈同甫赋壮词以寄①

原文

醉里挑灯看剑,梦回吹角连营②。八百里分麾下炙③,五十弦翻塞外声④。沙场秋点兵⑤。

马作的卢飞快,弓如霹雳弦惊⑥。了却君王天下事⑦,赢得生前身后名。可怜白发生⑧!

译文

醉里拨亮灯火看剑,梦醒军营连续响起号角。八百里军营,官兵在军旗下分食烤熟的牛肉;军乐器演奏出塞外雄壮悲凉的歌声。秋天在战场上检阅军队。

骑着快如"的卢"的良马飞驰,拉开强劲的雕弓有如霹雳震惊。是为了了却君王收复中原的大业;在生前死后都留下不朽的功名。可惜是壮志未酬满头白发丛生!

注释

①陈同甫:陈亮字同甫。②吹角连营:各个军营里接连不断地响起了号角声。③八百里分麾下炙:八百里范围内的部队都分到熟牛肉吃,写1161年以耿京为首的北方起义军的军容。徐梦华《三朝北盟会编》载,耿京"以其众分为诸军,各令招人,自此渐盛,俄有众数十万。是时大名府王友直亦起兵,遣人通书,愿听京节制"。可见耿京领导的义军所占领的地区很广,又一说:八百里,指牛。《晋书·王济传》载有牛名八百里驳。宋人苏轼、刘克庄的诗里都用过此典。麾下,部下。炙,烤热的肉。④五十弦翻塞外声:各种乐器奏出雄壮的歌曲。古代的琴有五十弦。《汉书·郊祀志》:"春帝使素女鼓五十弦。"这里指合奏的各种乐器。塞外声,指雄壮悲凉的军歌。翻,演奏。⑤沙场秋点兵:秋天在战场检阅军队。⑥马作的卢飞快两句:写艰苦惊险的战事。作,如。的卢,一种烈性的快马。相传刘备在荆州时遭遇危难,骑的卢"一跃三丈",脱离险境。(见《三国志·先主传》引《世说新语》)霹雳,雷声,以喻射箭时弓弦的响声。《北史·长孙晟传》:"突厥之内,大畏长孙总管,闻其弓声,谓为霹雳。"⑦天下事:指收复中原,这是当时的天下大事。⑧可怜白发生:可惜头发都白了,还不能实现平生的壮志。

赏析

这首词大约写于作者闲居江西上饶之时,是辛词的名篇之一。从词题看,是写给好友陈亮,抒发抗金壮志的。词形象地描绘了抗金部队的壮盛军容,豪迈意气,道出了爱国英雄的一片壮心。开头"醉里挑灯看剑,梦回吹角连营"两句,写醉里还挑灯看剑,念念不忘杀敌报国;在迷离恍惚的醉态中,英雄酣然入梦,一梦醒来,各军营里连续响起了雄壮的军号声。"八百里"两句,写部下的官兵分食烤熟的牛肉,军乐队演奏雄壮的战歌。这进一步渲染了军中的战斗生活气息,官兵斗志昂扬。"沙场秋点兵",使人仿佛看到这支队伍的赫赫军威,秋天在战场上检阅军队,阵容威武雄壮。下片直承上片词意抒写:"马作的卢飞快,弓如霹雳弦惊。"是说英雄骑着快如"的卢"的良马,拉着很有力量的弓,飞驰战场,英勇杀敌。这两句连用两个比喻,生动地描绘了惊险激烈的战斗场面,进一步刻画了冲锋陷阵、杀敌报国的抗战英雄形象,这个英雄形象正是"以功业自许"的词人的化身,是词人早年战斗生活的反映。"了却君王天下事,赢得生前身后名。""天下事",指收复中原、统一祖国的大业;"生前身后名",意谓生前死后都要留下个为祖国、为民族建立不朽功勋的美名。字里行间洋溢着爱国激情。两句道出了英雄的宏大理想,使词的感情升腾到极高点。结句"可怜白发生",转笔使感情从极高点跌落下来,尽吐壮志难酬的无限感慨,揭示了理想与现实的尖锐对立。此句自成一段,和首句"醉里挑灯看剑"相呼应,都是写实,并与梦境形成对照,有力地表现了报国壮志难酬的悲愤之情。

全词写"壮",基调豪迈高亢,大气磅礴,词的构思奇特,在艺术上富有独创精神。

陈亮(1143—1194), 字同甫, 学者称为龙川先生。婺州永康(今属浙江)人。孝宗时曾多次上书朝廷, 反对和议, 力主抗金, 一生所作文字, 几乎没有一篇不是说收复中原的。因为触怒当权者, 三次被诬入狱, 遂愤而归家治学十年。光宗绍熙四年(1193)策进士, 擢第一, 授签书建康府判官厅公事, 未及到任即病卒。他是南宋著名的哲学家、文学家。主张义利双行, 王霸杂用, 为永康学派的杰出代表。其词多反映现实生活, 并将政治议论入词, 表达经世怀略, 雄辩自然, 独具特色。风格豪放, 与稼轩为近。著有《龙川文集》三十卷。词原有《长短句》四卷, 已佚。今人辑《龙川词》, 仅得七十四首。

【水调歌头】

送章德茂大卿使虏①

原文

不见南师久②, 谩说北群空③。当场只手④, 毕竟还我万夫雄⑤。自笑堂堂汉使⑥, 得似洋洋河水⑦, 依旧只流东⑧。且复穹庐拜⑨, 会向藁街逢⑩。

尧之都, 舜之壤, 禹之封⑪。于中应有, 一个半个耻臣戎⑫。万里腥膻如许⑬, 千古英灵安在⑭？磅礴几时通⑮？胡运何须问⑯, 赫日自当中⑰。

译文

很久未见南方义师北伐出征，但不要胡说南宋的人才已空。独当一面的能手，毕竟显示出我炎黄子孙，还有能够抵挡万夫的智勇。自喜堂堂汉使，自然像那江河洋洋，依旧流向东。此行不过是暂且到毡包里朝拜，总有一天会擒敌酋在藁街示众。

唐尧的京都，虞舜的土地，大禹的疆城。在我们这祖国中，一定会有不只是一个半个——耻于向戎敌称臣的铁骨英雄，万里河山腥膻如此，自古以来的英勇精神如今何在？郁积的浩气何时才能磅礴苍穹？胡人失败的命运何须再问，大宋复兴，自然会像红日当空！

注释

①章德茂：章森，字德茂，广汉（今四川县名）人，绍兴三十年(1160)进士，于孝宗淳熙十一年(1184)八月、十二年(1185)十一月两度出使金国。大卿，是尚书的代称。当时章德茂的实职是大理少卿，出使时给他"尚书"衔——"试户部尚书"。"试"，即借给之意。②南师：指南宋北伐的军队。③谩说：胡乱说，不要以为。北群空：原意是没有良马，这里是指没有人才。④只手：独当一面的里手。⑤万夫雄：力敌万夫的英雄。⑥自笑：自喜、自豪之意。自，指章德茂。⑦得似：岂得似，还很像。洋洋：形容水势很大。这里是用以比喻人的才气很大。⑧流东：指百川归海，此用以比喻忠于祖国。⑨且复：姑且再一次。穹庐：北方游牧民族居住的圆形毡帐，今俗称之蒙古包。这里代指金奴隶主集团。拜：指前往祝贺金主万春节。⑩会：当，应该。藁(gǎo)街：汉代长安街名，是当时外国和少数民族政权使臣居住的地方。汉元帝时陈汤斩匈奴郅支单于，上疏请"悬头藁街蛮夷邸间"（《汉书·陈汤传》）。⑪都：都城。

壤：土地。封：封疆。⑫耻臣戎：以向敌人俯首称臣为耻辱。戎，古代对西方少数民族的鄙称，这里代指女真贵族统治者。⑬腥膻：牛羊身上的腥膻气味。因金人喜吃牛羊肉，故借此代指女真贵族统治集团对中原地区的占领和统治。如许：这个样子。⑭千古英灵：承尧、舜、禹而言，指古代杰出的先圣先烈（包括为保卫祖国而献身的民族英雄）。⑮磅礴：本意是气势宏大广阔，这里有浩气积郁而不通畅之意。韩愈《送廖道士序》："气之所穷，盛而不过，必蜿蟺扶舆，磅礴而郁积。"通：通达，通畅。⑯胡运：指金朝的气数。⑰赫日：火红的太阳。

赏析

　　这首词写于淳熙十二年(1185)十一月，是为章德茂出使金国而作。当时，宋朝南渡已近六十年，南宋向北方女真贵族金王朝称侄求和也已二十余年。北伐大计，早已无人提及。满朝文武苟且偷安，无复恢复之志。面对这种现状，陈亮忧心忡忡，焦虑至极。他虽身为匹夫，而胸怀天下，无时不关心国家兴亡大事。此时听说他的友人章德茂奉命使金，贺金主完颜雍生辰(万春节)，即写了这首词送别，以壮其行，而寓己心志。

　　词的上片写"使虏"而引起的感慨。首二句讥刺南宋偏安江左、不图恢复的错误政策，说明堂堂南宋不是没有人才，而是人才备受压抑，不得重用，所以才使妥协投降势力占据统治地位，出现了"不见南师久"的不幸局面。"当场只手"五句，是写章德茂挺身而出，独当一面。赞美他像黄河之水，奔流到海，永远忠于祖国，肯定会不辱君命，长自己的志气，灭敌人的威风。末二句本意对出使的屈辱行为进行嘲讽，但却陡转笔锋，委婉写来，以从长计终将擒获敌酋到京都藁街示众结束上片。下片对南宋屈辱投降进行嘲讽。换头五句从祖国的光荣历史写起，对南宋王朝丧失土地、屈辱求和进行尖锐的批判。接着，作者大声疾呼："万里腥膻如许，千古英灵安在，磅礴几时通？"呼号爱国的有识之士，奋起抗敌，伸张正气于天地之间。最后，以浪漫主义的想象，展示抗敌的美好前景："胡运何须问，赫日自当中。"坚信统一祖国大业必将胜利完成。

　　全词语言率直，朴素无华，既抒发了作者对现实的忧愤之思，也表达了他一贯的抗战必胜的信念。词中慷慨激昂，既言恢复之志，复抒爱国之情，充分体现了词人的性格形象，是情辞具壮的优秀作品。不仅为《龙川词》的代表作，也是南宋爱国词中突出的篇章。

【点绛唇】

咏梅月①

原文

一夜相思，水边清浅横枝瘦②。小窗如昼，情共香俱透③。

清入梦魂，千里人长久④。君知否？雨僝风僽⑤，格调还依旧⑥。

译文

一夜一夜地相思，生长在清浅的绿水边，枝干纵横情态消瘦。室内如白昼照入一片月光，情思与暗香一起融透小窗。

相思之不得，清香进入梦魂，远隔千里，但愿人长久。问君：你可知晓？尽管无情的风雨摧残折磨，梅花还傲然挺立风神依旧。

注释

①咏梅月：即月下咏梅。②水边清浅：是指梅生长之处。横枝瘦：是写梅花的风神情态。林逋《山园小梅》诗："疏影横斜水清浅，暗香浮动月黄昏。"这里化用其意。③情共香俱透：形容感情的浓烈、复杂，仿佛是暗香和月色一齐透过小窗，扑在人身上，叫人看得见，嗅得到，却无法捉摸得透。④千里人长久：化用苏轼《水调歌头》"但愿人长久，千里共婵娟"句意。⑤雨僝风僽：写梅花遭受的风雨摧残折磨。辛弃疾《粉蝶儿》："甚无情、便下得、雨僝风僽。"⑥格调还依旧：指梅在风雨摧残下，傲然挺立，毫不改变它的风神。

赏析

　　这首月下咏梅小令，不仅托梅言志，而且借月抒怀。首句写梅花而言"相思"，把无知的梅花人格化，使人的情感和梅花巧妙地融为一体。次句写梅花形象，勾画出梅花的生长之处与其特有的风神情态。接引出"小窗如昼，情共香俱透"句，写月光如流水，从小窗泻进，照得幽人难眠，惹人情思，仿佛暗香与月色都一齐透进来扑在人身上，使人看得见，摸得着，但却无法捉摸。此种感情是何等的浓烈复杂。下片抒情言志。换头"清人梦魂"，"清"既指月光，也指梅花的清香。"人"字把梅魂、暗香、月色有机地结合成一个整体。梅魂伴随着暗香、月色，进入了幽幽梦乡，这是多么和谐、温馨而又朦胧缥缈的境界！"千里人长久"，是对知音的寻觅，情思婉转，意境缅邈，十分含蓄。接用句"君知否？"词情突起。结尾"雨僝风僽，格调还依旧"，写在凄雨寒风中，梅花仍然"格调依旧"，傲然挺立。它的清标风神，与经不起风雨的众芳形成强烈对比，令人肃然起敬。

　　全词写"相思"。"相思"之不得，故梦；梦之亦不得，故又千里觅知音；又由问而突出梅花品格，也突出了作者自己的为"人"精神。通首写梅写月，却未道出半个"梅"字或"月"字，且能尽得其象外之物，境中之旨，脉络井井可寻，确属一首"不着一字，尽得风流"的佳品。

刘过 (1154—1206)，字改之，号龙洲道人，吉州太和(今江西泰和)人。曾多次上书朝廷，力陈恢复方略，不被采纳；又多次应试不第，而长期流落江湖。宁宗时，曾为辛弃疾幕僚，常以词唱和。其词多写爱国抗敌的政治抱负和抒发怀才不遇的感慨。语意峻拔，风格豪放，与辛弃疾近。但较为率直，有些作品过显粗糙。有《龙洲词》，存词七十余首。

【沁园春】

张路分秋阅①

原文

万马不嘶，一声号角，令行柳营②。见秋原如掌，枪刀突出；星驰铁骑③，陈势纵横，人在油幢④，戎韬总制⑤，羽扇从容裘带轻⑥。君知否?是山西将种，曾系诗盟⑦。

龙蛇纸上飞腾⑧，看落笔四筵风雨惊⑨。便尘沙出塞，封侯万里；印金如斗⑩，未惬平生⑪。拂拭腰间，吹毛剑在⑫，不斩楼兰心不平⑬。归来晚，听随军鼓吹⑭，已带边声。

译文

万匹战马不敢嘶鸣，只等主将一声号令，这真像军令行于细柳营。晚秋的原野比手掌还平，只见平原上枪刀林立；铁骑奔腾，快如流星，队形变换，左右纵横。主帅身居油布帐中，按照兵法指挥军马行动；他从容地轻摇羽扇，一派轻裘缓带儒将之风。您知道吗?他是著名山西将门后代，曾常与诗人会盟。

纸上龙飞蛇走，上下奔腾，看那落笔处

如风狂雨骤,四座的宾友无不为之震惊。他曾在塞外沙场屡建奇功,却又小看那万里封侯;即使斗大金印悬在肘后,也不会感到快意平生。经常揩拭腰间的宝剑,只想把吹毛利剑握在手,不斩掉楼兰扫平敌寇,至死心中不安宁。阅兵归来已经很晚,听那随军演奏的鼓乐声,仿佛在边地呼喊:向敌人进攻!

注释

①张路分:姓张,担任路分总管的官职,生平不详。路分,宋代习惯指路一级的武官都监。秋阅:宋时,各路每岁阅兵一次,常在秋天举行,由长官检阅,故称"秋阅"。②柳营:指军营。西汉名将周亚夫曾在细柳(在陕西咸阳西南)屯军,以号令严明著称。③铁骑(jì):披带铁甲的骑兵。④油幢:油布制成的帐幕,古代军中所用。⑤戎韬:用兵的战略战术,即兵法。⑥裘带轻:轻装缓带之意。西晋羊祜于公元269年出镇襄阳,在任十年,常身不披甲,轻装缓带。⑦山西将种:指华山以西之地,古人认为这里是出将才的地方。《汉书·赵充国、辛庆忌传赞》:"秦汉以来,山东出相,山西出将。"诗盟:诗人的聚会。⑧龙蛇:形容草书的笔势如龙蛇飞舞。李白《草书歌行》:"时时只见龙蛇走。"⑨看落笔句:形容才思敏捷,诗作极佳。化用杜甫《寄李十二白二十韵》"落笔惊风雨,诗成泣鬼神"句意,以及《饮中八仙歌》"高谈雄辩惊四筵"诗句。⑩印金如斗:金印像斗一样大。《世说新语·尤悔》载,东晋大将王敦举兵叛乱,周颛说:"今年杀诸贼奴,当取金印如斗大,系肘后。"⑪惬(qiè):满足,快意。⑫吹毛剑:指宝剑锋利,吹毛可断。《碧岩录·百则评唱》:"剑刃上吹毛试之,其毛自断,乃利剑,谓之吹毛也。"⑬楼兰:又称鄯善,都城在新疆维吾尔族自治区若羌县治卡克里克。汉昭帝时,楼兰王勾结匈奴,阻拦汉与西域的交往。元凤四年(前77)平乐监博介子出使楼兰,用计斩其王。(《汉书·傅介子传》及《汉书·西域传》)⑭随军鼓吹:军中乐队的演奏。

赏析

这首词以饱满的热情、洗炼的笔触,描绘了张路分"秋阅"的壮观场景，塑造了一个文武双全的抗战派儒将形象。

邵晋涵《龙洲道人诗集序》说："宋自和议既成，士大夫皆厌厌无生气，独龙洲以布衣慷慨游历兵间，不忘恢复，伏阙上书，指陈无顾及，有国士之风。"这首词描写的张路分，就是始终保持着高度的爱国思想情感。他把消灭入侵之敌与维护国家统一作为自己的神圣天职："不斩楼兰心不平。"另方面，他又藐视个人的功名利禄，表现出具有很高的精神境界："便尘沙出塞，封侯万里；印金如斗，未惬平生。"可见，这位将领视国家的安危高于一切。为此，他把自己的全部精力都用于对士兵的训练上。阅兵场上呈现的场面，实际上是他训练军队所得的优异成绩。他统率的军队，人强马健，军容整肃，纪律严明，令行禁止，战斗力很强，不亚于周亚夫再世。另方面，这位将领又酷爱诗词，擅长书法："龙蛇纸上飞腾，看落笔四筵风雨惊。"可见，张路分是作者心目中所景仰的文武全才。不难看出，作者在塑造这一人物形象时，注入了自己的理想，这既是作者对张路分的期望，也是作者的自我期许。

在宋词中集中描绘军事场面与刻画军事将领形象的成功之作，并不多见。由此来看，此词的成就是难能可贵的。

【唐多令】

安远楼小集①，侑觞歌板之姬②，黄其姓者，乞词于龙洲道人③，为赋此《唐多令》。同柳阜之、刘去非、石民瞻、周嘉仲、陈梦参、孟容④，时八月五日也

原文

芦叶满汀洲，寒沙带浅流。二十年、重过南楼⑤。柳下系船犹未稳，能几日，又中秋。

黄鹤断矶头⑥，故人今在不⑦？旧江山浑是新愁。欲买桂花同载酒，终不是⑧，少年游。

🌸 | 译文

枯黄的芦苇长满水边沙洲，浅浅的江流如带，从寒冷的沙滩边流过。转眼二十年，再次经过南楼。在柳荫下系船，船还没有系稳，不消几日，又到了中秋。

黄鹤矶头的断崖高陡，你在哪里，往昔同游的故友？这江山还和过去一样，却处处充满新的忧愁。我本想要买只舟船，和你共同载着桂花美酒，但终究已经不是少年游乐的时候！

🦅 | 注释

①安远楼：又名南楼，在武昌(今湖北武汉市)黄鹤山(一名黄鹄山，即今蛇山)上；据姜夔《翠楼吟》词题中称："淳熙丙午(十三年，公元1186)冬，武昌安远楼成。"小集：小型的宴集。②侑 (yòu)觞：劝酒。歌板之姬：执板奏歌的歌女。③龙洲道人：作者自号。④以上为"小集"之友人。本篇又题作"重过武昌"。⑤南楼：即安远楼。⑥黄鹤断矶头：即长江南岸蛇山的黄鹤矶，上有黄鹤楼。面临大江，临江的山崖叫矶。《南齐书·州郡志》："夏口城据黄鹤矶，世传仙人子安乘黄鹄过此去也。"又宋乐史《太平寰宇记》说，费祎文登仙，曾驾黄鹤从此经过，故称黄鹤楼。一般均采用前说。⑦不：即"否"。⑧终不是：一作"终不似"。

🐚 | 赏析

这是一首登临之作。作者借过武昌南楼之机，感慨时事，抒写昔是今非和怀才不遇的感慨。武昌位于长江中游，扼南北水陆交通之咽喉。宋室南渡，武昌即裸露于敌之前沿，成为南宋与金对峙和争夺的前方。作者二十年前曾与"故人"在此作"少年游"。词中的今昔之感是和作者的爱国思想联系在一起的。早年，作者曾多次给皇帝上书，向宰相

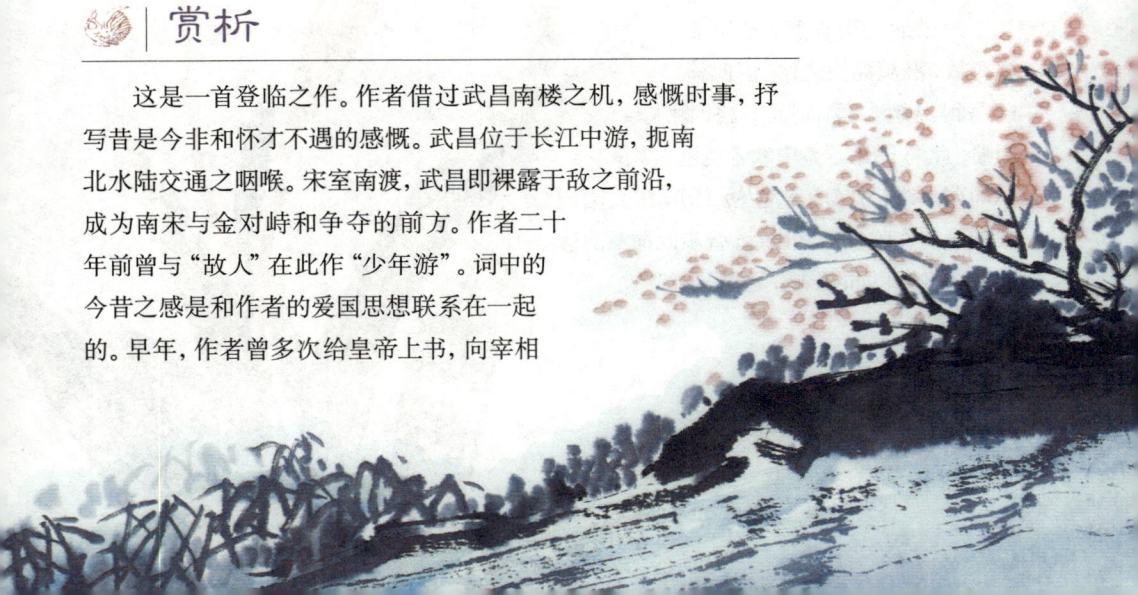

陈述"恢复方略"，力主北伐，均未被采纳；四次应试，却未得一中。他长期落拓江湖，依人为客。二十年转瞬即逝，故地重游怎能不万分感慨。

上片写景。首二句以"芦叶"、"寒沙"状中秋清景，烘托气氛，笼罩全篇。"重过南楼"一句，概括着二十年间时事与个人两方面的变化，预告了二十年前的壮志宏图，终成泡影。"柳下系船犹未稳，能几日，又中秋。"这是就季节与时间落笔，却又象征国家与个人均已进入"中秋"时分，晚景无多了。下片抒情，就上片"二十年"句生发开来，极写物是人非，今非昔比。"旧江山浑是新愁"句，是全词的主旨。李攀龙云："追忆'故人'不在，遂举目有江上之感，词意何等凄怆！又云'系舟未稳'，'旧江山都是新愁'，读之使人下泪。"(《草堂诗余隽》)可见，千言万语尽在此句中。接句"欲买桂花同载酒"，表面写今日之所想，实是当年与"故人"同游的情事。但今日已非昔时，今人已非故我。于是，以"终不是，少年游"而作罢。归根结底，是因为"旧江山浑是新愁"，故而无意"载酒"作"少年游"了。全词的特色是，杂今昔对比于景物描写与感情的抒发之中。写景形象鲜明，气氛浓重。上片用"能几日，又中秋"煞尾，貌似佳期难得，盛时难再之叹，使读者以为作者会有尽兴尽欢之想。然而，过片却笔锋陡转，怀旧伤今，新愁无限，游兴毫无，终于含恨而罢。

刘过的爱国词篇，多为豪爽奔放，淋漓痛快之作。但此篇却写得温婉含蓄，别具一格，耐人咀嚼。此词一出，"楚中歌者竞唱之"。(《词苑丛谈》引《山房笔丛》语)南宋爱国词人刘辰翁在临安失陷以后，曾步此词系韵达七首之多，此词的影响，可见一斑。

姜夔(1155?—1221?)，字尧章，号白石道人，饶州鄱阳(今江西波阳)人。青少年时随父宦游，居今湖北汉阳一带。后过着游士式的生活，屡试不第，布衣终身。他书法精湛，诗负盛名，尤以词著称。他是从事专业创作的大词人，几乎把毕生精力用于诗词创作。其词或感慨时事、抒写恋情，或写景咏物、记述交游。用字精微深细，琢句精工，韵律谐婉，格调高旷，艺术造诣较高。他以清冷刚健的词笔开创了体制高雅的风雅词派，也称格律词派。对史达祖、吴文英等人颇有影响。但是，他的某些词作由于雕刻过甚，用典过多，不仅有失自然之趣，而且内容空洞，常常使词旨晦涩难明。有《白石道人歌曲》，存词八十余首。

【点绛唇】

丁未冬过吴松作①

原文

燕雁无心，太湖西畔随云去。数峰清苦②，商略黄昏雨③。

第四桥边④，拟共天随住⑤。今何许？凭栏怀古，残柳参差舞⑥。

译文

北方飞来的大雁好像无心，在太湖西畔随着游云飞去。只有几座清苦的山峰，耸立在黄昏里酿造着阴雨。

在苏州甘泉桥边，准备与陆天随同住。如今天随在哪里？我在此凭栏怀古，残柳在暮色中随风乱舞。

注释

①丁未冬过吴松作：宋孝宗淳熙十四年(1187)作者道经吴松至

苏州时作。吴松，即吴淞江，俗称苏州河，是太湖的支流，经吴江、苏州等地至上海汇流于黄浦江。②清苦：形容寒山的寥落、荒凉。③商略：准备，酝酿。④第四桥：《苏州府志》："甘泉桥，一名第四桥，以泉品居第四也。"⑤天随：唐诗人陆龟蒙号天随子，居松江甫里。辛文房《唐才子传》说他时放扁舟，挂篷席，安置束书、茶灶、笔床、钓具，游于江湖间。作者以他自喻。⑥参差（cēn cī）：不整齐貌。

赏析

　　此词是作者于淳熙十四年(1187)自湖州往苏州见范成大的途中所作。开头说"燕雁无心"，实为有心。不然怎么随云以去？这是以无限伤感之词笼住全篇。北来之雁都"随云去"，剩下的只是几座"清苦"的山峰耸立在黄昏里，正酿造着一天雨意。换头二句是设想，放开写。作者以隐居吴江、自号"天随子"的陆龟蒙自比，因为都是外旷达而内怀危惧。"今何许？"把笔锋收转，唤起歇拍，以示"共

天随住"而未能。"凭栏怀古",感慨万千;眼前所见,则是参差残柳,在暮色苍茫中随风飘舞。这是何等的凄清而令人不知为怀的景象!清人陈廷焯评此词说:"通首只写眼前景物,至结处……感伤时事,只用'今何许?'三字提唱。'凭栏怀古'以下,仅以'残柳'五字咏叹了之。无穷哀感,都在虚处。令读者吊古伤今,不能自止,洵推绝调。"(《白雨斋词话》)评得中肯要当。

【扬州慢】

淳熙丙申至日①,予过维扬②。夜雪初霁③,荠麦弥望④,入其城,则四顾萧条⑤,寒水自碧,暮色渐起⑥,戍角悲吟⑦。予怀怆然⑧,感慨今昔,因自度此曲⑨。千岩老人以为有黍离之悲也⑩

原文

淮左名都⑪,竹西佳处⑫,解鞍少驻初程⑬。过春风十里⑭,尽荠麦青青⑮。自胡马窥江去后⑯,废池乔木,犹厌言兵⑰。渐黄昏、清角吹寒⑱,都在空城。

杜郎俊赏⑲,算而今、重到须惊⑳。纵豆蔻词工㉑,青楼梦好㉒,难赋深情㉓。二十四桥仍在㉔,波心荡、冷月无声㉕。念桥边红药㉖,年年知为谁生?

译文

扬州是淮左的名都,那里有竹西路——天下名胜;刚刚登程我解鞍下马在那里少停。过去是十里春风一派繁荣盛景,现在却长满荠菜野麦一片青青。自从金兵大举南侵,这里屡遭劫难之后,城池楼馆残破树木枝叶凋零,谈起兵乱人们至今还胆战心

惊。天近黄昏,号角凄厉吹送着冬寒,悲凉景象充满了这座空城。

当年杜牧的诗笔曾频频把你赞颂,料想他今天若能到此故地重游,也定会为你的残破而惊讶哀痛。纵使他"豆蔻梢头"写得词美精工,有描绘"青楼薄幸"美梦的才能,也很难表达这忧国伤时的深情。尚在的二十四桥过去月夜通明,桥下的碧波还是那样涟漪轻盈,可是月光清冷寂静无声。想那桥边嫣红的芍药,你是否知道年年在为谁绽开笑容?

❦ 注释

①淳熙丙申:宋孝宗淳熙三年(1176)。至日:指冬至那一天。②维扬:即扬州,今江苏扬州市。《尚书·禹贡》:"淮海维扬州。"后习惯以"维扬"作地名。③霁(jì):雪止放晴。④荠(jì)麦:荠菜和野生的麦子。⑤萧条:衰败零落。⑥暮色渐起:天色晚了下来。⑦戍角:驻军吹的号角。⑧怆(chuàng)然:悲痛的样子。⑨自度此曲:自己创制了这个(《扬州慢》)曲调。⑩千岩老人:即萧德藻,字东夫,号千岩老人,福建闽清人,绍兴三十一年进士,是当时的著名诗人。作者的妻子是萧的侄女。黍离之悲:指对故国的怀念。黍离,《诗经·王风》中篇名有《黍离》,写周平王东迁以后,故宫荒凉,长满禾黍,诗人见此,悼念故国,不忍离去。诗的首句"彼黍离离",故以名篇。黍,小米;离离,形容行列整齐。⑪淮左:宋代在淮水下游南岸设置淮南东路,称淮左。隋唐时已有此称。《隋书·宇文化及

传》:"炀帝惧,留淮左,不敢还乡。"名都:指扬州。扬州是淮左地区的大都市。⑫竹西:地名。杜牧《题扬州禅智寺》:"谁知竹西路,歌吹是扬州。"后在扬州北门外五里处建亭,以杜牧诗中的"竹西"命名。南宋王象之《舆地纪胜》:"扬州竹西亭在北门外五里。"⑬少驻:暂时停留。初程:长途旅行的开始阶段。⑭春风十里:指扬州的繁华景象。杜牧《赠别》:"春风十里扬州路,卷上珠帘总不如。"⑮尽荠麦句:是说到处长满了野生的荠菜和麦子,一片荒芜景象。⑯胡马:指进犯的金兵。窥江:进犯到长江流域。金兵于宋高宗建炎三年(1129)及绍兴三十一年(1161)两次南侵,扬州均遭惨重破坏。⑰废池:被破坏的城池。乔木:大树。厌:厌恶。言兵:谈论兵荒马乱的生活。⑱清角:凄清的号角。⑲杜郎:指唐代诗人杜牧。俊赏:对美好风景表现出卓越的鉴赏能力。杜牧曾写下许多歌咏扬州的诗篇。⑳算:料想。重到:如能再次到此地。㉑豆蔻词工:杜牧《赠别》诗:"娉娉袅袅十三余,豆蔻梢头二月初。"豆蔻梢头,比喻美女的年轻。㉒青楼:在汉魏诗中是形容华贵房屋的,六朝末期始改指妓楼。杜牧《遣怀》:"十年一觉扬州梦,赢得青楼薄幸名。"㉓难赋深情:难以表达此刻忧时伤乱的深长情感。㉔二十四桥:旧址在今扬州西部,唐时还有二十四桥,北宋时已不全存。北宋沈括《梦溪笔谈·补笔谈》卷三曾记这些桥名,并注明只存八桥。词中所写并非实指,仍用杜牧诗意,以形成今昔对比。杜牧《寄扬州韩绰判官》:"二十四桥明月夜,玉人何处教吹箫?"㉕冷月:倒映入水的月亮显得分外清

冷。㉖红药：红色的芍药花。宋代王观《扬州芍药谱》："扬之芍药甲天下，其盛不知起于何代。"

赏析

　　淳熙三年(1176)冬至这天，姜夔路过扬州。这时，扬州因屡遭兵乱，城内外一片萧条，词人怆然有感，自创了《扬州慢》曲调填词，抒发感时伤乱之情。词的艺术特色是，写景抒情，多在虚处，沉郁蕴藉，韵味无穷。

　　词写扬州过去的盛况，都是虚笔。"淮左名都"，不过耳闻；"竹西佳处"，也非目见。"春风十里"既不指当前时令，也不是具体景物，但把这些词语一组合，便使人立即联想到杜牧的名句"春风十里扬州路"，"谁知竹西路，歌吹是扬州"，眼前立即映现出珠帘翠幕、烟柳画桥的美好图景，想象出这座名都昔日的繁华。词写扬州的今日，虽是实写，也只是大笔勾勒：一片残破的城池，森森乔木，荠麦青青，清角吹寒，愁满空城。词人善于摄取事物的神理，善于选择那些最能表现战乱后百事萧条的典型事物用淡笔点染，留下开阔的空间让读者去驰骋想象：说"废池乔木"，"犹厌言兵"，"清角吹寒"，再用"空"字轻轻一点，一幅城市破败，弦管不闻，人烟稀少的图景便宛然在目。词中没有一个字是正面

抒情。厌言兵的，是废池乔木；惊痛扬州昔盛今衰的，是设想中的杜郎。月本无情，词人点出它的沉默来暗示秦淮河两岸繁华衰歇所引起的凄冷心境，红芍药逢时而发本是自然规律，词人却故意发出"年年知为谁生"的询问，以花的无知衬托人的有情。

前人评说："南渡以后，国势日非，白石目击心伤，多于词中寄慨。""特感慨全在虚处，无迹可寻。"又说，白石词"清虚骚雅，每于伊郁中饶蕴"（陈廷焯《白雨斋词话》）。这些评得极是。的确，姜夔词抒情写景都不执著于具体、细致的刻画描摹，总是写得空灵、疏淡，但却具有更强的艺术感染力。

【暗香】

辛亥之冬①，予载雪诣石湖②。止既月，授简索句③，且征新声④，作此两曲。石湖把玩不已⑤，使工伎隶习之⑥，音节谐婉，乃名之曰《暗香》、《疏影》⑦。

原文

　　旧时月色，算几番照我，梅边吹笛？唤起玉人⑧，不管清寒与攀摘⑨。何逊而今渐老，都忘却、春风词笔⑩。但怪得、竹外疏花⑪，香冷入瑶席⑫。

　　江国⑬，正寂寂，叹寄与路遥⑭，夜雪初积。翠尊易泣⑮，红萼无言耿相忆⑯。长记曾携手处，千树压⑰、西湖寒碧。又片片、吹尽也，几时见得？

译文

　　明月清辉依旧，谁能计算出你多少次照着我，在盛开的梅花旁把玉笛吹奏？唤醒梦中美人，她不顾清寒，为我把枝头梅花攀折。我虽有何逊诗才如今却渐老，都已经忘却了当年那种风流俊秀的词笔，只怪那竹林之外，稀疏的梅花，清幽香气还暗暗地浸入座席。

江南水乡，正寂静清幽。想折枝梅花寄你，却又路遥山远，夜雪也开始聚积。面对翠绿酒杯泪湿衣袖，看着窗外红花沉默不语，久久不忘那幸福的回忆。常常记起曾携手同游处，那时候，千树万树红梅盛开，西湖的秋水一片碧透。眼看这梅花又一片片，全被风吹落，几时能再度相逢？

注释

①辛亥：宋光宗绍熙二年(1191)。②载雪：冒雪乘船。诣(yì)：到。石湖：地名，在苏州西南。南宋著名诗人范成大，晚年退居石湖，号石湖居士。③止既月：住满一个月。既，尽。授简：给以纸笔。索句：寻求词句。④征新声：征求新的词调。⑤把玩不已：反复吟味欣赏。⑥工伎：乐工和歌伎。隶习：学习；一作"肄习"。⑦《暗香》、《疏影》：调名用林逋《山园小梅》中著名诗句："疏影横斜水清浅，暗香浮动月黄昏。"⑧玉人：美人。⑨清寒与攀摘：回忆过去和美人冒着清寒攀折梅花的旧事。庾信《梅花》诗："树动悬冰落，高枝出手寒。"贺铸《浣溪沙》："玉人和月摘梅花。"⑩何逊二句：何逊是南朝梁代诗人，曾作扬州法曹，写过一首《咏早梅》。杜甫在《和裴迪登蜀州东亭送客逢早梅相忆见寄》中说："东阁官梅动诗兴，还如何逊在扬州。"这里是作者

以何逊自比，说自己年近衰老，游兴减退，对一向敬爱的梅花也缺少诗情来加以歌咏了。⑪竹外疏花：竹林外几点稀疏的梅花。苏轼《和秦太虚梅花》："江头千树春欲闇，竹外一枝斜更好。"⑫瑶席：屋内座席的美称。瑶，琼玉。谢朓《七夕赋》："临瑶席而宴语。"⑬江国：江南水乡。寂寂：雪后的寂静清幽。⑭寄与路遥：音讯隔阻。暗用南朝宋代陆凯自江南寄梅花给长安范晔的故事。⑮翠尊：翠绿色的酒杯，这里指酒。⑯红萼（è）：红花，这里指红梅。耿：长久不忘。⑰千树：杭州西湖孤山的梅花成林。

赏析

　　《暗香》、《疏影》是文学史上著名的咏物词，为姜夔词中具有代表性的作品。这两首词同咏一题，是不可分割的姊妹篇。其中《暗香》一词，是以梅花为线索，通过回忆对比，抒写作者今昔之变和盛衰之感。

　　上片，开篇至"不管清寒与攀摘"五句，写从月下梅边吹笛所引起的对往事的回忆。那时，作者同美人在一起，折梅相赠，赋诗言情，境界何等幽雅，生活何等美满。对未来充满了希望。"何逊而今渐老"两句，笔锋陡转，境界突变，写作者年华已逝，诗情锐减，面对红梅，再难有当年那种春风得意的词笔了。与上五句相比，境界何等衰飒。从"但怪得"到上片结尾两句，是点题，写花木无知，多情依旧，把清冷的幽香照例送入词人的室内，浸染着周围的一切，尽管你"忘却春风词笔"，却仍免不了撩起深长的情思，引起词人的诗兴。下片，承此

申写身世之感。从"江国"到"红萼无言耿相忆",感情曲折细腻而又富于变化。换头叙写独处异乡,空前冷清寂寞,内心情感波澜起伏:先是想折梅投赠,却又怕水远山遥,风雪阻隔,难以寄到;次想借酒浇愁,但面对盈盈翠盏,却"酒未到,先成泪";最后,作者想从窗外红梅身上来寻求寄托并据以排遣胸中的别恨,然而引起的却是更加使人难以忘情的回忆。此六句,三致意。"长忆曾携手处","千树压、西湖寒碧"两句是词中的名句,意境幽美,词语精工,冷峻之中透露出热烈的气氛。此两句说明词人最难忘情的是西湖孤山的红梅,它傲雪迎霜,幽香袭人,压倒了凛冽的冬寒,似乎带来了春天的信息,形成了高潮。结尾两句,词笔又跌落,出现了万花纷谢的肃杀景象。"何时见得"一句伏下许多情思,引起无限悬念。

词化用某些与梅花有关的典故,并生发开来,立意超拔,构思绵密,错综回环。又加自度新曲,叮当成韵,遣词造句,意到语工,丽而不淫,雅而不涩,在艺术上确有独到之处。

【疏影】

原文

> 苔枝缀玉①,有翠禽小小②,枝上同宿。客里相逢,篱角黄昏,无言自倚修竹③。昭君不惯胡沙远④,但暗忆、江南江北。想佩环、月夜归来⑤,化作此花幽独。
>
> 犹记深宫旧事,那人正睡里,飞近蛾绿⑥。莫似春风,不管盈盈⑦,早与安排金屋⑧。还教一片随波去,又却怨、玉龙哀曲⑨。等恁时⑩、重觅幽香,已入小窗横幅⑪。

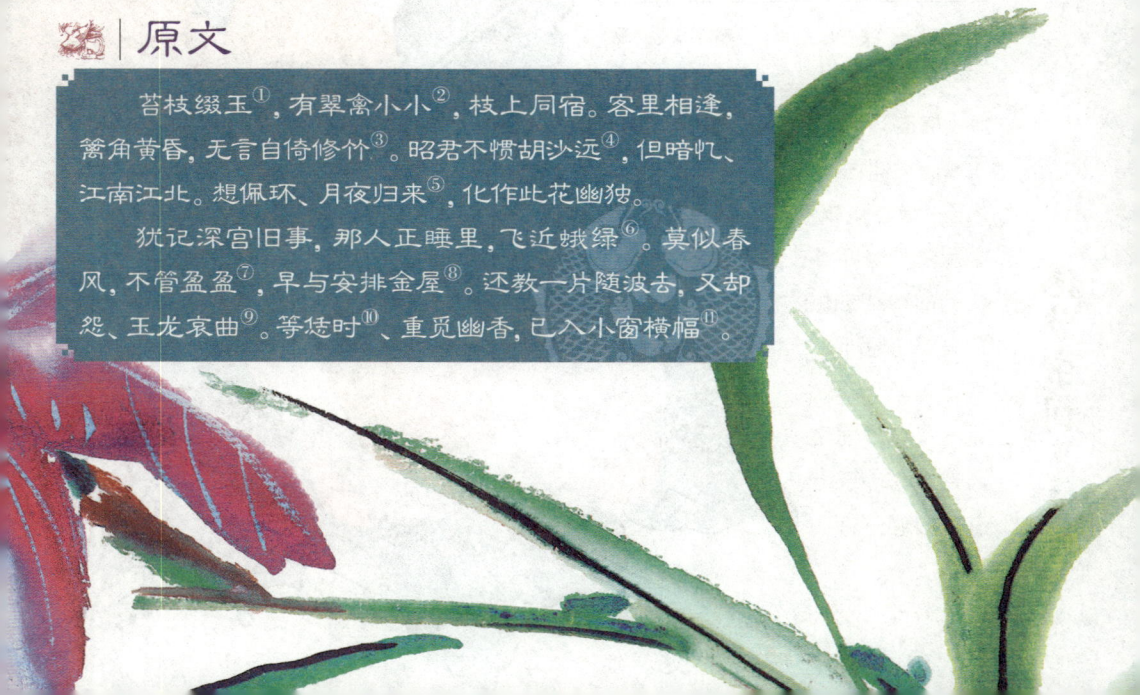

译文

梅花如玉缀满生长苔丝的枝头，还有那翠绿色羽毛的小鸟儿，在枝上和你同宿。也许是客居外地萍水相逢，夕阳斜照竹篱的偏僻角落，你独自偎依着长竹默默无语。也许远嫁匈奴的王昭君，不习惯那边的沙漠气候，总是暗中怀念着祖国的江南江北。戴好环饰玉佩，趁着月明之夜回到了故土，化成这梅花无限清幽孤独。

还曾记得含深宫过往的旧事，趁着寿阳公主正在睡梦里，梅花瓣飞落眉边额头。可千万不要像那薄情的春风，不顾惜你美好仪态。应当及早给你安排金屋琼楼，倘若还是让一片落花顺水流去，又怎能去埋怨那玉笛把梅花落哀曲吹奏。若等到那时再去寻觅梅花的清幽香气，她就早已进入小窗上边的画幅。

注释

①苔枝：长有藓苔的梅枝。缀玉：梅花像美玉般地缀满枝头。范成大《梅谱》中说：绍兴、吴兴一带的古梅，"苔须垂于枝间，或长数寸，风至，绿丝飘飘可玩。②翠禽：似暗用隋代赵师雄在罗浮遇美人的故事。传说赵师雄调任广东罗浮，天寒日暮，于松林中见一美人，同至酒店对饮，又有一绿衣童

子歌舞助兴。师雄醉卧，醒时天已破晓，起视大梅花树上，有翠羽剌嘈相顾，原来，美人便是梅花神，绿衣童子是翠鸟所幻化。（见曾慥《类说》卷十二引《异人录》）③修竹：长长的竹子。杜甫《佳人》："天寒翠袖薄，日暮倚修竹。"④昭君：西汉元帝时的宫女王昭君。元帝对匈奴行"和亲"政策，把宫女王昭君嫁给匈奴呼韩邪单于。⑤佩环：衣上系的玉饰。杜甫《咏怀古迹》五首之三是咏王昭君的，诗中有"环佩空归月夜魂"之句，词意本此。⑥蛾绿：指女子的眉毛。蛾，形容眉毛的细长；绿，眉毛的青绿颜色。相传南朝宋武帝刘裕之女寿阳公主卧于含章殿下，忽有梅花落在她的额上，成五出花，拂之不去，宫女争相仿效，名梅花妆。（《太平御览》卷三十"时

序部"引《杂五行书》)⑦盈盈：仪态美好的样子，这里借指梅花。⑧金
屋：《汉武故事》载，汉武帝刘彻幼时曾对姑母说："若得阿娇作妇，
当作金屋贮之也。"这句意思是，应把梅花当成美人一样来加以爱护。
⑨玉龙：笛子名。哀曲：指古代笛曲《梅花落》。李白《与史郎中钦听
黄鹤楼上吹笛》："黄鹤楼中吹玉笛，江城五月落梅花。"⑩恁时：那
时。⑪横幅：横挂的画幅。

赏析

　　这首《疏影》词和《暗香》是互相配合的。《暗香》重点是对往
昔的追忆，而《疏影》则集中描绘了梅花的清幽、孤高、美丽的气质，
寄托了作者对青春、对美好事物的怜爱之情。

　　上片，写梅花形神兼美。"苔枝缀玉"三句，描绘一株古老的梅
树，枝上缀满晶莹如玉的梅花，与翠禽相伴同宿，暗用赵师雄梦花神
的故事，更觉传神。"客里"三句写梅花性格，用杜甫《佳人》诗意，
比喻梅花如同被时代遗弃于偏僻角落的美人，她品格高洁，绝俗超
尘，宁肯孤芳自赏而绝不同流合污。"昭君"句至上片结句，是写梅
花的灵魂。说梅花原来是王昭君的英魂所化，她不仅有绝代佳人之
美貌，而且更有始终萦系于祖国的美好心灵。这四句，把梅花的气质
和形象提到了爱国主义的思想高度，衬托出对梅花理应持有无比爱
护的思想感情。下片，写对梅花的怜爱。换头之句，用寿阳公主梅花
妆的故事，说明梅花不仅有美的容貌、美的灵魂，而且还有美的行
为——美化和装饰妇女。"莫似春风"三句正面提出：应在梅花盛开
之时予以百倍爱护。"还教一片"至篇终，进一步申明爱护梅花的必
要性。一是从音乐这一侧面来加以深化，通过《梅花落》的曲调来寄
托自己的哀思；从绘画角度来加以深化，说如不及时爱惜它，等到花
落时再去寻觅清幽的香味，那就为时已晚，梅花已经进入小窗、上
边的图画里，只见疏影，不闻暗香，可见词人反复表示的惜花深情。
其中，也许是含着词人与恋人离别之后难以相会的遗憾吧！

　　总之，《疏影》词所描绘的梅花形象，梅花的品格，梅花的气
质，梅花的遭遇，不仅寄托了作者个人身世飘零的感叹，同时也包括
了与作者经历、思想、遭遇相同的人在内。此词在客观上鞭挞了当时
社会对人才的压制和对美好事物的摧残。

戴复古 (1167—?)，字式之，自号石屏，天台黄岩(今属浙江)人。一生清苦，仕路不通。他曾浪游了大半个中国，最后隐居于故乡南塘石屏山下。曾从陆游写诗，也受晚唐诗风影响，是江湖派的代表诗人。亦工词，其词工整自然，颇有爱国之思，风格豪放，接近苏辛。有《石屏诗集》、《石屏词》，存词四十余首。

【柳梢青】

原文

袖剑飞吟①。洞庭青草，秋水深深。万顷波光②，岳阳楼上③，一快披襟④。

不须携酒登临，问有酒、何人共斟？变尽人间，君山一点⑤，自古如今。

译文

衣袖里藏着宝剑昂首歌吟。在洞庭湖和青草湖畔，看秋水澄澈，碧绿深沉。极目远望，波光万顷，迎风站在岳阳楼上，痛快地敞开衣襟。

不需要携酒登临，虽有酒还能有何人与我同饮共斟？人世间已沧桑历尽，远望湖中的君山一点，自古以来风吹浪打不沉沦。

注释

①袖剑飞吟：带着宝剑，昂首高歌。袖剑，藏在衣袖里的短剑，吟，歌咏。②万顷：这里是形容湖面广阔。③岳阳楼：在湖南岳阳城西门上，唐初张说所建，宋滕子京贬官岳州时重修，为当时名胜。④一快披襟：宋玉《风赋》："楚襄

王游于兰台之宫，宋玉、景差侍，有风飒然而至，王乃披襟而当之，曰：‘快哉此风！’”披襟，解开衣襟。⑤君山一点：洞庭湖汪洋万顷，君山远在湖中，看起来渺小得像只有一点。

赏析

戴复古生于浙江黄岩，靠近南宋小朝廷的所在地杭州。他的一生，大部分时间是在偏安一隅的局面中度过的。他出生的前四年，宋、金符离一战，金国因内部政变，无力南侵；南宋则习于偏安，也无力北伐，双方维持和平的局面达几十年之久。戴复古身为布衣，长期流落江湖，但他关心国事，不满当时文人流连光景，以文章为戏谑的作风。他十分推崇伤时的陈子昂和忧国的杜甫。他向陆游学诗，并在一定程度上继承了陆游的爱国主义精神。他的词作风格也接近于陆游，主要是歌咏自己的"一片忧国丹心"。《柳梢青》即属于这一类型的作品。

词的开头三句写一个袖藏剑刃、誓灭强胡的爱国词人，在"秋水深深"的洞庭、青草两湖之畔，满怀豪情壮志，昂首高歌。这不仅点明了登览的地点和季节，而且勾画出一个满腔忠义而又报国无门的爱国者的高大形象。接句带出湖滨高耸的岳阳楼，词人敞开衣襟，迎着湖面轻风，不禁自语："快哉！快哉！""一快披襟"四字，字字珠玑。但是，这种痛快是暂时的、一刹那的感受，所以称为"一快"。这不仅是词人对眼前自然景物发自内心的赞叹，而且为下片的抒情作了铺垫。换头"不须携酒登临，问有酒、何人共斟"两句的意思是：在主和派占优势的南宋小朝廷里，要找到志同道合、声气相通的知己是不容易的。既然没有知己可以"共斟"，也就"不须携酒登临"了。因而，便不能不产生"两间余一卒"的孤独之感。结尾"变尽人间，君山一点，自古如今"：君山在湖中，四周是汪洋万顷，可是，这个小点却像中流砥柱，任凭风吹浪打，历尽沧桑，而永不沉没，

"自古如今"。这"自古如今"的君山，就俨然成了词人的化身，令人景仰不已！

【水调歌头】

题李季允侍郎鄂州吞云楼①

原文

轮奂半天上②，胜概压南楼③。筹边独坐④，岂欲登览快双眸⑤。浪说胸吞云梦，直把气吞残虏，西北望神州⑥。百载一机会，人事恨悠悠⑦。

骑黄鹤⑧，赋鹦鹉，谩风流⑨。岳王祠畔⑩，杨柳烟锁古今愁。整顿乾坤手段，指授英雄方略，雅志若为酬⑪。杯酒不在手，双鬓恐惊秋⑫。

译文

　　高耸入云奇丽壮观的吞云楼，它的雄伟气势足以压倒安远楼。登楼独坐只是想筹划抗金大计，哪里还想登楼观览，只图赏心悦目。慢说它的气概是胸吞云梦泽，简直是要一口气吞灭胡虏，向西北瞭望神州。百年一次难逢的好机会，可惜被人事所误遗恨悠悠。

　　昔人已乘黄鹤去，弥衡埋葬鹦鹉洲，空留下遗韵风流。在岳武穆的忠烈庙里，笼罩杨柳的烟雾，紧锁着古往今来的旧恨新愁。纵有整顿天下的本领，善于指挥将士的谋略，恢复中原的壮志也难酬。没有杯酒来消愁，恐怕鬓发尽染霜秋。

注释

　　①题李季允侍郎鄂州吞云楼：李季允，名埴。曾任礼部侍郎（主管国家礼法、教育、科举等事务的副长官）、沿江制置副使（掌管边防军务的副长官）兼知鄂州（今湖北武昌）。②轮奂（huàn）：形容建筑高大、华美。《礼记·檀弓》："美哉轮焉，美哉奂焉。"③胜概压南楼：景象的佳胜压倒南楼。南楼，即安远楼。④筹边：筹划边防。⑤岂欲登览快双眸：哪里还想登楼观览，使眼光快活呢?⑥浪说胸吞云梦三句：写吞云楼雄伟的景象：说它"胸吞云梦"那算得了什么呢，从这里北望中原，简直就有一古脑儿吞灭敌人的气概。司马相如《子虚赋》载，乌有先生对楚国的使者子虚盛夸齐国地域的辽阔，说："吞若云梦者八九，于其胸中，曾不蒂介（不觉其有）。"吞云楼的名称出此。浪说，慢说。古云梦泽，在今湖北省境。面积广八九百里。残虏，对敌人轻蔑的称谓。⑦百载一机会两句：百年来恢复中原的好机会，可惜都被人事所误，遗恨至今。⑧骑黄鹤：崔颢《黄鹤楼》："昔人已乘黄鹤去，此地空余黄鹤楼。"⑨谩风流：空留此流风遗韵。⑩岳王祠：纪念岳飞的祠庙。一名忠烈庙，豫之《舆地纪胜·鄂州》："忠烈庙，在旌忠坊。州民乾道六年请于朝：岳飞保护上游，有功于国，请立庙。诏赐今额。"⑪整顿乾坤手段三句：称赞李季允具有整顿天下的本领，指挥将士作战的谋略，同时又惋惜他恢复中原的壮志难酬。雅志，平生的志愿。若为酬：怎么能够实现。⑫杯酒不在手二句：没有酒消愁，鬓发恐怕要被秋风吹白啦。

赏析

　　戴复古在那偏安一隅、山河破碎的南宋后期，还一直热烈地追求着美的理想："整顿乾坤"，恢复中原。这首《水调歌头》，即是词人对这一美好理想"上下求索"的真实写照。其中有希望的火焰，更多的是失望的泪水，奇想联翩，纵横古今，颇有豪放悲壮的风格。

　　词的开头直写吞云楼的胜概："轮奂半天上，胜概压南楼。"说吞云楼高耸入云的雄伟气势足以"压"倒武昌黄鹤山上的"南楼"。"筹边独坐"两句，则指明"筹边"之事始终萦绕在李侍郎心头，登上此楼，独自坐定，只想筹划边防之事、抗金大计，哪有什么心思来观赏一下景色呢！紧接"浪说胸吞云梦"三句说，吞云楼的雄伟景象，要说它"胸吞云梦"，那算得了什么呢，从这里北望中原，简直就有一古脑儿吞灭敌人的气概。然而，南渡百年以来，有多少北伐的大好时机都被投降派葬送了，终于使爱国志士的希望破灭，愁恨悠悠。上片以"人事恨悠悠"作结，余意不尽。下片，紧承"人事恨悠悠"，缅怀古人，追念先烈，感叹当今，抒写"古今愁"。写明古今之愁，悠悠之恨，这是古往今来历史长河中人们情感的积淀；概括了古今有志之士之理想破灭的旧恨新愁。"整顿乾坤手段"三句是写词人寄于当今希望的破灭之愁，指明李季允虽是当今有识之士，但终究"雅志"难酬。结尾两句"杯酒不在手，双鬓恐惊秋"，是写当今忧愁者的形象：如果没有杯酒来消除忧愁，秋风起处，恐怕当今胸怀"雅志"者的鬓发都要愁白了。结尾与上片结句"人事恨悠悠"相呼应，进一步加强了词的形象化和抒情色彩。

史达祖(1163?—1220?)，字邦卿，号梅溪，汴(今河南开封)人。他中年时期曾在扬州及荆江、汉水一带任过幕职。他颇有政治才干，但屡试不第，生活清贫，直至嘉泰年间(1201—1204)始入中书省为堂吏，曾随李璧使金。他力主抗金，很受太师韩侂胄赏识，开禧北伐失败后，投降派政变，杀韩侂胄，史达祖受株连而流放，死于贬所。其词长于咏物，是宋代咏物词大家，亦不乏抒发国家之恨及身世之感的作品。其咏物词具有较高的艺术价值，对后世词坛有较大影响。著有《梅溪词》，存词一百一十多首。

【绮罗香】

咏春雨

原文

做冷欺花①，将烟困柳②，千里偷催春暮③。尽日冥迷，愁里欲飞还住④。惊粉重、蝶宿西园⑤；喜泥润、燕归南浦⑥。最妙它、佳约风流，钿车不到杜陵路⑦。

沉沉江上望极，还被春潮晚急，难寻官渡⑧。隐约遥峰，和泪谢娘眉妩⑨。临断岸、新绿生时，是落红、带愁流处。记当日、门掩梨花，剪灯深夜语⑩。

译文

你制造微寒欺负春花，你散发烟雾把绿柳围住，你千里万里暗地催送春天离去，你整日冥冥迷迷，愁笼天地要飞扬却又停息。因惊叹身上花粉沉重，蝴蝶躲进西园栖息；燕喜泥土湿润，飞返南浦草地。最受妨碍的是，约好的风流佳期；她的华贵车马，无法赶到约会地。

极目远望江水茫茫无际，傍晚，春潮上涨，水流湍急，难以找到渡口和船只。遥远的山峰时隐时现，好像谢娘含泪的眉峰修长美丽。靠近断裂的堤岸，面临一片新绿，芳草萋萋；又见一片落花，

带着忧愁随水流去。曾记得当时梨花纷飞，院门掩闭，剪灯花深夜里欢声笑语。

🦅 注释

①做：制作，使。②将：与，带。③春暮：有解作沉阴天气，或容易黄昏者。细体词意，似解作春去为佳。④愁里：愁云密布之中。⑤粉重：蝴蝶身上的花粉，经春雨淋湿，故重。西园：指一般的园林。⑥南浦：本指送别之地，这里泛指草地。⑦钿车：车的美称，即以金和宝石为饰的车子。杜陵：汉代县名，在长安(今陕西西安)城南。汉宣帝元康元年(前65)在此地筑陵，故名。⑧官渡：公用的渡船。⑨谢娘：唐时的歌伎名，这里代指美人。眉妩：指眉妆，有妩媚之意。⑩门掩梨花两句：化用李重元《忆王孙》"欲黄昏，雨打梨花深闭门"词句和李商隐《夜雨寄北》"何当共剪西窗烛，却话巴山夜雨时"诗句。

🐚 赏析

这是一首咏春雨的词篇。它从不同的侧面描写春雨迷蒙的情状，抒发怀人情思。

上片，摹写春雨，暗示出怀人。从开篇到"欲飞还住"五句，写雨前及细雨纷飞的迷冥景色，渲染春雨带来的料峭寒风和欲飞还住的蒙蒙情态，那笼在春雨中的花柳，远看去似更觉清俊。"惊粉重"至"燕归南浦"四句，通过象征春天的两种生物——"蝶"和"燕"来进一步烘托春雨所造成的影响。蝴蝶因遭受春雨的浸湿，身上花粉变沉重而难以起飞，所以免不了要有"惊"讶的感受，不得不在西园里避雨栖息，静候雨止天晴；而燕的感受却与蝴蝶完全不同，由于春雨湿润了泥土，恰好可以衔泥筑巢，所以产生了欣喜之情。这一"惊"一"喜"，写得分外传神。歇拍两句，是写人对"春雨"的感受。由于雨水的阻隔，妨碍了风流佳约，不能如期赴会！也难免产生怀人之情。

下片，抒发怀人情思，又紧扣春雨。换头三句，用韦应物《滁州西涧》诗意，写雨中江景。江水因细雨霏霏而春潮上涨，至傍晚时分，江流更觉湍急有声，连官渡的船只也无从寻觅了。从"临断岸"至"带愁流处"写雨中的山峦和绿草红花：远望峰峦若隐若现，仿佛是美人带泪的眉峰，更加妩媚多姿；近看断裂的堤岸上，被雨水洗涤过的嫩草，更加清新翠绿，而片片落花漂荡水面，付诸东流，红色花瓣上凝聚着伤春怀人的忧愁。"记当日"至篇终，以回忆相聚时的欢乐反衬当前的孤独处境收束全篇，化用了李商隐《夜雨寄北》中的写雨诗意。

全篇刻画江南春雨，极为工细。篇中无一"雨"字，但却处处写雨，句句写雨。在艺术上，层层烘托，描摹精工，先从感受和视觉角度着笔，再以物与人对雨的不同感受加以烘托。抒情紧扣着春雨，同时直接或间接表达怀人情思。

【双双燕】

咏 燕

原文

过春社了①，度帘幕中间，去年尘冷。差池欲住②，试入旧巢相并。还相雕梁藻井③，又软语、商量不定。飘然快拂花梢，翠尾分开红影④。

芳泾⑤，芹泥雨润爱贴地争飞⑥，竟夸轻俊⑦。红楼归晚⑧，看足柳昏花暝。应自栖香正稳，便忘了、天涯芳信⑨。愁损翠黛双蛾⑩，日日画栏独凭。

译文

    春天的社日刚刚过去，归来穿飞在帘幕中间，去年的旧巢积下灰尘更加清冷。拍打着翅膀准备去住，试探着进入旧巢相并。还要张望雕梁和天花板，又温柔细语地——呢喃不休，商量不定。飘然飞去拂动着花梢，翠绿的燕尾把花丛分开。

    在散发着花香的小路上，把春雨湿润的芹泥衔在嘴边。争抢着紧贴地面穿飞，比一比看谁飞得轻盈矫健。飞回红楼时天色已晚，已把柳荫花丛看遍。栖息时进入梦乡睡得香甜，却忘记了为天涯客子传送闺中信柬。忧愁使她损伤了秀美的双眉，每日独自凭依雕绘图画的栏杆。

注释

    ①春社：社，是古代祭祀土神的日子，分春秋两社，春社是在立春之后清明之前。②差（cī）池：燕子飞行时尾翼舒张不齐的样子。《诗经·邶风·燕燕》："燕燕于飞，差池其羽。"③相（xiàng）：看，张望。藻井：即承尘，俗称天花板，用木方架成井形，上面绘有水草，故名。④红影：花影。⑤芳径：有花香的小路。⑥芹泥：水边种植芹菜一类的泥土。⑦轻俊：轻快、俊俏。⑧归晚：晚上归来。⑨芳信：指闺阁中的书信。王仁裕《开元天宝遗事》载，有燕子为思妇传递书信的故事：唐长安女子绍兰，丈夫经商于湘中，绍兰托双燕寄书，吟诗一首，细书其字，系在燕足上，竟送到丈夫那里。丈夫见书感动归来。⑩翠黛双娥：指妇女的眉毛。

赏析

    这首咏燕词是史达祖自度曲，也是后人推崇备至的咏物名篇。词以白描手法，写春社过后，紫燕归来，成双成对戏弄春光的神态，进而由燕的欢乐，反衬闺中人的寂寞孤独。

    上片，写双燕归来，旧巢重到。开篇三句写燕之时节。"春社"点时，"帘幕"点地，"去年"点别期与现状。"差池"二句写飞入旧巢时的神态。由于离开旧巢到南方过了一个冬天，此番归来，对旧巢是否安全，持有高度的警惕，所以先在帘幕之间飞来飞去，并不急于进入"旧巢"，且要经过"欲住"和"试入"的过程。经过试探性的侦察之后，才双双进入"旧巢相并"。然后，还要把"雕梁藻井"张望一番，看是否安然无恙，接着用柔语互相商量，呢喃不休。这里，不单单交待了双燕进入旧巢的全程，而且充分表现了双燕的神态与细腻的内心活动，生动而又逼真。"飘然"二句，写它们决心在此定居之后，便以高速的动作去衔泥补巢，为培育后代而开始过着繁忙紧张的新生活。下片，写燕的日常劳动与旧巢双栖。换头二句写筑巢的辛勤与甘苦经营。继二句写燕飞的体态，烘托生活的安定快乐。"红楼"四句，写饱览一天景色之后，傍晚归来，双栖双息，其乐无穷，但却忘记了为远在天涯的游子向闺阁中的佳人传递音信。结尾二句笔锋陡转，点出人事，写思妇的孤独与寂寞心情，使双燕的快乐与思妇的哀愁形成鲜明对照，这一对照，使词意深化，含有对生活的某种感慨与寄托。

这首词描摹入神，尽态极妍；字字刻画，而又字字天然。全词没有一字提到"燕"，但没有一句不在写燕。自度曲调，声韵圆转，从回环中求变化，上下片句式、平仄多有不同。王士祯评说："仆每读史邦卿咏燕词……以为咏物至此人，巧极天工矣。"（《花草蒙拾》)清人汪蛟门做梦时甚至梦见两位仙女也唱这首词，自己还即席和唱。可见此词深受人们的喜爱。

刘克庄(1187—1269)，字潜夫，号后村居士，莆田(今福建莆田)人。以父荫入仕，曾任建阳、仙都县令。因写《落梅》诗，其中有"东风谬掌花权柄，却忌孤高不主张"之句，被言官指为讪谤而被免官。淳祐六年(1246)赐同进士出身，官至龙图阁直学士。他是江湖诗派的重要诗人，又是著名词人，写出不少忧国伤时之作。词学辛弃疾，多写国家大事，讥弹时政，爱国激情溢于言外，风格豪放悲壮，但有时略伤粗率，议论过多，不够凝练。著有《后村大全集》一百九十六卷，词集名《后村长短句》，又名《后村别调》，存词二百五十余首。

【沁园春】

梦孚若[①]

原文

何处相逢?登宝钗楼[②]，访铜雀台[③]。唤厨人斫就，东溟鲸脍[④]，圉人呈罢[⑤]，西极龙媒[⑥]。天下英雄，使君与操[⑦]，余子谁堪[⑧]共酒杯?车千乘[⑨]，载燕南赵北[⑩]，剑客奇材[⑪]。

饮酣鼻息如雷[⑫]，谁信被[⑬]、晨鸡轻唤回。叹年光过尽，功名未立;书生老去，机会方来。使李将军，遇高皇帝[⑭]，万户侯何足道哉[⑮]!披衣起，但凄凉感旧[⑯]，慷慨生哀。

译文

　　何处能与你相逢?竟然相会在著名的宝钗酒楼,又登访曹操铜雀台。唤来厨师,烹调美味,把东海的长鲸宰割切碎;让管理马匹的官员牵来西域的良马龙媒,备好雕鞍。酒宴上论及天下的英雄,唯有曹操与刘备;其他人谁能有资格和我们举杯碰盏。车千乘,马万骑,载满了燕南赵北,剑术超群的英雄奇才。

　　痛饮至酣鼻息声响如雷,谁能料到竟被那晨鸡高唱轻易把我从梦中唤回。可叹此生年光将尽,功名还未建立;眼见书生已经老去,天赐机缘刚刚出现。假使汉代的名将李广将军,能够遇上高祖刘邦,凭他的汗马功劳,万户侯哪值得一谈!我披衣坐起,想到过去的凄苦,沉痛悲愤之情涌上心间。

注释

　　①孚若:方信孺,字孚若,作者的挚友。他力主抗金,并以使金不屈著名。著有《南冠萃稿》等书。②宝钗楼:宋代著名酒楼,故址在今陕西咸阳市,是汉武帝时建造的。③铜雀台:三国时曹操所建,故址在今河南临漳县西南。④斫(zhuó):用刀砍。东溟:东海。脍(kuài):切细的肉块。⑤圉(yǔ)人:养马的官。⑥西极龙媒:西域出产的良马。《汉书·郊祀歌》:"天马徕(来),从西极。""天马徕,龙之媒。"⑦使君:古时对州郡长官的称呼。这里指刘备。操:曹操。《三国志·蜀书·先主传》曹操有一次在酒宴上对刘备说:"天下英雄,惟使君与操耳。"⑧余子:其他人。⑨乘(shèng):古时一车四马叫乘。⑩燕南赵北:指今河北、山西一带。韩愈《送董邵南序》:"燕赵古称多感慨悲歌之士。"⑪剑客:指剑术和武艺出众者。⑫鼻息:一作"画鼓"。⑬谁信:谁想,谁料。⑭李将军:指西汉名将李广。高皇帝:指汉高祖刘邦。⑮万户侯:《史记·李将军列传》载,李广曾与匈奴作战七十余次,以勇敢善战闻名天下。他虽有战功,却未得封侯。一次,汉文帝刘恒对他说:"惜乎,子不遇时,如令子当高皇帝时,万户侯岂足道哉!"⑯感旧:一作"回顾"。就最后两句看,写此词时,方孚若已不在人世。

赏析

　　方孚若是刘克庄的同乡好友。史称方孚若刚正有气节,在韩侂胄伐金时,方孚若曾三次出使金国,是被誉为"不少屈慑"的人物。但方孚若的才能在投降派当权的形势下并未得以施展,终于在宋宁宗嘉定十五年(1222)郁郁死去。此词当是方孚若死后作者悼念亡友的作品。词中借助梦境反映作者与方孚若招揽人才、恢复中原的宏伟志愿,同时抒写了梦醒后的感慨与不平。

　　词的上片写梦中畅游。开篇即写梦中相逢,与方孚若畅游从未到过的中原北地。他们登宝钗楼,访铜雀台;吃的是东海的长鲸,骑的是西域的龙马。他们梦寐以求的理想实现了,被金兵侵占达百年之久的大片土地,成为他们自由出入和尽情游览的地方。他们还招揽天下贤才,准备把抗金的伟大事业进行到底。词的下片写梦醒后的悲哀。换头是从梦中到现实的过渡。挚友方孚若不见了,千乘车骑已化为乌有，耳边是雄鸡高唱之声。从"叹年光过尽"到"万户侯何足道哉"这六句是写现实与理想(梦境)之间的矛盾。感情极其复杂，由梦境引起感叹，"年光过尽，功名未立"，是现状；"书生老去，机会方来"，是梦中情景。现实中的方孚若未得施展才能，想不到会在梦中实现了。"万户侯"也并非功成名就的标志，而是理想实现的象征。这里暗含对南宋王朝的讽刺。结尾"披衣起"三句，是对比梦境与现实，以情作结：扣词题，怀旧友，悲现状，叹未来，内容丰富却又留有余地。

此词的艺术构思颇具特色，它可以借助梦境寄托自己的理想，并可对现实进行讽刺和批判。惟其是梦而非现实，作者可以摆脱各种羁绊，打破时空的局限，大胆驰骋自己的想象。既可以登览被敌人侵占的名胜古迹，又可以品尝"东溟鲸脍"，还可以役使"西极龙媒"，可以载"剑客奇材"。可使理想中的一切，在梦境里轻易地得以实现。因此，使光明的理想与黑暗的现实形成尖锐对比，具有鲜明的浪漫主义色彩。

【长相思】

惜梅

原文

> 寒相催。暖相催①。催了开时催谢时。丁宁花放迟②。
> 角声吹。笛声吹③。吹了南枝吹北枝④。明朝成雪飞。

译文

寒气来相催，暖气也相催。寒气来催花开，暖气又催花落去。叮嘱花儿别开或开迟。

角吹《大梅花》曲。笛吹《梅花落》曲。吹落了南枝梅花，又吹落了北枝。明朝落花旋舞如雪飞。

注释

①寒相催两句：写梅花的开放和凋谢。梅花冲寒而开。李清照《渔家傲》："雪里已知春信至，寒梅点缀琼枝腻。"暖相催，是指气候转暖，促使梅花萎谢。②丁宁花放迟：丁，同"叮"。叮嘱花儿迟一点开，或者干脆别开。③角声吹两句：写闻曲有感，角声吹奏《大梅花》、《小梅花》的曲调；笛声吹奏《梅花落》的曲子。④吹了南枝吹北枝：南枝，据宋朱翌《猗觉寮杂记》："梅用南枝事，共知《青琐》《红梅》诗云：'南枝向暖北枝寒。'李峤云：'大庾天寒少，南枝独早芳。'张方注云：'大庾岭上梅，南枝落，北枝开。'南唐冯延巳词云：'北枝梅蕊犯寒开。'则南北枝事，其来远矣。"

赏析

词题为"惜梅"，上片着重在一个"惜"字上。开头二句写梅的开放与谢落。梅花冲寒而放，气候转暖，则促使梅花萎谢。以下二句是叹息寒催梅开，暖催梅落，早开便得早落，因此就叮嘱花儿要迟一点开，或者干脆别开。对此，俞陛云评说："花开便落，莫如不开，佛家所谓无得亦无失也。词为惜花，而殊有悟境。"下片从惜梅引申到伤时，先写闻曲有感。角是军中吹器，唐大角曲有《大梅花》、《小梅花》等曲。本来乐声与梅花的开与落并无关系，但因汉代军中之乐横吹曲中有《梅花落》，是笛中曲名。"鸣角"又有"收兵"之义，所以，听到角声、笛声中传出落梅之曲，就免不了要与当前时局联系起来，"新来边报犹飞羽。问诸公、可无长策，少宽明主。"（《贺新郎》）言边境告急，城危如卵，谁又能承担起恢复中原的重任呢？词意至此，已从惜花转到伤时。"吹了南枝吹北枝"，写南方气候暖和，寒流鲜至，岭梅往往南枝花落，北枝方开，所以说角声、笛声吹落了南枝梅花，又吹落了北枝。尾句词意又转到惜梅。梅花开时韵胜爱人，谢时落花千万片，漫天随风旋舞如飞雪，使人不胜叹惋，难以挽留。再次突出"惜"字，紧扣词题"惜梅"。

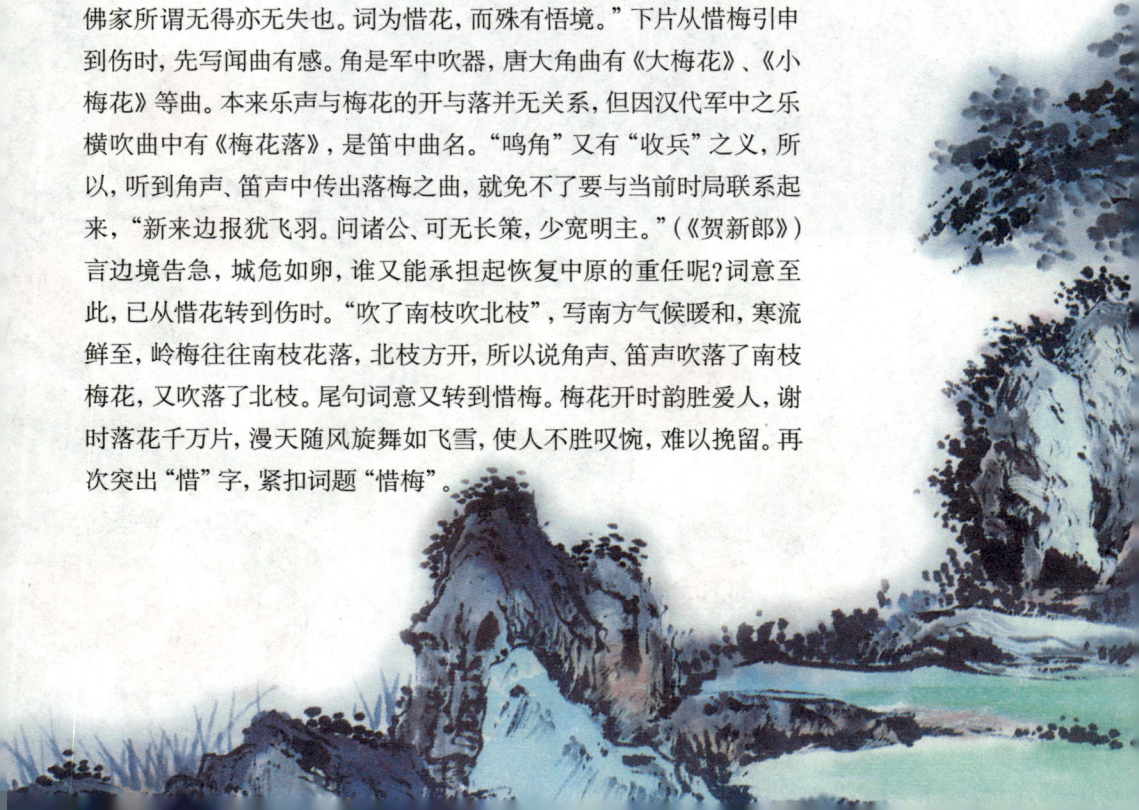

吴文英（1212?—1272?），字君特，号梦窗，晚号觉翁，四明（今浙江宁波）人。本姓翁而入继吴氏。一生未任什么官职，二十岁左右游德清，三十岁左右在苏州曾为仓台幕僚。此后，长期居住苏州、杭州一带，足迹未出江浙二省。终身坎坷，晚年困顿而死。他平生交游极广，除文人词客外，多为苏、杭两地僚属或权贵。他是南宋具有独创成就的词人之一。其词运意深远，构思绵密，用笔幽邃，在超逸之中时有沉郁之思，艺术上颇具特色；然而内容比较狭窄，有时藻绘过甚，失之于堆砌与晦涩。有《梦窗稿》传世，存词三百四十余首。

【齐天乐】

与冯深居①登禹陵②

原文

三千年事残鸦外③，无言倦凭秋树。逝水移川，高陵变谷，那识当时神禹？幽云怪雨，翠萍湿空梁④，夜深飞去。雁起青天，数行书似旧藏处⑤。

寂寥西窗久坐，故人悭会遇，同剪灯语⑥。积藓残碑⑦，零圭断璧⑧，重拂人间尘土。霜红罢舞，漫山色青青，雾朝烟暮。岸锁春船，画旗喧赛鼓⑨。

译文

三千年前的光辉业绩已成过去,眼前看到的只是寒鸦数点;不顾疲倦地攀登,无言倚着秋树。禹王治理的江水,几经变迁,过去的高山如今已变成深谷,哪里还能看得到当年的大禹?免不了有幽云出谷,怪雨淋天,梅梁身沾萍藻还湿漉漉得滴水,那是因为深夜飞去与凶龙激战。仰望雁阵在茫茫青天中飞旋,它们涂写成一行行的文字,好像夏禹当年藏的宝贵书篇。

一片岑寂,我们面对西窗久坐,老友重逢,别后难得的意外会面,共剪灯花,叙谈多年的苦辣酸甜。谈禹庙的窆石上面积满苔藓,讲禹庙里破土而出的残损圭片,应当尽全力把这人间灰尘扫干净。霜染的红叶终归要停止舞动,唯有那苍茫的山峦万古长青,朝雾闭锁傍晚云烟迷漫。待明春一排排画船锁在岸边,彩旗飘鼓声喧迎接美好春天。

注释

①冯深居:即冯去非,作者的友人。《绝妙好词笺》:"冯去非,号深居。"《宋史·冯去非传》:"冯去非……淳祐元年进士,尝干办淮东转运司。"②禹陵:夏禹之陵,在浙江省绍兴县东南会稽山。《越绝书》:"禹始也,……及其王也,巡狩大越,……因病亡死,葬会稽,苇椁桐棺,穿圹七尺。"③三千年事:夏禹之世约当纪元前2205年至2197年。从夏禹之世至梦窗在世之年已三千三四百年。④翠萍句:写绍兴禹庙。嘉庆戊辰重镌采陶轩陆游序本南宋嘉泰《会稽志·卷六·禹庙》:"禹庙去县东南一十二里。……梁时修庙,惟欠一梁,俄风雨大至,湖中得一木,取以为梁,即梅梁也。夜或大雷雨,梁辄失去,比复归,水草被其上,人以为神,縻以大铁绳,然犹时一失之。""水草被其上",即"翠萍湿空梁"之意。萍,即飞入镜湖之梁所沾带之萍藻。⑤旧藏处:即大禹藏书之石匮山。会稽之宛委石匮山,传为禹藏书之处。《大明一统志·绍兴府志》:"石匮山,在府城东南二十五里,山形如匮,相传禹治水毕,藏书于此。"⑥寂寥西窗三句:用李商隐《夜雨寄北》诗意,"何当共剪西窗烛,却话巴山夜雨时"。⑦积藓残碑:残碑,即禹陵之窆石。《大明一统志·绍兴府志》:"窆石,在禹陵。旧经

云：禹葬会稽山，取此石为窆，上有古隶，不可读，今以亭覆之。"薛：苔藓，指窆石为苔藓所覆盖。⑧零圭断璧：《大明一统志》载："宋绍兴间，庙前一夕，忽光焰闪烁，即其处劂之，得古珪璧佩环藏于庙。然今所存，非其真矣。"圭，即"珪"古字，古代侯王朝会祭祀之所用。零、断：形容其零落断裂。⑨春船、画旗、赛鼓：指春季奉祭夏禹的活动。《绍兴府志·祠祀志》："乾德四年，诏吴越立禹庙于会稽，置守陵五户，长吏春秋奉祀。"

赏析

这首《齐天乐》是一篇登临怀古之作，与其《八声甘州》比较，内容有所不同，但借古鉴今的思想倾向都是一致的。《八声甘州》是就灵岩山的古迹抒写作者吊古伤今的感情，借以鞭策苟且偷安的南宋王朝，而本篇所歌颂的则是我国古代先贤中著名的神伟英雄夏禹。

夏禹"忧民救水"，是给人民创造幸福的古代帝王，是后世人们倍加推崇与效法的榜样。但这样的伟大英雄人物，即使创建了不可磨灭的历史功勋，在他死后，也仍然出现"逝水移川，高陵变谷"的沧海桑田般的巨大变化。假如夏禹再生，也会为这一巨大变化而感到震惊。上片开头五句，写的就是这一复杂的思想感情，梦窗生活的南宋末期的现实，不仅大禹死而有知会极度不满，甚至连禹庙里的梅梁也会在"幽云怪雨"之中，飞入镜湖与凶龙搏斗，以期改变这"幽云怪雨"的现状。"无言倦凭秋树""那识当时神禹？"这里寄托了何等的哀思！因而，在作者心目中，禹庙的梅梁是始终坚持不懈地战斗，甚至千年之后，作者来瞻仰时，梅梁身上沾带的镜湖萍藻还滴水未干。夏禹藏在石匮山的十二卷宝书，后世谁也不曾读到，作者却幻想那宝书也不甘心久埋地下，无所作为，于是，通过雁行，把书中的文字写上青天，让世人瞻仰，以便从中获得治理国家的启示。

下片，换头三句呼应词题，写与冯深居久别重逢的亲切感受。"西窗久作"，"同剪灯语"，形容时间之久，话题之多。其中话登临之所见，重要的是融入三千年历史的沧桑巨变与个人的离合之悲欢。感情的波涛，此起彼伏，难以平静。想那"残碑"、"断壁"，引起了多少家国兴亡之痛！于是，作者是多么想能尽自己微薄之力，"重拂人间尘土"并深信"霜红"会"罢舞"，而"山色青青"却万古不变，不管"朝雾"迷漫,还是"暮烟"紧锁,却永远如此。因此,作者以"岸锁春船,画旗喧赛鼓"这一想象之中有声有色的热闹场面收束全篇。作者生活于战乱流离、忧患重重的现实之中,是多么盼望当今之世能有像夏禹那样拯救人类、消除大患的英雄伟人出现。

本词的艺术特点是丰富的联想,跳跃性的结构,并且二者紧密结合。对此,近人虽有讥评,甚有"大半都是词谜"、"堆砌"之说,但推崇备至者甚众,称其为"运意深远,用笔幽邃,炼字炼句,迥不犹人。貌观之雕缋满眼,而实有灵气存乎其间"(戈载之《宋七家词选》)。

【八声甘州】

陪庾幕①诸公游灵岩②

原文

渺空烟四远③,是何年、青天坠长星④?幻苍崖云树⑤,名娃金屋⑥,残霸宫城⑦。箭泾酸风射眼⑧,腻水染花腥⑨。时靸双鸳响⑩,廊叶秋声⑪。

宫里吴王沉醉,倩五湖倦客⑫,独钓醒醒⑬。问苍天无语,华发奈山青。水涵空⑭、阑干高处,送乱鸦、斜日落渔汀⑮。连呼酒,上琴台去⑯,秋与云平⑰。

译文

　　辽阔天空渺无点烟四望无边,到底是何年何月你把巨大的彗星抛落人间?幻化出苍崖古树直插云端,馆娃宫里藏着美女名媛,吴王称霸一时烟消云散。箭径笔直酸风射人双眼,溪水脂腻粉浓染红盛开的花瓣。当年西施的木屐声响,秋风和着敲打响屧廊的木板。

　　馆娃宫里吴王醉意沉酣,越国却使范蠡荡舟五湖间,独自垂钓清醒自得身名俱全。问老天为啥缄口无言,白发丛生无奈山峦青青。湖水荡漾连接着浩渺的天空,我手扶阑干在高处极目望远,目送着乱飞的乌鸦,在斜晖里落到捕鱼的汀岸。连声呼酒,走上西施的琴台,只见秋光与云天一样高邈。

注释

　　①庚幕:即仓幕。作者当时在浙江西路仓司幕府。夏承焘《唐宋词人年谱·吴文英系年》云:吴文英时"在苏州为仓台幕僚。"②灵

岩：即灵岩山，在苏州市西三十里，天平山之南。词题又作"灵岩陪庾幕诸公游"。③渺：辽阔遥远的样子。④长星：彗星。这里借彗星的出现和陨落，象征吴国的灭亡和越王的兴起。⑤幻：梦幻。此字是词中的领字，领起以下三句，意思是梦幻一般出现的历史兴亡旧事。⑥名娃：美女。此指西施。金屋：华贵的屋宇，此有"金屋藏娇"意。汉武帝幼时对姑母说："若得阿娇，当作金屋贮之也。"⑦残霸：指吴王夫差曾称霸一时，但有始无终。残，残灭无常。⑧箭径：即采香径。《吴郡志·古迹》："采香径，在香山之傍，小溪也。吴王种香于香山，使美人泛舟于溪以采香。今自灵岩山望之，一水直如矢，故俗名箭泾。"酸风：悲风酸鼻。李贺《金铜仙人辞汉歌》："东关酸风射眸子。"⑨腻水：宫女濯妆之脂粉水。杜牧《阿房宫赋》："渭流涨腻，弃脂水也。"又，腻水也指香水溪。《吴郡志·古迹》："香水溪在吴故宫中，俗云西施浴处，人呼为脂粉塘，吴王宫人濯妆于此。溪上源至今馨香。"⑩靸(sǎ)：没有后跟的拖鞋，这里用作动词。双鸳：鸳鸯履，指妇女所穿的鞋。⑪廊：即响屟(xiè)廊。屟，木底鞋。《吴郡志·古迹》："响屟廊在灵岩山寺。相传吴王令西施辈步屟，廊虚而响，故名。"⑫倩：请人代替自己做。五湖倦客：指范蠡(lǐ)。《吴越春秋》：越国大夫范蠡辅佐勾践灭吴之后，"乘扁舟，出入三江五湖，人莫知其所适"。五湖，指太湖。⑬醒醒(xīng)：极为清醒。⑭涵：远水连天。⑮渔汀：水边捕鱼的地方。⑯琴台：在灵岩山上，相传西施弹琴处。⑰秋与云平：秋色充满整个天空。王维《观猎》："回看射雕处，千里暮云平。"

赏析

作者三十岁左右曾在苏州为全台幕僚，居吴地达十年之久。这一时期，他写下许多作品，都不同程度地流露出悲今悼昔的哀思，其中以《八声甘州》的思想性与现实性为最强。

词的开篇两句，描述了灵岩山的环境特点：四周山麓，浩渺空阔，一望无际，灵岩山拔地而起，仿佛是一颗巨大的彗星从天而降。接以"幻"字领起的三句，幻化出一段梦境般的远古历史。说明那"苍崖云树、名娃金屋"，只不过是吴王称霸一时留下的遗迹而已。从"箭径酸风射眼"至上片末尾四句，摹描当年"箭径"、"腻水"等事物，其中又揉进了词人的感受、感慨和丰富的联想。下片换头三句，作者把历史上相对立的两件事物放在一起，对比着加以描写：一是"宫里吴王沉醉"，一是范蠡"独钓醒醒"。前者，迷恋于西施的美貌，沉醉于宴乐歌舞，终于国破家亡；后者，清醒地估计到同越王"可与共患难，不可与同乐"的未来，功成身退，泛舟五湖之上，得以全身。这三句实际是对偏安享乐的南宋小朝廷的尖锐讽刺。"问苍天"两句，指出高山湖岂非旧态，但却人世无常，变化莫测，寄寓了作者无法挽救南宋濒临灭亡的喟叹。"水涵空"到收尾五句，以景结情，融情入景，含蓄蕴藉，余味不尽。

词的突出特点是把现实情景、历史遗迹和个人感慨完美地交织在一起，描绘中虚实俱到，真幻结合，比兴兼陈，在艺术上颇能代表梦窗词的特色。

刘辰翁 ^{（1232—1297），}字会孟，号须溪，吉州庐陵（今
江西吉安）人。理宗景定元年（1260），补太学
生，受知于国子祭酒江万里。景定三年（1262）廷试对策，因忤权
要贾似道，置于丙等。自请为赣州濂溪书院山长，不肯出任史馆
与太学职务。他长期追随爱国相臣江万里，与江过从甚密；反对
权奸，主持正义。宋亡，隐居不仕，是全节始终的爱国志士。他的
文章"卓然秦汉，巨笔凌厉"（王梦应《哭须溪墓》）；他的词"风
格遒上"，"情辞跌宕"（况周颐《惠风词话》）。他还有大量的诗
文评点，在文坛上声望颇高，时称须溪先生。著有《须溪集》百
卷，《须溪词》存词三百五十余首。

【柳梢青】

春 感

原文

铁马蒙毡①，银花洒泪②，春入愁城。笛里番腔③，街
头戏鼓④，不是歌声⑤。

那堪独坐青灯⑥。思故国、高台月明⑦。辇下风光⑧，
山中岁月，海上心情⑨。

译文

　　战马披着蒙地毛毡，花灯稀疏蜡烛垂泪，春入充满愁绪的荒
城。笛子吹奏的是北方的番腔，街头上敲的是咚咚鼙鼓，哪里还
有听惯的歌声！

　　哪受得了面对孤灯独坐，想起当年故国情景，在高台欣赏皎
洁的月光。多么可爱的都城风光，如今在山中闲度岁月，心中却怀
念那些海上英雄。

注释

①铁马：战马，此指元军南侵的骑兵。蒙毡：蒙地的毛毡，给战马披上御寒。②银花：指彩灯。苏味道《正月十五日夜》："火树银花合，星桥铁锁开。"③番腔：北方少数民族吹奏的腔调，此指蒙古族的歌曲。④戏鼓：指蒙族的鼓吹杂戏。⑤不是歌声：不成腔调。以上几句是含有鄙夷少数民族音乐戏曲的狭隘念旧的思想。⑥青灯：灯光青荧。⑦高台：赏月台。故国、月明：李煜《虞美人》："故国不堪回首月明中。"此用其意。⑧辇下：即辇毂（gǔ）之下，指京城。⑨海上：指临安失陷后，陆秀夫、张世杰、文天祥等在福建、广东沿海先在福州拥立端宗赵昰为帝；逃往南海后又拥立赵昺为帝，继续抗元。这里，作者是表示怀念和支持他们。

赏析

这首《柳梢青》当作于宋端宗景炎二年(1277)，写的是元军攻占临安以后的第一个元宵节。词的上片渲染蒙元统治下的临安的恐怖气氛。"铁马蒙毡，银花洒泪，春入愁城"三句，写临安是在元军军事统治之下，铁骑横街，戒备森严，城内市民充满愁苦之情。"笛里番腔"三句，写街头戏曲音乐的变化，寄托故国之思。作者早在《宝鼎现》中写当年元宵节的盛况，刻画得极为细腻："还转盼沙河多丽，滉漾明光连邸第，帘影冻，散红光成绮。月浸葡萄十里。看往来神仙才子，肯把菱花扑碎?"可见那时是何等的繁华欢乐！而今，看到的只是"铁马"、"洒泪"，听到的是"番腔"、"戏鼓"。当年南方的民族欢乐、民族歌声已被"番腔"取代，故说"不是歌声!"词的下片写故国之思与抗元志士的向往。换头三句写孤灯独坐，萦想临安陷落后难以忍受的痛苦，并化用李煜《虞美人》"故国不堪回首月明中"之词意。由于深情回忆，便更加怀念在南海坚持继续抗元的爱国志士英雄。

周密 (1232—1298)，字公谨，号草窗，又号萧斋、弁阳啸翁、四水潜夫等，祖籍济南，流寓吴兴(今浙江湖州)。宋恭帝德祐年间曾为婺州义乌(今属浙江)县令。宋亡不仕。他怀遗民之恨以整理故国文献自任，著有《齐东野语》、《武林旧事》、《癸辛杂识》、《志雅堂杂钞》等数十种。他善书画音律，曾与寄闲老人张枢(张炎之父)等结为词社。早期词作，格律严谨，字句精美；晚年身逢国难，多抒发思国怀乡之情，风格亦转向忧伤凄楚，真挚感人。与吴文英并称"二窗"。词集《草窗词》，又名《蘋州渔笛谱》，存词一百五十余首，并编有《绝妙好词》传世。

【一萼红】

登蓬莱阁有感①

原文

步深幽，正云黄天淡，雪意未全休。鉴曲寒沙②，茂林烟草③，俯仰千古悠悠④。岁华晚、漂零渐远，谁念我、同载五湖舟⑤。磴古松斜⑥，崖阴苔老一片清愁⑦。

回首天涯归梦，几魂飞西浦，泪洒东州⑧。故国山川，故园心眼，还似王粲登楼⑨。最怜他、秦鬟妆镜⑩，好江山、何事此时游！为唤狂吟老监⑪，共赋消忧。

译文

　　登上深幽的阁楼，正值黄云蔽日，天色暗淡，下雪的迹象未全罢休。鉴湖一曲，水拍寒冷沙洲，还有茂密森林，轻烟笼着衰草，俯仰之间，千古岁月瞬息悠悠。一年又快到了它的尽头，漂流他乡，愈走愈远，谁能够怜爱我，携手同舟在五湖上漫游。看那陈旧的石阶，倾斜的松树，山崖阴湿，苔藓苍青老朽，一片淡淡哀愁。

回首瞭望天涯，做梦都想往家走，有多少次梦魂飞到了西浦？把满腔的热泪洒入了东州。瞭望祖国的山河，美好的家乡记心头，却仿佛王粲登楼多少悲凉感受。最使人感叹的是——秦山依旧形似发鬓鉴湖如妆镜，大好江山，为啥在满怀忧愁时来此游！我要把狂吟的诗人贺知章唤醒，共同吟诗作赋消除无尽的烦忧。

注释

①蓬莱阁：旧址在今浙江省卧龙山下。唐元稹任浙东观察使时，有《以州宅夸于乐天》诗："我是玉皇香案使，谪居犹得近蓬莱。"阁因以得名。②鉴曲：鉴湖之一曲，即鉴湖边。《新唐书·贺知章传》："有诏赐镜湖之一曲。"鉴湖，即镜湖，在今浙江绍兴市南。③茂林：茂密的树林。这里指兰亭。东晋王羲之《兰亭集序》："此地有崇山峻岭，茂林修竹。"④俯仰：向上下四方观察。《易经·系辞上》："仰以观天文，俯以察地理。"此处是极言时间之短暂，用《兰亭集序》"俯仰之间已为陈迹"意。⑤念我：即怜我，爱我。五湖舟：五湖，即太湖。此句用范蠡故事，详见本书吴文英《八声甘州》注⑫。⑥磴（dèng）：石阶。⑦崖：山崖。苔：青苔。⑧西浦、东州：作者自注云："阁在绍兴，西浦、东州皆其地。"⑨王粲登楼：指王粲的《登楼赋》。汉末建安著名诗人王粲避乱荆州时写过一篇《登楼赋》，抒发对家乡故园的愁思。⑩秦鬓：指绍兴东南的秦望山，如美丽女人的鬓髻。《史记·秦始皇本纪》载，秦始皇曾登会稽山，以望南海，而立石刻，颂秦德，因此会稽山又名秦望山。妆镜：指镜湖。⑪为：抑还，还是。狂吟老监：指唐代诗人贺知章，自号"四明狂客"，又曾任秘书监，故称。

赏析

此词作于宋恭宗德祐二年(1276)元军攻破南宋都城临安之后。当时，周密悲愤地离开义乌流亡，路经会稽，在一个寒意料峭的日子里，登上当地名胜蓬莱阁，吊古伤今，泫然流涕，吟成了这首著名的亡国词篇。

　　上片，从登阁起笔，"步深幽"的"步"，不是闲庭信步，而是以沉重、迟滞、犹豫不前的脚步，向那山环树拥的幽邃高阁走去。登临时所见"云黄天淡，雪意未全休"的气候，暗示着作者的心情也和天气一样阴惨沉重。"鉴曲"三句，是写登上蓬莱阁后之所见所感。作者俯视四野，只见鉴湖水拍打着寒冷的沙岸，山间的烟霭笼罩着茂林与枯草，是幅阴惨肃杀的寒林图。"俯仰千古悠悠"，由写景转而抒情。作者观景联想到古代名人的有关事迹，不觉感慨万千，不能自已。"岁华晚"四句，先从正面描写个人的身世之感：一是一年岁月到头之叹，二是飘零他乡、愈走愈远之悲，三是家国沦亡，想效法范蠡泛游五湖还无知音相伴之痛。此三者皆因触目所见之物和内心的感受，无一不呈现着使人伤情的意态：石阶是陈旧的，枯树是倾斜的，山崖是阴湿的，苔藓是苍老的。实写这些所见景物，都染上了作者主观感受色彩，物我交感的结果，便酿就了"一片清愁"。

　　下片，由个人身世之感进而抒发家国之痛。换头三句由上片"飘零渐远"生发开去。词人回想过去在外飘零，曾多次怀念绍兴。魂牵梦萦，涕泪涟涟。而今自己真的来到了绍兴，并且登上了蓬莱阁，应该说宿愿已偿，心情也应是愉快的。可是词人至此，却发出了"故国山川，故园心眼，还似王粲登楼"的浩叹！诗人王粲避乱荆州时写下著名的《登楼赋》，赋中曾说：江山虽美，非我所有，不值得留恋。词人在这里自况王粲登楼，则进一层地说：我从前一直是把绍兴当做我的家乡一样朝思暮想，今天回到绍兴，由于江山易主，因而产生了一种身处他乡的孤独、悲凉之感，但这里的江山仍然美好，秦望山依旧形似发髻，鉴湖还像一面梳妆的镜子，可是为什么我要在这国破家亡的时刻来游此胜景呢？全词到此，可谓至悲痛极，然而，词人在这里却推开一层，强自解脱："为唤狂吟老监，共赋消忧。"幻想能把唐代大诗人贺知章从地下唤来，共同举杯痛饮，浇尽胸中郁结的悲愤；吟诗作赋，吐尽满腔的忧愁。这是词人在无可奈何之时也只能以此自诳自慰而已。

　　此词凄凉掩抑、沉郁悲壮，是周密的压卷之作。前人评价很高，陈廷焯评说："苍茫感慨，情见乎词，当为草窗集中压卷，虽是美成、白石为之，亦无以过。"（《白雨斋词话》）

文天祥(1236—1283)，字宋端，一字覆善，号文山，庐陵(今江西吉安)人。理宗宝祐四年(1256)进士第一。出知瑞州等地，又任湖南提刑。德祐元年 (1276)元兵攻临安，以家产充军资，起兵抗元，进京入卫，为右丞相兼枢密使。次年，奉朝命出使元军被拘，后脱险逃出，到福建聚兵继续抗元，转战于浙江、江西、福建等地。祥兴元年(1278)在广东兵败被俘，解送大都(今北京)。被囚四年间，元统治者百般威逼利诱，均遭严拒。他始终坚贞不屈，最后就义于大都。他是中国历史上著名的民族英雄、诗人和词人，存词很少，又多在战斗和被囚中写成。其诗词多表现苦斗不屈的生涯和生死不渝的民族气节，感人至深。有《文山先生全集》。

【酹江月】

和友《驿中言别》①

原文

　　乾坤能大②，算蛟龙、元不是池中物③。风雨牢愁无著处④，那更寒蛩四壁⑤。横槊题诗⑥，登楼作赋⑦，万事空中雪。江流如此，方来还有英杰⑧。

　　堪笑一叶漂零，重来淮水，正凉风新发。镜里朱颜都变尽，只有丹心难灭⑨。去去龙沙⑩，江山回首，一线青如发⑪。故人应念，杜鹃枝上残月⑫。

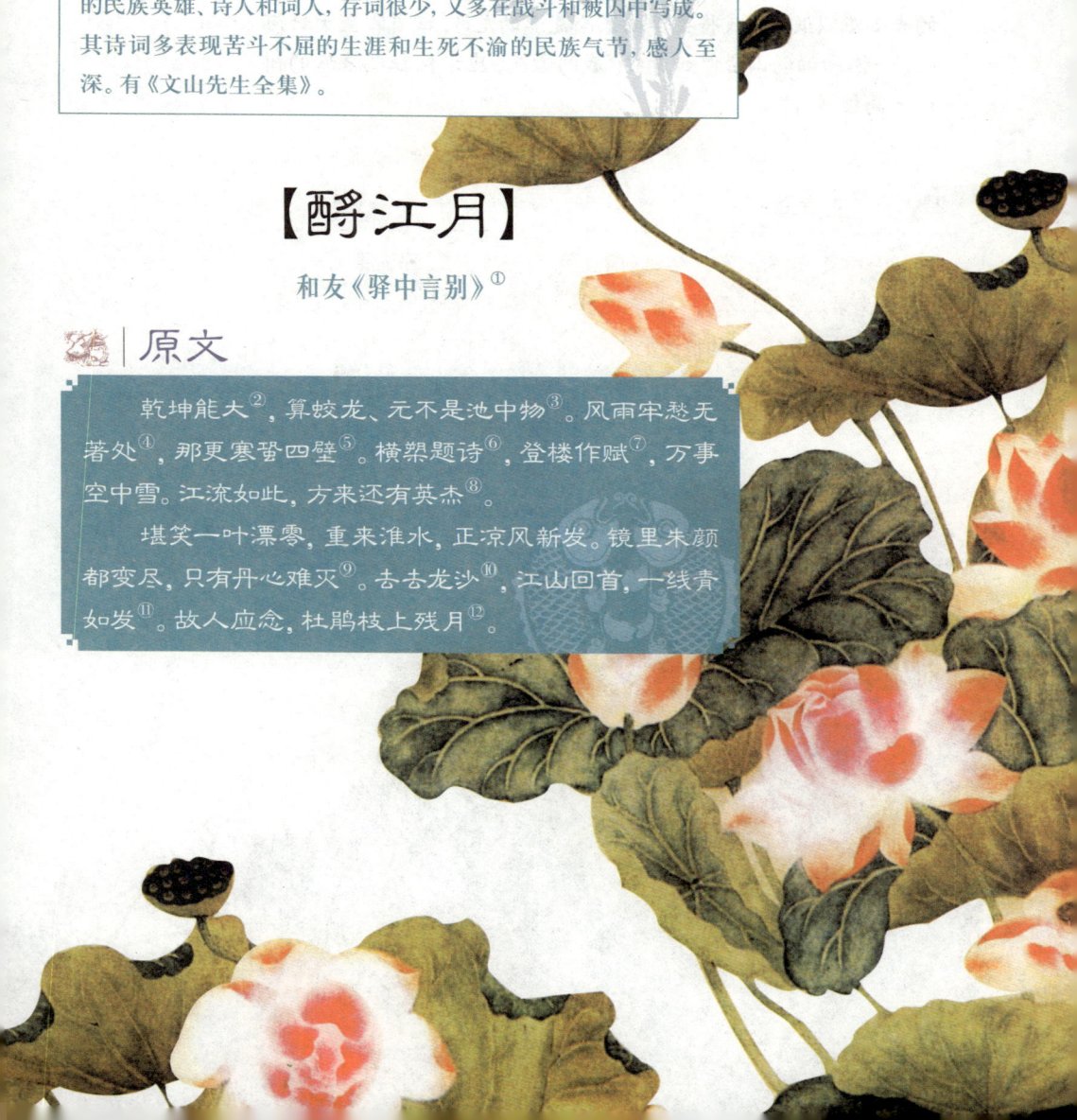

译文

　　天地是这般的寥廓广大，是蛟龙就应该腾空，它本来不是池中受屈之物。秋风苦雨，频添忧愁，这忧愁四方飘荡无有着落处，更加上那寒虫鸣于四壁。想到曹操横槊题诗，忆起王粲登楼作赋，这一切都变成了空中飞雪。长江后浪推前浪，自古如此，未来会有更多英雄豪杰。

　　可笑我像一片漂零的落叶，今天重来秦淮河，正赶上这新凉时节，秋风飒飒。镜里年少红润的面目，如今都已改尽，只有报国的赤心难以泯灭。我将要奔向寒冷荒漠的龙沙，回首瞭望大好河山，一脉细细的山峦俨如青丝。我的老友，应记住杜鹃哀啼的树枝上高挂残月。

注释

　　①和友：指答和友人邓剡《酹江月·驿中言别》。邓词原见于文天祥《指南录》，题曰"驿中言别友人作"，后来长期被误认为是文天祥的作品。现经考订，认为该词是作者友人邓剡的作品。和，是用原韵答和的意思。②能大：如许之大。③蛟龙：指爱国的豪杰之士（包括作者自己在内）。《三国志·吴书·周瑜传》："刘备以枭雄之姿，而有关羽、张飞熊虎之将……恐蛟龙得云雨，终非池

中物也。"元:同原。不是池中物:指英雄豪杰不能长久受屈服。④牢愁:忧愁。⑤蛩 (qióng):蟋蟀。又作"虫"。⑥横槊 (shuò) 题诗:曹操在伐吴时,曾在长江上横槊赋诗,这里用以比喻英雄气概。苏轼《前赤壁赋》:"(操)下江陵,顺流而东也,舳舻千里,旌旗蔽空,酾酒临江,横槊赋诗。"槊,兵器,即长矛。⑦登楼作赋:用王粲故事。详见本书周密《一萼红》注⑨。⑧方来:将来,未来。⑨丹心:报国的赤心。作者《过零丁洋》诗:"人生自古谁无死,留取丹心照汗青。"⑩去去:去而又去,一程又一程地远去。龙沙:指塞外沙漠之地。⑪一线青如发:苏轼《澄迈驿通潮阁》诗:"杳杳天低鹘没处,青山一发是中原。"此二句又作"向江山回首,青山如发"。⑫杜鹃句:唐崔涂《春夕》:"蝴蝶梦中家万里,杜鹃枝上月三更。"这里表示作者对故国的忠诚,即使到燕京以身殉国,他的魂魄也会变成杜鹃飞回南方,为南宋的灭亡作啼血的哀泣。作者同时期写的《金陵驿》诗:"从今却别江南路,化作杜鹃带血归。"此词与此诗的结尾,意境大体相同。

赏析

　　南宋帝昺祥兴元年 (1278)十二月,文天祥率兵继续与元军作战,后兵败被俘。在押送大都(今北京)途经金陵时作者在驿中写此词酬答邓剡。词中描写了作者的囚徒生活以及由此而产生的感慨。他不但抒写自己宁死不屈,而且深信未来将将有更多的豪杰之士起来继续进行斗争。词中充分表现了作者对南宋王朝的耿耿忠心和高尚的民族气节。

　　开头四句写囚徒生活。"算蛟龙、元不是池中物",幻想有朝一日仍能腾空,乘云布雨。"风雨"、"寒蛩"进一步烘托出囚徒生活的凄苦。"横槊赋诗"三句,从文治武功方面抒写自己的抱负不凡,要把重整乾坤,定乱扶危,恢复宋室的重担担在身上。然而,如今被俘,崇高的理想竟变成"空中"飞雪。歇拍二句,把希望寄托于未来,坚信爱国事业后继有人。换头承上,作者意识到自己的前途已是深秋的一片落叶,济世扶国已经无能为力,"重来淮水",又怎能不感慨万端?所以"镜里"二句说,尽管自己在囚徒生活中使"朱颜""变尽",但报国的赤诚之心,是永远不会被埋没的。"去去龙沙"三句,不仅表示对故国的怀恋,而且还向友人表示,当你再度听到杜鹃带血的啼声之时，那就是作者的魂魄变成了杜鹃飞回南方。

此词是在生与死的矛盾冲突中，逐次深入地展示出一个爱国者的崇高心灵，使千百年后的人们都能从词中获得思想上的教益和精神上的陶冶。

【沁园春】

题睢阳庙①

原文

为子死孝，为臣死忠②，死又何妨？自光岳气分，士无全节③；君臣义缺，谁负刚肠④？骂贼张巡，同心许远⑤，留得声名万古香。后来者，无二公之节⑥，百炼之刚。

人生翕欻云亡"⑦，好烈烈轰轰做一场⑧。使当时卖国，甘心降虏，受人唾骂，安得流芳？古庙幽沉⑨，仪容俨雅⑩，枯木寒鸦几夕阳！邮亭下⑪，有奸雄过此⑫，仔细思量。

译文

做子孙的以死尽孝，为人臣者以死尽忠，视死如归又有何妨？自己光岳特定环境气氛，忠义之士不会都能全节；国君对臣子违背了义，是谁辜负了刚直心肠？痛骂叛贼的唐将张巡，同心殉国的太守许远，他们的忠义行为，留得英名千秋万古流芳。可惜有些后来人，无有张、许二公的节操，缺少他们百炼之刚肠。

人生时间短促瞬息即亡，为国家应当是轰轰烈烈不同凡响地奋斗一场。假使当时张、许贪生卖国，甘心投降叛军——胡虏，必然受到后人的唾骂，怎能会得到万古流芳？双忠古庙，幽静深沉，外貌端正庄严令人敬仰，这庙外的枯树寒鸦，几经沧桑度过夕阳！在那邮亭客舍下，如有欺世的奸雄过此，应当面对双忠仔细思量。

![花卉图]

注释

①题睢阳庙：一作"题张许双庙"。张，张巡，许，许远。双庙，双忠庙。张、许二人均唐代名将，扼守睢阳城，先后以身殉国，旧时被称为双忠。②为子死孝，为臣死忠：这一封建道德观点，在文天祥看来，是与爱国爱民族的精神联系在一起的。降敌偷生，贻羞祖宗，是不孝；死忠不是单纯为了皇帝，恭帝贪生投降，文天祥仍然坚持抗元。③士无全节：忠义之士无有全节。④刚肠：刚直的心肠。嵇康《与山巨原绝交书》："刚肠嫉恶，轻肆直言。"白居易《哭孔戡》："平生刚肠内，直气归其间。"⑤骂贼张巡两句：张巡（709—757），唐名将。安史之乱时，以真源令起兵守雍丘（今河南杞县），起兵讨安禄山叛军，每战必胜。至德二年（757），移守睢阳（今河南商丘），被十万叛军包围，他与太守许远（709—757）共战叛军，屡获胜利。时粮尽援绝，仍坚守数月。睢阳失守被执，张巡大骂叛军，与部将同遭杀害。许远执送洛阳后被安庆绪杀害。⑥二公：指张巡、许远。⑦歆歙（xī xū）：突然收

缩,这里是形容时间短促。⑧烈烈轰轰:形容声势浩大,气魄雄伟,不同凡响。⑨幽沉:即幽深,形容古庙的幽静而深沉。⑩仪容:仪表,指使人敬畏而庄严的外貌。俨雅:端正,庄重。《文选·王延寿〈鲁灵光殿赋〉》:"胡人遥集于上楹,俨雅跽而相对。"张载注:"俨雅而相对。言恭敬也。"⑪邮亭:古时设在沿途、供送文书的人和旅客歇宿的馆舍。《汉书·黄霸传》:"使邮亭、乡官皆畜鸡豚。"⑫奸雄:奸人的魁首;权谋欺世的野心家。《潜夫论·交际》:"此洁土所以独隐翳,而奸雄所以党(常)飞扬也。"

赏析

　　这是一首吊古之作。唐代张巡、许远,旧时被誉为"双忠"。江淮以南地区,都建有双忠庙。他们在安史之乱中,孤军扼守睢阳城,坚持数月之久,最后粮尽援绝,城陷被执,先后以身殉国。他们的英雄行为,已成为后世爱国者学习的榜样。文天祥过双忠庙作此词凭吊、歌颂双忠,并借以激励后人。

　　词的开头阐明,为子孙的死孝,为臣子的死忠,应是与爱国家爱民族的精神联系在一起。降敌偷生,贻羞列祖列宗,即为不孝;死忠也不是单纯为了皇帝,当时宋恭帝贪生而投降,文天祥仍然坚持抗元。因而说"君臣义缺,谁负刚肠?"接着词人指明"流芳"、"遗臭"两条道路:一是"留得声名万古香",鼓舞着后人"好烈烈轰轰做一场";另是"无二公之节","甘心降虏,受人唾骂"的卖国贼,作者要他们对着双忠,"仔细思量"。爱憎极为分明,作者所选择的即是前者爱国英雄的道路。

　　词的上片正面写双忠,引起下片对奸雄的口诛笔伐;下片痛斥奸雄,仍从双忠过渡,并扣紧词题睢阳庙。"古庙幽沉"三句,使读者进入深幽古异的词境,并引出"邮亭下,有奸雄过此,仔细思量"的当头棒喝!词的声情激越,极富感染力。

邓剡(1232—1303)，字光荐，号中斋。一说，名光荐，字中甫，庐陵人。理宗景定三年(1262)进士，临安失陷后，流亡入闽，坚持抗元。祥兴时(1278)任厓山行朝礼部侍郎。1279年厓山兵败，投海殉国，为元军救起俘获，与文天祥一同北遣，至金陵(今南京)因病放还，终不屈节。工诗词，其词多抒发国破家亡之凄苦。有《中斋词》。

【酹江月】

驿中言别①

原文

水天空阔，恨东风、不惜世间英物②。蜀鸟吴花残照里，忍见荒城颓壁③。铜雀春情，金人秋泪④，此恨凭谁雪？堂堂剑气，斗牛空认奇杰⑤。

那信江海余生，南行万里，属偏舟齐发⑥。正为鸥盟留醉眼，细看涛生云灭⑦。睨柱吞嬴，回旗走懿，千古冲冠发⑧。伴人无寐，秦淮应是孤月⑨。

译文

面对着水天空阔的滚滚长江，可恨那东风，不爱惜世间的英雄人物。子规鸣声凄厉，吴宫花草沉埋，笼罩在一片落日的余晖里，怎忍心看这断垣残壁。铜雀台上尽锁宋宫妃嫔，捧露的铜仙人临风垂泪，这种深仇大恨凭谁去昭雪？虽有堂堂剑气直冲斗牛，奇杰的英雄也空自识得。

哪里想到，我投海未死，在南方漂流万里之后，又和你同舟向北齐发。而今别后将要与沙鸥为友，留下我这半醉的老眼，观看浪涛生起和阴云泯灭。蔺相如持璧睨柱威震秦王嬴政，三国时，死诸葛吓跑了司马懿，千古英雄豪杰，怒发冲冠。分别后，再无人相伴不眠之夜，陪伴我的只有秦淮上空的孤月。

🦅 注释

①驿中言别：此词是在驿中送别文天祥时所写。邓剡与文天祥同里，早年相识，共同坚持抗元斗争，兵败先后被俘，共同被解送大都。至金陵，文天祥囚禁在驿中，邓剡因病放还就医。后文天祥继续北行，在诀别时，邓剡作此词送行。②英物：杰出的英雄人物。③蜀鸟吴花两句：写金陵的残破景象。蜀鸟，指鸣声凄怨的子规。吴，指金陵，三国时为吴都。李白《登金陵凤凰台》："吴宫花草埋幽径。"④铜雀春情两句：写亡国的悲痛。杜牧《赤壁》诗："东风不与周郎便，铜雀春深锁二乔。"这里借用此典暗指宋投降后妃嫔都归于元宫事。金人，汉武帝时铸造的承露盘的铜仙人。这里借指南宋的文物宝器都被敌人洗劫一空。春情、秋泪，都是伤时怀国之感。⑤堂堂剑气两句：宝剑的光芒上冲云霄，辜负了宝剑对英雄的期望。意谓未能实现报国的壮志。斗牛，指北斗、牵牛二星。⑥那信江海余生三句：哪里会料到，我投海未死，万里飘流之后，恰又和你同舟北行。那信，想不到。⑦正为鸥盟两句：剖明自己的心迹，表示别后要隐遁起来与白鸥为友，留下醉眼来看时局的变化和敌人的下场。⑧睨柱吞嬴三句：用蔺相如持璧睨柱威胁秦王嬴政终于完璧归赵和"死诸葛走生仲达"（司马懿字仲达）之典故，激励战友，此去北廷，尽管在危亡之际，也能以正气压倒强敌。⑨伴人无寐二句：预想和战友分手之后，独留金陵将不胜怀念和无限孤寂的情景。

🐦 赏析

这是一首送别词，邓剡与文天祥在厓山兵败先后被元军俘获，同被解送大都，他们中途经过金陵停留期间，文天祥囚禁在驿中，邓剡因病迁寓天庆观就医。后文天祥继续北行，邓剡获准留下。在金陵诀别时，邓剡写此词送别。词的上片抒恨。开头"水天"二句由眼前长江联想到三国周瑜得东风之助大破曹兵的故事，而痛惜老天不助文天祥，言外之意是赞颂文天祥已经尽了人事。"蜀鸟"二句，实写南宋亡后金陵的残破景象。"铜雀"二句用杜牧《赤壁》诗意借喻亡国的悲痛，暗指宋宫妃嫔被掳至元宫。面对这些惨景，作者发出"此恨凭谁雪?"的感叹和恨怨。唯一能担当救国大任的文天祥又失败被俘。奇杰之士虽然识得上冲斗牛间的剑气,也只好听其沉埋地下,而不能发掘出来,用以实现报国的壮志。

下片言别。"那信"三句用不胜惜恋的口气追叙二人患难与共之情:哪里会想到,我在投海未死、万里漂流之后,恰好能和你同舟此行!"正为"二句表示别后将要隐遁起来,以鸥为友,留下老眼来看时局的变化和敌人的下场。"睨柱"三句用蔺相如完璧归赵和"死诸葛走生仲达"的典故,激励战友北去能以正气压倒强敌。结尾两句抒写分手后自己独留金陵将不胜怀念和无限孤寂的情景。

全词情思奔驰,意象鲜明,痛惜、悲壮,充满着真纯的友谊,炽热的爱国之情,感人至深。

【唐多令①】

原文

雨过水明霞,潮回岸带沙。叶声寒,飞透窗纱。堪恨西风吹世换②,更吹我,落天涯③。

寂寞古豪华④,乌衣日又斜。说兴亡,燕入谁家⑤?惟有南来无数雁,和明月,宿芦花。

译文

大雨过后水面晶莹映出虹霞，江潮退回岸边还留存着泥沙。凄寒的落叶声，飞来透过了窗纱。可恨的西风，吹得世事变化，朝代改换；更吹得我，漂泊沦落在海角天涯。

多少古代豪华都归于寂寞，六朝古都的乌衣巷太阳又西斜。喜好诉说兴亡的双燕，如今又将飞入谁家？唯有那年年向南归来的无数的大雁，和着明月，露宿在芦花。

注释

①此词有题作"南楼令"的，是同调的异名。②西风催世换：以季节的变换暗示改朝换代。③落：流落。④寂寞古豪华：金陵是六朝的京城，历来以繁华著名。此时，南宋灭亡，作者在金陵怀古，格外感觉故都的寂寞。此处的寂寞有衰歇之意。⑤乌衣日又斜两句：乌衣巷是金陵著名的街坊。晋时王、谢两家大族住在这里。刘禹锡《乌衣巷》诗："朱雀桥边野草花，乌衣巷口夕阳斜。旧时王谢堂前燕，飞入寻常百姓家。"辛弃疾《酒泉子》："春声何处说兴亡，燕双双。"

赏析

此词作于1279年秋季与文天祥诀别的前后。作者坚持抗元救国，兵败投海未死，劫后余生，只身流落金陵。在清秋季节，置身在这座历经无数兴衰、荣辱的古城，不禁触景伤情，吊古伤今，抒发流亡之苦和亡国之痛。上片寓情于景。开头四句极写秋景的凄清萧瑟。首二句暗用刘禹锡《石头城》"潮打空城寂寞回"的句意，暗寓孤寂怅惘的情怀。"叶声"句由远而近，细写秋风吹叶坠地有声，分外寂寞凄寒。接着作者由西风换季而兴起改朝换代的悲哀，由落叶随风而感伤亡国飘泊之痛。由"西风"化出的词境，不仅吹落叶，而且吹"世换"，更吹得人流落天涯。凄清加哀景，个人生死加民族危亡，飘泊感受加亡国深悲，平涌同汇于胸中，哀痛之切，悲恨之深，莫过于此。下片续写亡国之痛。起四句化用刘禹锡《乌衣巷》诗意，抒写历史的长河是不断把兴亡相继、山河易主的筹码无情地压在一代又一代亡国者的心头。豪华终归寂寞，衣冠难免凋敝，眼前这破败的家国已不堪忍睹。由此联想起爱"说兴亡"的燕子，今后又入谁家？进而深化词意，加重了悲凉情调。尾三句以群雁南归的景象作结。言外之意，是说燕子尚知"说兴亡"，而南归的大雁，年年目睹山河变色，怎么却无动于衷呢？勾勒出落雁、明月、芦花交辉的色彩暗淡图画，给人以异常凄清之感，和作者的深哀相交融。

全词意境凄清悲凉，景语情语交用，感情深挚，语言质朴，感人肺腑。

汪元量（生卒年不详），字大有，号水云，钱塘（今浙江杭州）人。他是南宋末期的宫廷琴师，德祐二年（1276）元军攻陷临安掳恭帝及太后三千人北去，他也随三宫被俘北上，后求为道士南归，漫游各地，不知所终。汪元量目睹了南宋亡国惨状，以亲身经历，写下很多纪实诗词，被誉为宋亡的"诗史"，情辞悲愤凄绝，陈述周详生动。著有《水云集》、《湖山类稿》，词集《水云词》。

【水龙吟】

淮河舟中夜闻宫人琴声①

原文

鼓鼙惊破霓裳②，海棠亭北③多风雨。歌阑酒罢，玉啼金泣④，此行良苦。驼背模糊，马头匼匝⑤，朝朝暮暮。自都门宴别，龙艘锦缆，空载得、春归去⑥。

目断东南半壁⑦，怅长淮、已非吾土⑧。受降城下⑨，草如霜白，凄凉酸楚。粉阵红围，夜深人静，谁宾谁主？对渔灯一点，羁愁一搦⑩，谱琴中语。

译文

战争鼙鼓惊破了羽衣霓裳，海棠亭北面风多雨狂。歌舞停，酒筵罢，妃嫔、王孙痛哭流涕一片惊慌，被掳北行，一路何等凄苦。监送的元军驼背上铺锦缎，马头上绕金环，一派神气。从早到晚，日日夜夜。自从宴别了都门，乘着豪华的龙船，白白地装载着春天归去。

遥望祖国东南半壁——我的故乡，可叹淮河两岸，已不属于我们。受降城下，枯草像霜一样白，使人痛感酸楚凄凉。满船的宫女朝臣，夜深人静，哪里分得清谁是侍女仆从，谁是主子？面对渔灯的微弱光点，羁旅愁思折磨成纤腰一把的宫女，轻拨琴弦把这一切低声地弹唱。

注释

①淮河舟中：宋恭帝德祐二年(1276)二月，元军攻陷宋都临安(今浙江杭州)，以太皇太后谢氏为首的南宋君臣降元。闰三月，除太皇太后谢氏因病暂留临安，皇太后全氏及幼帝、宫女、侍臣、乐官等三千余人被掳北去。汪元量随行。此词作于北行途中。②鼙鼓(pí)：军乐，此处代指战争。白居易《长恨歌》：“渔阳鼙鼓动地来，惊破霓裳羽衣曲。”③海棠亭：指唐代宫内沉香亭。惠洪《冷斋夜话》引《太真外传》：“上皇登沉香亭诏太真妃子……妃子醉颜残妆，鬓乱钗横，不能再拜。上皇笑曰：‘岂是妃子醉，真海棠睡未足耳。’”李白《清平调》：“沉香亭北倚栏干。”④玉啼金泣：形容南宋

被俘君臣的痛苦。李白《代赠远》:"啼流玉筋尽,坐恨金闺切。"⑤匼匝(kē zá):周旋,环绕。杜甫《送蔡希鲁还陇右》:"马头金匼匝,驼背锦模糊。"⑥自都门三句:写宋君臣被掳北去,行经水路,时值暮春。⑦东南半壁:此指代表南宋半壁江山的都城临安。⑧长淮:指淮河两岸,船行所经之地,与词题"淮河舟中"照应,并暗示夏贵等于是年二月以淮西降元事。非吾土:用王粲《登楼赋》:"虽信美而非吾土兮。"⑨受降城:指边地。李益《夜上受降城闻笛》:"受降城外月如霜。"⑩一搦(nuò):一把。唐李百药《少年行》:"一搦掌中腰。"此处是指宫女而言。

赏析

　　汪元量是南宋末期的宫廷乐师,亲自经历了南宋灭亡的全过程,并伴随着被俘的南宋君臣北上。这首《水龙吟》即是以切身的感受描绘了南宋灭亡的惨痛情景,抒发了作者对故国的眷恋之情。

　　上片,写南宋灭亡和君臣被掳。开头五句用白居易《长恨歌》中"渔阳鼙鼓动地来,惊破霓裳羽衣曲"诗句,对沉溺于醉生梦死生活之中,导致国破家亡的南宋朝廷进行谴责,"破霓裳"、"多风雨"、"歌阑酒罢,玉啼金泣",都是反映惊心动魄的时代巨变。"驼背模糊"三句写沿岸监送的元军声势;"自都门"以下则写北去水程之苦。上片以"春归去"收束,含蓄而有深意。"春"既是北上出发时的季节;春去,又象征南宋的灭亡。

　　下片,写北行途中的感受。"目断"二句,言东南半壁河山尽丧,淮河两岸是早"已非吾土"地,怎能不哀伤痛惜?国家既亡,被掳北上,未来的命运自然是囚徒生活。所以接写道:"受降城下,草如霜白,凄凉酸楚。""粉阵红围"三句,又把"凄凉酸楚"的悲痛落到北行舟中:太后、宫女、皇帝、侍臣,拥挤在狭窄的"龙艘锦缆"之中,同样的俘虏生活,"谁宾谁主"难分,揭示出时代的遽变与等级的颠倒。结尾三句写宫女通过琴声谱写出一曲极其沉痛的挽歌。直应词题:"夜闻宫人琴声。"

　　词以舟行途中的生活为重点,同时把舟行以前的惊悸和舟行结束后的痛苦生活结合起来穿插着进行描写,把江山改色、陵庙"草霜"、俱成臣虏这三桩恨事,用一个"苦"字贯穿起来,从不同的侧

面烘托亡国之痛。这些正是"春归去"的具体内容，也是"夜闻宫女琴声"所触发的感慨之所在。结语似在写清夜宫女弹琴哀诉，却又像词人自己在谱写心曲，孤鸿哀唤，悲婉凄绝，令人不堪卒读。

【望江南】

幽州九日①

原文

官舍悄②，坐到月西斜。永夜角声悲自语③，客心愁破正思家。南北各天涯④。

肠断裂，搔首一长嗟。绮席象床寒玉枕⑤，美人何处醉黄花⑥。和泪捻琵琶。

译文

官方馆舍里十分静悄，夜晚难眠一直坐到明月西斜。漫漫长夜里阵阵角声，凄厉悲凉好像是在自语；这亡国被俘的幽囚之客，愁破了心胆正在日夜思家。可是南方北方各自是天涯。

愁苦的肝肠断裂，心中烦乱不禁搔首一声长叹。想那旧日宫殿里绮丽的席子象牙床和碧玉枕，君王九九重阳何处与臣下醉饮，黄花下。只好和着泪水弹琵琶。

注释

①幽州九日：幽州，元朝大都（今北京市）。宋恭祐帝祐德二年、元世祖至元十三（1276）年二月，元军攻陷临安灭宋，汪元量作为宫廷琴师被俘随三宫解送大都。

此词作于是年九月九日。②官舍：官方馆舍。③永夜：漫漫长夜。角声悲自语：悲凉的角声好像自言自语地倾诉着什么。④南北各天涯：家在南方，有家难归，南方是天涯，北方也是天涯。⑤绮席：华丽的卧具。象床：用象牙做的床。寒玉枕：用质地寒冷的美玉做的枕头。⑥美人：这里是指君王。屈原《离骚》即以美人喻指君王。醉黄花：黄花即菊花，作者想起往年的九九重阳节，君王与臣下常常醉饮黄花之下的情景。

赏析

此词作于元灭宋的是年(1276)九月初九日，抒发了囚俘之辱，亡国之痛，思家之哀。上片由景入情。"官舍悄"二句，写官方的馆舍，不仅静悄，而且阴冷，并且守月长坐，心情无限寂寞。接写漫漫长夜里听到不断传入耳际的悲凉角声，也好像在自言自语地倾诉悲苦。

这悲苦正是亡国囚俘思家不得归的苦情。家在何方?在南方。南方是天涯,北方也是天涯,眼前的"官舍"更是天涯。因为是在举目无亲的另一个世界里。下片承接上片,着重抒发怀念故国的情怀。思家愁苦至极,肝肠断裂,不禁搔首长叹。在思绪烦乱中仿佛回到临安宫殿,丰盛筵席、象牙床和寒冷的玉枕,都从眼前闪过。不禁想起往年重九佳节皇帝与臣下常常醉饮黄花(菊花)之下的情景。而现在,皇帝也成了阶下囚,却无处"醉黄花"了!词写至此,个人、家、国融为一体,深感眼前的现实无法改变,也无力改变,只好捻起琵琶,抒发胸中怀念故国的深悲长恨!

汪元量在大都期间的词作,充满了家国之思,又往往和君王、宫人联系在一起,和他们同呼吸共命运,构成了他在这一期间词作的主要特色。全词不事雕琢,自然真挚,哀恻感人,表达了遗民的共同心声。

王沂孙 (1250?—1290?)，字圣与，号碧山，又号中仙，会稽(今浙江绍兴)人。因家居玉笥山(即天柱山)下，又称玉笥山人。元初，一度为庆元路(治所在今浙江鄞县)学正，后归隐，与周密、张炎等人往来甚密，相与唱和。其词多咏物之作，由于胸藏亡国之痛，往往是采取托物喻志的手法来抒写郁积于胸的隐恨；表面上平和恬淡，而峭拔沉郁之气却贯穿其中。前人评说："咏物词至王碧山，可谓空绝古今。"(《白雨斋词话》)著有《碧山乐府》，又名《花外集》，存词六十余首。

【眉妩】

新 月

原文

渐新痕悬柳①，淡彩穿花②，依约破初暝③。便有团圆意，深深拜④，相逢谁在香径?画眉未稳⑤，料素娥、犹带离恨⑥。最堪爱、一曲银钩小，宝帘挂秋冷⑦。

千古盈亏休问。叹慢磨玉斧，难补金镜⑧。太液池犹在，凄凉处、何人重赋清景⑨?故山夜永⑩，试待他、窥户端正⑪。看云外山河⑫，还老尽、桂花影。

译文

一弯新月渐渐升起悬在柳梢，淡淡的辉光穿过花丛叶隙，隐约划破了暮色初起的天空。即使一弯辉光也是团圆的象征，姑娘们本应对你深深下拜，然而，谁能同你在花径上相逢?看你那尚未描画好的秀眉，好像那嫦娥还带着离别的幽恨。最使人爱怜的，你那一曲娇小的银钩，却把宝帘挂起显出秋夜清冷。

休问千万年来月亮圆缺与阴晴。可叹细细磨好的玉斧，难以修补亏缺的金镜。故国的太液池虽然风光如旧，但如今却异常的荒凉凄清，有谁还能对月赋诗咏赞美景?北方的故国山河；长夜漫漫，正期待着圆月，把美好的辉光洒向窗棂。到那时再看月中的山河，才能依旧看到当年婆娑的桂花身影。

注释

①渐：旋又，转眼；领起字，写新月初升之态。新痕：新生的弯月，在天空只现出一点痕迹。②淡彩：微弱的月光。③依约：隐约。④便有：纵使，纵然。团圆意：五代牛希济《生查子》："新月曲如眉，未有团圆意。"这里反其意而用。拜：拜月。唐代妇女有拜新月的风俗。李端《拜新月》诗："开帘见新月，即便下阶拜。"深深拜句：写拜月无人。⑤未稳：未妥。因新月十分纤细，好像未能画成的细眉。⑥素娥：即月中的嫦娥。陈叔宝《有所思》三首之一中有"初月似愁眉"句，词里写揣测"画眉未稳"的原因。⑦宝帘：帘的美称。秋冷：秋凉时节。此用杜甫《咏月》诗意："尘匣元开镜，风帘自上钩。"⑧金镜：指月亮。唐段成式《酉阳杂俎·天咫》载："太和中郑本仁表弟，不记姓名，尝与一王秀才游嵩山……见一人布衣甚洁白，枕一襆物，方眠熟，即呼之……问其所至。其人笑曰：'君知月乃七宝，合成乎？月势如丸，其影，日烁其凸也。常有八万二千户修之。予即一数。'因袆，有斤凿数事。"后来发展为"玉斧修月"的传说。⑨太液池：汉、唐皇宫内水池名。这里代指宋宫廷苑囿。陈师道《后山诗话》："太祖（赵匡胤）夜幸后池，对新月置酒。问'当值学士为谁？'曰：'卢多逊。'召使赋诗，请韵。曰：'些子儿。'其诗云：'太液池边看月时，好风吹动万年枝。谁家玉匣开新镜，露出新光些子儿。'"这里是用宋初的兴盛与南宋的亡国相对比。⑩故山：指故国河山。永：久，长。⑪窥户：月照窗户。端正：月光美好。韩愈《和崔舍人咏月二十韵》："三秋端正月，今夜出东溟。"⑫云外河山：即月中阴影，指故国河山。传说月中阴影便是地上河山之影。苏轼《和黄秀才鉴空阁》诗："桂容如水鉴，写此山河影。"

赏析

这首《眉妩》，是碧山词中寓意比较明显的作品。它寄托了作者痛感山河破碎、难得重圆的悲慨。开篇三句，写新月初生高悬柳树梢头，微光仅仅能划破夜空，穿透花的叶片。从"便有团圆意"到"犹带离恨"五句，一写新月虽微弱，但毕竟是满月的一部分，而且将来一定会变成满月；二写新月很像一只未能描成的画眉，看上去似乎还带有嫦娥背井离乡的愁恨。"离恨"二字，明显地带有家亡国破之恨。

"最堪爱"至上片结尾，作者把新月比成一曲银钩，仿佛在寒冷的秋空这一广阔背景下，巧妙地挂起了一层窗帘，供人望月，说明新月虽弱小，但毕竟是故土的一抹，可爱而又可怜。换头三句，就盈亏的"亏"抒写情怀。作者用磨斧补镜的典故暗示国土沦丧，河山破碎，难以复圆。"休问"是无可奈何之词，因问也无济于事。"太液池"三句，引历史事实入词，就人事的今昔变化形成对照说明在国家兴盛之际，太液池畔赏月赋诗是何等情致！而今，太液池虽在，汴京早已沦陷，物是人非，南宋末岌岌可危的命运，不仅金镜难补，更是无人临池对月、应制赋诗了。"何人"二字的锋芒是鲜明地指向当国君臣。

"故山夜永"至篇终四句，写人民期待着满月的出现，反映了广大人民盼望恢复国土的强烈愿望。

从词的内容看，此篇可能写于南宋灭亡前夜。王沂孙的咏物词，一般都写得比较隐晦，调子低沉，而此篇的寓意却较明显，哀怨之中还饱含着健康的生机与乐观的希望。

【水龙吟】

落 州

📜 原文

> 　　晓霜初著青林，望中故国凄凉早。萧萧渐积①，纷纷犹坠，门荒径悄。渭水风生②，洞庭波起③，几番秋杪④。想重崖半没，千峰尽出⑤，山中路，无人到。
>
> 　　前度题红杳杳，溯宫沟，暗流空绕。啼螀未歇⑥，飞鸿欲过，此时怀抱。乱影翻窗，碎声敲砌，愁人多少？望吾庐甚处，只应今夜⑦，满庭谁扫⑧？

🪷 译文

　　破晓的初霜落满青青的树林，远望中原的祖国大地，凄凉的季节来得更早。萧萧落叶，越积越多，随风纷纷飘坠，阻挡了茅屋柴门掩埋林间小道。渭河上面秋风吹，洞庭湖水卷波涛，无需几多时日，便到了深秋季节。那重重山崖大半被掩没，千万座高峰，尽皆裸露头角，山中的小路，无人再来到。

　　从前有人红叶题诗在水上漂漂。沿着护城河去寻找，只见流水无声地把故宫环绕。寒蝉凄切的鸣声未停歇，南归大雁从空中掠过，此时，怎样才能表达我的怀抱？纷乱的阴影在窗外上下翻动，细碎的声响把屋外石阶乱敲，愁思的人忧愁有多少？遥望远方——我的故居今在何处，今天的夜里，那满庭的落叶由谁来清扫？

🦅 注释

　　①萧萧：落叶声，此处代指落叶。②渭水风生：贾岛《忆江上吴处士》"秋风吹渭水，落叶满长安。"此化用其意。③洞庭波起：屈原《九

歌·湘夫人》："袅袅兮秋风，洞庭波兮木叶下。"④秋杪(miǎo)：秋末，秋深。杪，本为树梢，引申为末尾。⑤出：突出，裸露⑥啼螀(jiāng)：即寒蝉，蝉的一种，鸣声幽咽悲切。⑦只应：只是。⑧满庭：化用南齐王融《巫山高》"怅然坐相思，秋风下庭绿。"

🐦 赏析

  词写落叶，寄托了家国沦亡之叹。上片，写肃杀的秋景。开篇两句总提，用"晓霜"、"青林"两个色彩鲜明的词语点出秋天的到来。所以，望中的故国也毫不例外地呈现出一派凄凉景象。下面紧围"凄凉"二字渲染：一是"萧萧渐积，纷纷犹坠，门荒径悄"。二是"渭水风生，洞庭波起，几番秋杪"。三是"想重崖半没，千峰尽出，山中路，无人到"。"半没"是落叶堆积之故，"尽出"是万木凋零的结果。"无人到"是落叶阻塞了交通。这后两句总结上片，并提起下片对世事变迁的慨叹。下片，换头两句用红叶题诗故事，把读者视线引向故宫。"暗流空绕"是溯流而上追寻红叶来源的结果。"啼螀未歇"至"愁人多少"五句，写由于整个故宫已人去楼空，传入耳际的只是寒蝉的哀鸣，映入眼帘的也不过是飞鸿的阵影。面对如此凄凉的现实，而"落叶"却完全不顾作者的满怀愁绪，仍然是"乱影翻窗，碎声敲砌"，更给人增添烦恼。"望吾庐甚处"三句，说明不仅国破，且已家亡，无可归依。"满庭谁扫"紧扣词题，以设问收束，更加凄楚哀恻。

  这首咏物词的突出特点，是带有明显的主观抒情性。把难以言传的思想感情深沉寄托在所描写的客观事物中，通过使事用典来加以铺排抒写，用笔曲折隐晦。

蒋捷（生卒年不详），字胜欲，号竹山，阳羡（今江苏宜兴）人。南宋度宗咸淳十年（1274）进士，宋亡后隐居太湖竹山，人称竹山先生。元成宗大德年间，有人荐他为官，他辞而不受，全节以终。著有《竹山词》，存词九十余首。他与周密、王沂孙、张炎并称"宋末四大家"，其词多抒发故国之思、山河之恸，风格以悲慨清峻、萧寥疏爽为主，构思不拘一格，内容较为广泛，刘熙载《艺概》称为"长短句之长城"。对后世颇有影响，清初阳羡词派受其影响尤大。

【贺新郎】

兵后寓吴①

原文

深阁帘垂绣②，记家人、软语灯边③，笑涡红透。万叠城头④哀怨角，吹落霜花满袖⑤。影厮伴⑥、东奔西走。望断乡关知何处⑦？羡寒鸦、到着黄昏后，一点点、归杨柳。

相看只有山如旧⑧。叹浮云、本是无心，也成苍狗⑨。明日枯荷包冷饭，又过前头小阜⑩。趁未发、且尝村酒。醉探枵囊毛锥在⑪，问邻翁、要写牛经否⑫？翁不应，但摇首⑬。

译文

　　深幽的阁楼，绣花的帘幕垂地，难忘当时和家人，围坐灯边谈笑，倾吐温情话语，笑时的酒窝红润美丽。现在是哀怨的角声，一遍又一遍地在城头吹起，吹落霜花灌满衣袖。感叹我孤影相伴，东奔西走。极目远望——日夜思念的故乡在哪里？值得美慕的是寒鸦，到了日暮黄昏后，一个个地回到杨柳树上的老窝。

　　抬头相看，只有那青山如旧。可叹那天空的浮云，原本无心，却也转眼变成苍狗。明天又将用枯萎的荷叶，包裹冷饭去充饥，又过了前头的小土山。趁着未启程，暂且尝一杯村酒。醉醺醺发现囊袋里空空，别无他物，只装有毛笔，顾盼四周，忙问邻舍老翁：你家要不要抄写《牛经》？老翁无话可说，不予答应，流露一丝苦笑，只是摇头不已。

注释

　　①兵后：指元兵于宋恭宗德祐二年(1276)攻陷宋都临安以后。寓吴：流寓在吴地(今江苏一带)。②帘垂绣：绣帘低垂。③软语：语声轻柔。④万叠：反复地吹同一曲调。⑤霜花满袖：辞别家人，露宿在外，饱经风霜。⑥影厮伴：只有自己的身影相伴。⑦望断：极目远望。⑧相看：李白《敬亭山》："相看两不厌，只有敬亭山。"⑨浮云、苍狗：指时事发生巨大变化。杜甫《可叹》："天上浮云如白衣，斯须改变如苍狗。"张元幹《瑞鹧鸪》："白衣苍狗变浮云，千古功名一聚尘。"⑩小阜：小土山。⑪枵(xiāo)囊：空口袋。毛锥：毛笔。⑫牛经：有关养牛的书，这里指代人抄写牛经。⑬首：又作"手"。

赏析

　　这首词描写一个逃避战乱的知识分子的不幸遭遇，反映了南宋的灭亡以及给人民带来的灾难和精神的痛苦。

　　上片写兵后，开篇三句，作者用精练的笔墨刻画了南宋灭亡前幸福的家庭生活。"万叠城头"两句写临安的沦陷。"哀怨"的"角声"，象征元军的杀戮与宋的灭亡。"霜花满袖"是国破家亡之后的

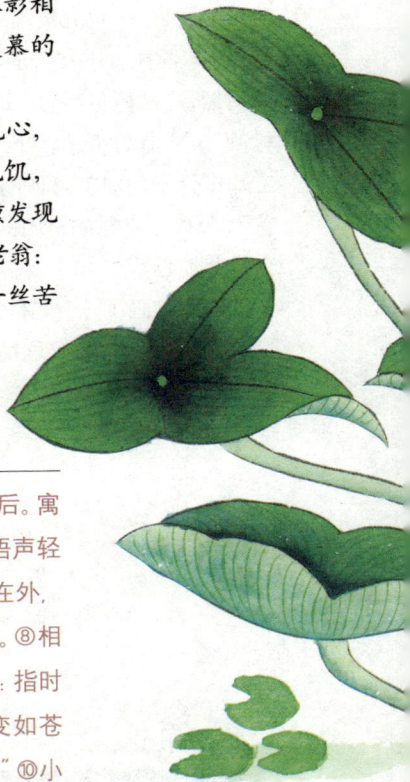

痛苦。"影厮伴"两句写只身逃亡，孤苦无靠。"羡寒鸦"三句写作者无家可归的悲痛。下片写寓吴，描绘的是一幅国破家亡的流民图。"相看只有山如旧"三句，作者通过流亡途中，经常见到的白云和青山，抒写宁肯像青山那样巍然屹立，而决不像白云那样，一会儿是洁白的云裳，一会儿突然变成面目狰狞的黑狗。从"明日枯荷"到篇终，写作者甘愿过贫苦的流亡生活，与那些"浮云"变"苍狗"者形成对照。"枯荷包冷饭"是流亡者习以为常的生活。"趁未发、且尝村酒"，是借酒浇愁。"问邻翁、要写牛经否?"诸句，深刻揭示出流亡知识分子的艰难，即使抄书混饭的机会也不可得。"翁不应，但摇首"，反映了农村的贫困、牲畜的被大量宰杀，以及人民敢怒而不敢言的悲愤心情。

本篇刻画了一个坚持民族气节的知识分子形象，反映了南宋灭亡后的时代气氛和心理情绪。此词不仅是一个逃亡知识分子的哀歌，也是那一时代的挽歌。

【一剪梅】

舟过吴江①

原文

一片春愁待酒浇，江上舟摇，楼上帘招②。秋娘渡与泰娘桥③，风又飘飘，雨又萧萧。

何日归家洗客袍?银字笙调④，心字香烧⑤。流光容易把人抛，红了樱桃，绿了芭蕉。

译文

一腔春愁，亟待用酒来浇，飘流江上，小舟轻摇，楼上酒旗，飘展相招。遥望吴江美景——秋娘渡与泰娘桥，风又飘飘。雨又萧萧。

究竟何时能够回家，洗洗这流落他乡的衣袍？看那素手把银字笙调，把心字形的清香烧。过去的流光一去不返，很容易地把人抛，眼看着红了樱桃，绿了大叶的芭蕉。

注释

①吴江：今江苏县名，在苏州南、太湖东。②楼上帘招：酒楼的旗子在招引着。帘招，本指酒家的招子，即酒旗。这里的"招"字作动词用，含有招手和招展之意。③秋娘渡与泰娘桥：吴江地名。作者另首《行香子》曾提到"过窈娘堤、秋娘渡、泰娘桥"。④银字笙调：银字笙，乐器名，笙管的一种。调，调弄乐器。⑤心字香：杨慎《词品》（卷二）："所谓'心字香'者，以香末萦篆成心字也。"

赏析

此词约作于南宋亡后蒋捷飘泊于姑苏一带太湖之滨的阶段。词的上片初看是写春愁难解，借酒浇愁。但稍加细察即可体味到词中的情思在跌宕中不断地奔腾激越。词人的满腔"春愁"待酒以浇的渴望，在"江上舟摇"的漂流中是得到暂时的满足。见到"楼上帘招"，情绪是由愁而略加开颜的。可是当一叶扁舟继续载着这微醉之人行去，眼帘映入"秋娘渡与泰娘桥"的景色时，"风又飘飘"吹酒醒，"雨又萧萧"滴心帘，只觉得风入骨，雨寒心。于是"春愁"复涨，而且越涨越高了。词人在此用"秋娘渡与泰娘桥"指代苏州吴江一带美景，正是这美景越触其愁思，想起了在家的"笑涡红透"、"软语灯前"的妻室。

过片"何日归家洗客袍"三句，是写亟待想结束漂流的不安定生活，重新过着由佳人相伴素手调笙，烧起心字形清香的宁静怡乐的生活。其实，这正是作者发出的无望之叹！因为面临的现实是有家难归，即使归家了，对一个忠贞之士说来，从此将是无尽的流亡生涯，过去的一切已经是一去不复返了，所以接着又发出"流光容易把人抛"的感喟。结尾"红了樱桃，绿了芭蕉"两句，与上片末"风又飘飘，雨又萧萧"二句相应，用一"红"一"绿"，将春光渐逝于初夏来临中的这个过程充分表现出来，同时暗喻了国亡家破之悲伤。

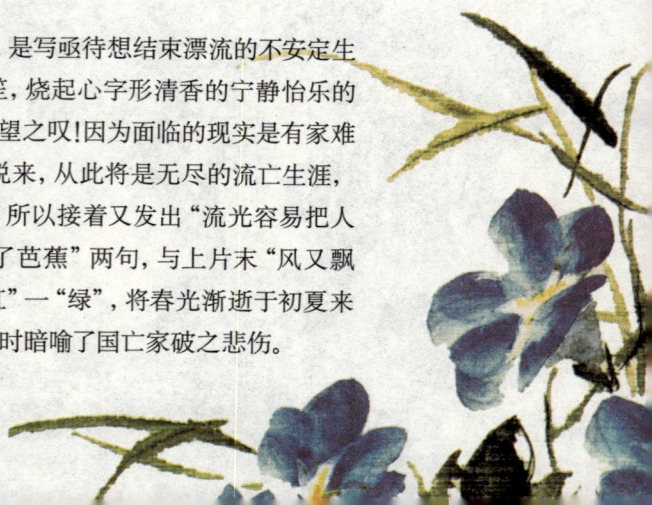

张炎 (1248—1320?),字叔夏,号玉田,晚号乐笑翁,临安(今浙江杭州)人。先世凤翔(今陕西县名)、六世祖张俊为南渡功臣,封循王。他在宋亡前过着湖山清赏、诗酒啸傲的生活,是西子湖畔一名"雅词"词客。德祐二年(1276)元军攻破临安,其家庭遭到巨大劫难,祖父张濡被元人磔杀,家财被抄没。张炎因此而飘流江湖,四方觅食。中间一度北上元都写经,未受官而返,布衣终生。张炎为词,主张"清空"、"骚雅",承接周邦彦、姜夔而来,多写个人哀怨并长于咏物,常以清空之笔,写沦落之悲,带有鲜明的时代印记。著有词学专著《词源》,词集《山中白石词》,存词约三百首。

【南浦】

春水

原文

波暖绿粼粼①,燕飞来、好是苏堤才晓②。鱼没浪痕圆③,流红去、翻笑东风难扫。荒桥断浦④,柳阴撑出扁舟小。回首池塘青欲遍,绝似梦中芳草⑤。

　　和云流出空山,甚年年净洗,花香不了⑥?新绿乍生时⑦,孤村路、犹忆那回曾到。余情渺渺,茂林觞咏如今悄⑧。前度刘郎归去后,溪上碧桃多少⑨?

译文

温暖的柔波绿粼粼像星光闪耀，燕子飞来之时，正好是苏堤岸边天光破晓。鱼儿溅起圆圆的浪痕，落花随水流去，笑那东风难于把它横扫。石桥颓圮荒凉，沙岸被水浸泡，从柳荫中撑出一叶轻灵小船。回首看那整个池塘，仿佛都被青色染遍，真像是谢灵运梦中的池塘春草。

你伴着白云流出空旷的群山，为什么年年冲刷、净洗，那百花的香气却总是洗不掉？在新的绿草刚刚破土萌生之时，那孤独的山村小路，还忆起何时曾来到。过去同游的余情美好缥缈，在茂林修竹里把酒赋诗，那里如今已静悄。试问，自从前次刘晨和阮肇归去以后，那桃溪上结的仙桃能有多少？

注释

①粼粼（lín）：流水清澈的样子。②好是：真正是。③浪痕：细小的浪圈。吴文英《菩萨蛮》："渔没细痕圆。"④浦：水滨。⑤梦中

芳草：谢灵运名句："池塘生春草。"⑥花香不了：溪水年年冲洗落花，因而花常在。⑦乍：刚刚。⑧茂林觞咏：晋王羲之与谢安、公孙绰等四十一人游于会稽山阴的兰亭，王羲之为当时所写的诗作序，名《兰亭集序》。序中说："此地有崇山峻岭，茂林修竹"，"一觞一咏亦足以畅叙幽情"。⑨刘郎：指刘晨、阮肇遇仙女故事。《幽冥录》载：汉明帝永平五年，刘晨、阮肇入天台山，迷了路，粮食用尽，饥饿多日，他们看见山上桃树上结有桃子，摘食后，"饥止体充"，在溪边遇到两位美丽的女子，数日后送他们出山，世上已到了晋代。唐·曹唐《刘阮再到天台不复见仙子》："草树总非前度色。"这里作者以刘郎自比。碧桃：仙桃。

赏析

　　这首词是作者的早期作品，词中把江南水乡的春天描绘得栩栩如生，使读者产生一种身临其境的美感。词题"春水"，实写春天，因为最能代表江南之春的事物，莫过于春水。张炎以前的词人大多数都接触过"春水"这一题材，但把春水作为词中的主要描写对象，作为主题来歌咏的名篇并不多见。张炎因为写了这首词，在词界获得了"张春水"的美称。

　　全词的构思有自己的独到之处。他不光是摄取春水的某个侧面，而是从春水的全局出发，居高临下，采取多侧面取景的手法，把许多分散的镜头有选择地组织到统一的画面中来，从而更好地描绘出春水的形象，充分反映了作者对春水、对春天的亲切情感。词中写到了四种春水：一是西湖的春水，从开篇的"波暖绿粼粼"到"东风难扫"，就是西湖春水的具体写照。二是池中的春水，如上片"荒桥断浦"到"梦中芳草"四句写的就是池水。三是溪中的春水，如下片换头至"犹忆那回曾到"。四是历史上著名的或神话传说中的春水，如"余情渺渺"至篇终。正因作者能从不同的角度多侧面地描绘春水的形象，并通过新颖的构思，把它们组成完整的艺术整体，所以这首词才有感人至深的艺术魅力。

　　此词既是一幅风景画，又是一首抒情诗。词中通过对昔日结伴同游的怀念，也反映了作者的今昔盛衰之感。在思想上也是有可取之处的。

【高阳台】

西湖春感

原文

接叶巢莺①，平波卷絮，断桥斜日归船②。能几番游？看花又是明年。东风且伴蔷薇住，到蔷薇、春已堪怜。更凄然，万绿西泠③，一抹荒烟。

当年燕子知何处？但苔深韦曲④，草暗斜川⑤。见说新愁⑥，如今也到鸥边⑦。无心再续笙歌梦，掩重门，浅醉闲眠。莫开帘，怕见飞花，怕听啼鹃。

译文

浓密树荫中有黄莺在巢里鸣啭，平静波纹上有柳絮在上下翻卷，断桥上的斜阳西下照射着归船。还能有几次在西湖上的泛游？看花的时节，又得等到明年。东风姑且陪伴着蔷薇——让它暂时地停留脚步，可是到了蔷薇花盛开的时候，春天却又短得可怜。更令人感到凄然，万绿丛中的西泠桥，竟变成了一抹荒烟。

当年的燕子，你如今飞向了谁家的屋檐？但只见幽暗的苍苔布满韦曲，芳草萋萋遮暗了斜川。听说那渐增的新愁在不断弥漫，如今连无知的鸥鹭也受到熏染。哪里还有闲心再继续做那歌吹升平的美梦，紧闭重重的房门，在微醺半醉中抱枕安眠。千万不要挂起竹帘，怕看见的是那片片飞花，怕听到的是杜鹃悲啼哀怨！

注释

①接叶：树的枝叶互相交接重叠，形容树叶茂密。巢莺：杜甫《陪郑广文游何将军山林》："卑枝低桔子，接叶暗巢莺。"②断桥：在西

湖孤山侧面，里湖与外湖之间。是西湖十景之一。③西泠 (líng)：桥名，在孤山下，是后湖和里湖的分界线。④韦曲：地名，在长安城南。唐时韦氏世居于此，故名韦曲。这里是借指杭州西湖。⑤斜川：地名，在江西星子县与都昌县之间的湖泊中。陶渊明《游斜川诗并序》歌咏过斜川的景色。这里也是借指。⑥见说：听说。⑦鸥边句：鸥鹭本不知愁，如今连无知的鸥鹭也知愁恨了。

赏析

这首《高阳台》，画面苍凉凄惋，色彩暗淡，音节低沉，含有一种无可奈何的怅惘与日暮无望时的哀愁。这是作者在南宋灭亡以后的作品。它感慨深沉，意境浑厚，盘旋往复，一唱三叹，是玉田词中分量很重的代表作品。

开篇三句破题，点时地，描绘出西湖暮春的画面，暗示出南宋覆灭。"能几番游"二句饱含诸多感叹，但却以设问和淡语出之。"东风且伴蔷薇住"两句，寓情于景，一顺一逆，一进一退，把现实与理想之间的矛盾，把内心复杂的情感曲折地表现出来。歇拍三句承上补笔，进一步涂抹出西湖的凄凉景象。下片，换头颇见章法，曲意不

断。"当年燕子"三句化用前人诗句,把词的意境提到时代巨变的思想高度上来,并往复补充深化。"见说新愁"二句,既写出湖面的特点,又用拟人手法,烘托亡国哀愁。"无心再续笙歌梦"至篇终,通过触觉、视觉、听觉等感官的连续动作,直抒亡国的哀思。

　　这是一首眷恋故国的哀歌。麦孺博概括地评说:"亡国之音哀以思。"(《艺蘅馆词选》)陈廷焯说:"《高阳台》凄凉幽怨,郁之至,厚之至。"(《白雨斋词话》)此词抒发的感情深沉强烈。除了形象凄凉,色彩暗淡以外,在关键处,作者还善于把内心的凄怆之情,或直接或婉转地表达出来。